JN217486

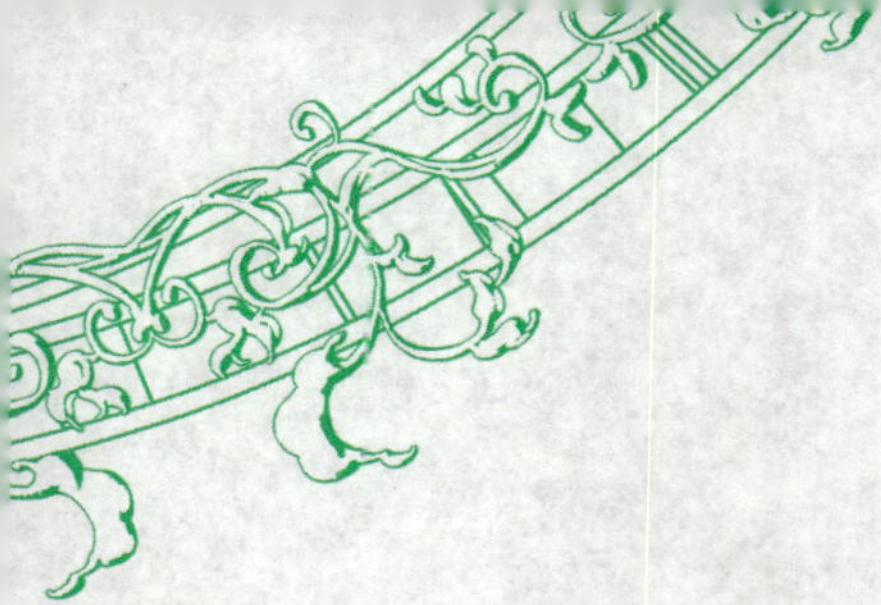

キャラ文庫
アンソロジー

II

翡翠

Chara Precious
Collection
- jade -

英田サキ
犬飼のの
杉原理生
凪良ゆう
松岡なつき
夜光花

contents

カバーイラスト

円陣闇丸

［暴君竜を飼いならせ］番外編

暴君竜と初恋の香り

犬飼のの

扉イラスト
笠井あゆみ

試合終了のホイッスルを鳴らすために、審判が息を吸い込む。

二点差で負けている状況で、沢木潤《さわきじゅん》はスリーポイントシュートを打とうとしていた。

入れれば逆転勝ち。外しても打たなくても、もたもたしていても負け――まるで漫画みたいな展開だと思ったが、幸か不幸かこのタイミングでボールを手にしてしまった以上、腹を括《くく》って打つしかない。

中学一年の春にバスケットボール部に入部して、約四年半――数万回は打ったスリーポイントシュートだ。身長が足りない分、ゴール際のシュートよりも力を入れて練習してきた。

――よし、入った!

敵に妨害される前に放ったボールが、イメージ通りの弧を描く。

シュートが決まる前にガッツポーズを決める度胸はなかったが、数秒先の未来が予知できるかのように、はっきりとわかった。これは絶対に入ると、手足の感覚が訴えてくる。

その確信は当たり、ボールはリングに当たらずネットにのみ触れた。

見事なスウィッシュが決まると同時に、審判がホイッスルを吹き鳴らす。

潤の地道な努力が、最も目立つ形で実を結んだ瞬間、体育館が歓声に揺れた。

――ああ……やっぱ、最高に気持ちいい!

ジューン、ジューン、ジューン――と、息の合った声で呼ばれ、称えられる。

強豪校というわけではない、中堅レベルの都立高校同士の練習試合に過ぎなかったが、体育館の見学席は人で埋め尽くされていた。相手校に遠征しているアウェー状態にもかかわらず、横断幕の大半は沢木潤の名を掲げている。

「潤ッ、お前！　ここでノータッチゴールとか、マジかよ！」

「神ってんな、沢木！　たまには外していいんだぞ！」

「わ、おい……飛びつくなって、潰《つぶ》れるッ」

長身のチームメイトに取り囲まれると、たちまちフラッシュの光を浴びた。

この程度の試合は見向きもしないバスケットボール専門誌のカメラマンが来ているのは、世知辛い事情があるからだ。沢木潤の写真を大きく載せればSNSで話題になり、普段は雑誌を買わない層が動いて売り切れ続出になるという現象が起きていた。

「沢木くん！　今から外で何枚か撮らせてくれないかな⁉」

「いえ、すみませんけど、この前みたいなアイドルっぽい扱いは困るんで」

「いや、違うよ！　今回は違うから！　逆転シュート決めたヒーローとして、頼むよ！」

笑顔の裏にある大人の事情を察しつつも、潤は依頼を断った。

フラッシュなしの試合中の撮影や、試合前後の撮影は学校が許可してしまうので断れないが、個人的に頼まれた場合は断る自由がある。

「潤様は相変わらず凄《すさ》まじい人気だな。ここからどうやって帰るんだよ」

「ほんと、近場なだけに今日は多いぜ。出待ちファンに尾行されたら連れて歩くのかよ」

「大丈夫、今日は友達三人来てくれてるから。タクシーで次の駅まで移動して、そこから電車乗ることになってるんだ。近いから千円以内で済むし」

「さ、さすが潤様……高校生のくせにタクシーで追っかけから逃げるとか、完全に伝説級」

「いや、だから千円以内だって」

好き好んで余計な金を使うわけではないのに茶化されるのが嫌だった潤は、適当に誤魔化せばよかった……と悔やみつつ、歓声とフラッシュを浴びて体育館をあとにする。

更衣室に続く廊下を歩いている最中も、潤コールはまだ続いていた。

持て囃《はや》されるのも仕方のない話で、沢木潤は、この界隈《かいわい》では有名な一般人アイドルだ。

アメリカ人の祖父の血を強く受け継ぎ、白い肌と、飴色《あめいろ》のブロンドと琥珀色《こはくいろ》の瞳を持つ潤は、誰もが振り返らずにはいられない美貌に恵まれている。

大手芸能事務所のスカウトマンが、潤を口説き落とそうと朝から自宅前に待機しているのは周知の事実で、潤のデビューを阻止したい熱烈なファンと衝突することも間々あった。

潤自身は見た目ほど派手なタイプではなく、目立つのを嫌い、必要以上に持ち上げられたり騒がれたりするのをよしとしなかったが、決めるべきところで見事に決めたシュートにチームメイトが喜び、会場が湧けば、やはり嬉《うれ》しく誇らしい気分になれる。

「都立寺尾台《てらおだい》高校、二年の……沢木潤くん、今ちょっといいですか？」

指定された更衣室で着替えを終えると、それを見計らったように対戦相手が訪ねてくる。

身長一七五センチの潤と比べて、拳一つ分か、それよりやや大きい選手だった。

ただし細身で色白のため威圧感はあまりなく、顔立ちもあっさりしている。

「はい」とだけ答えた潤は、緊張している彼の様子に警戒した。秋にもかかわらず、むせ返る男臭い汗とメンズ系制汗スプレーの匂いが混ざり合う空間に、妙な緊張が走る。

チームメイトが全員揃《そろ》っている状況なのであり得ないとは思ったが、告白される時の空気に近いものを感じた。「付き合ってください」という台詞《せりふ》を聞かない日がほとんどない潤には、告白前の相手の顔を見ただけで察しがつく。

「に、二年の……白田《しろた》です！　一目惚《ひとめぼ》れしました！　お、俺と付き合ってください！」

予想通りというべきか、この場ではあり得ないと思っていたので予想外というべきか、潤は白田の言動に呆然《ぼうぜん》とした。

同性に告白されたことも相当数あるので、「俺、男なんですけど」などという野暮な台詞を返す気はないが、過去の経験上、同性は他者の目がない時に告白してくるものだった。

自分より体格のよい男に、誰もいない場所で迫られることに比べたら、仲間がたくさんいる今の状況の方が安心だが、その一方で壮絶な気まずさがある。

「あの……申し訳ないんだけど、俺……ノーマルで、付き合ってる彼女いるから」

白田のような、周囲が見えなくなる猪突猛進タイプは怖いと判断した潤は、「好きになってくれる気持ちはありがたいんだけど」という常套句《じょうとうく》は使わずに断る。

彼女とは別れたばかりだったが、嘘をついてでも早く諦めさせたかった。

地域のアイドル化しているせいでストーカーまがいのファンはすでに何人もいて、その中に自分よりも強そうな男が加わると考えると身の毛がよだつ。

「高望みだってわかってます！　でも好きで……友達からでもいいんで、お願いします！」

「――え、あ……ちょっと……！」

唐突に右手首を摑《つか》まれ、潤は白田の手の大きさに怯《ひる》んだ。

バスケをやっているせいか潤の手は体のわりに大きかったが、彼の手はさらに大きく、指も長い。潤の手首に、一周半よりさらに深く巻きついていた。

「おい！　何やってんだ、潤を放せよ！　手首折れたらどうすんだよ！」

「うちの顧問どこ行ったんだ？　相手チームでもいいから、誰か呼んだ方がよくね？」

チームメイトは温度差を見せつつも総じてざわつき、そのうち二人が白田の腕に触れて引き剝がそうとしたが、彼は潤の手を放さなかった。

「友達でいいんです！」と大声を張り上げながら、正気ではない目で潤だけを見ている。

暴力沙汰は厳禁だと全員がわかっているうえに、強引に引き剝がすと潤が怪我をしかねないため、荒っぽい動きはなかった。

凍りついた空気の中、言葉ばかりが行き交い、「マジで放せって」「お前、頭も目つきも相当ヤバいって」「こんなん嫌われるだけだぜ！」と、苛立《いらだ》った声が声量を増していく。

――なんなんだよ、この状況……無茶すると手首折られそうで振り切れないし、暴れて逆に怪我させたら大変だし、ああ……先生、頼むから早く来てくれ！

チームメイトのうち二人が顧問を呼びにいったので、大人が来れば解決するだろうと信じて待つものの、白田の力は次第に強くなる。骨が軋《きし》む感覚があり、痛みで汗が滲《にじ》みだした。

「おい、潤に何やってんだ！」

開きっ放しにされた扉の向こうから、突如どすの利いた声がする。

入ってきたのは顧問ではなく、潤の同級生の森脇篤弘《もりわきあつひろ》だった。

身長こそ白田と大差ないものの、柔道部の主将を務める森脇は筋骨隆々としていて、肉体的重厚感がまるで違う。顔立ちも、日本人にしては彫りが深く凜々《りり》しい男前で、何より格闘技をやっている者特有の凄みがあった。

「さっさと放せ！　潤に手え出すとか身の程弁《わきま》えろよ、このモヤシ野郎！」

地の底から響くような低音で凄《すご》んだ森脇を前に、白田はびくつく。

同時に手指の力を緩めたため、潤はその隙をついて一気に肘を引いた。

「うわ……ッ」

「潤、大丈夫か⁉」

勢いをつけ過ぎてぐらりと揺らいだ体を、制服姿の森脇に抱き止められる。

大丈夫――と答えようにも、動揺のあまり言葉が出てこなかった。

心臓がバイクのエンジンのように、ドッドッと、激しい音を立てている。

結局、白田は森脇の迫力に負けて後ずさり、謝りもせずに一目散に逃げ去った。


相手チームの顧問から厳重注意をしてもらうということで話がついて、潤は予定通り、応援に来ていた友人達と帰路につく。

逆転勝利を決めた最高の気分を台無しにされたうえに、恐怖心や不快感が残っていたものの、休日に他校まで足を運んでくれた森脇や田村《たむら》や芝《しば》の手前、何も気にしていない振りをしながら歩いた。

「さっきのモヤシみたいな奴、試合中も変だったよな。潤の近くでそわそわしてる感じで」

「白田って奴？　そういや変だったな。そわそわっつーか、カクカクしててさ」

潤の「気にしていない振り」を素直に信じたのか、田村と芝が白田の話題を蒸し返す。

更衣室での出来事が真っ先に浮かんだ潤は、意図的に脳内のシーンを切り替えた。

芝が「カクカク」と表現した、試合中の白田の姿を思い浮かべる。

これまでは特に何も思わなかったが、確かに動きが硬かった。

「潤に惚れたからって、試合中に触る度胸はなかったんだろうな。緊張して遠慮がちになって、あんなガチガチだったのかも」

大通りに沿う歩道を歩きながら森脇がいうと、お調子者の芝がすかさず、「股間もガチガチだったんじゃね？」と、下ネタを振る。

今それはやめてくれよ——と思いつつも黙っていた潤に代わって、森脇が「おい、今それはやめろ」と窘《たしな》めてくれた。芝は即座に、「サーセン！」とオーバーに謝罪してくる。

「許してやるから反省しろ」

潤は苦笑を返し、またしても気にしていない振りを決め込む。

実際のところ馴《な》れっこで、自分が性の対象にされがちなことを幼い頃から察していた潤は、多少のことでは動じなかった。いやらしい目で見られていたとしても、実害さえなければまあいいやと思うしかない。いちいち目くじらを立てていたら疲れるし、そういう目で見られないように引き籠《こ》もったりダサい恰好《かっこう》をしたりして、自分を捻《ね》じ曲げる気はなかった。

「今にして思うと、試合の最後、あの位置から俺がシュートを打てたのは、白田のマークがへボかったせいだよな。アイツがまともに動いてたらボールは回ってこなかっただろうし……たぶん、うちが負けてたよな」

気づきたくないことに気づいてしまった潤は、沈みゆく太陽の眩《まぶ》しさに目を細める。

何も気づかない方が幸せだったけれど、勘違いしたまま自分を過大評価するのは御免なので、真相に行き着いてよかったと思う気持ちもあった。

相手選手がただ単に下手だったわけではなく、偶然ミスをしたわけでもなく、恋愛絡みで思い通りに動けずにヘマをしたなら、それはバスケの勝負とは異なる話だ。

「そんなに凹む必要ないと思うぜ。仮にアイツが潤に見惚《みと》れてヘボかったんだとしても、勝ちは勝ち。顔の綺麗《きれい》さもスタイルのよさも、お前の実力のうちだって」

「いや……それは違うだろ、そんなんバスケじゃないし」

森脇の慰めにますます自分が惨めになった潤は、ガッツポーズなどしなくて本当によかったと思い、試合後に得意げな顔になっていなかったかと不安になる。

そんな顔を撮られて雑誌に掲載されたら、恥の上塗りもいいところだ。

「潤は真面目に考え過ぎなんだよ。お前だって身長一九〇センチくらいある選手を見たら、敵《かな》わないって思うだろ？　距離詰められたらどうしたって畏縮するよな？」

「それは、まあ……」

「俺の場合は柔道だけど、強面《こわもて》のおかげで実力以上に得してる自覚あるぜ。体格的にも強そうに見られるし、見た目だって勝敗を左右する要素の一つだろ？　ガタイのよさで試合前から相手をビビらせて得する奴もいれば、タッパあるせいでマークする気力を失せさせる奴もいる。綺麗な顔で敵の動きを鈍らせるのが、禁じ手ってことは全然ないって」

「そう……かなぁ」

「森脇、凄い！　いいことといった！」

「ほんとそうだよ。腹チラとかしてわざとお色気攻撃したわけじゃないんだし、普通にしてて相手が調子狂ったなら儲《もう》けもんじゃん。今日の勝利はジュンジュンの実力だって」

スポーツに於いて、強そうに見えるビジュアルで得をするのと、美しさや色気で相手の心を乱すのとでは次元が違うと思ったが、潤はひとまず笑っておいた。

どうにもならないことで落ち込んでも仕方がないし、友人達の気遣いは嬉しい。

今日の試合で、自分が大活躍したなどと思わないこと、調子に乗らないことを肝に銘じれば、それで済む話だと思った。

「ところでタクシー見つからないな。ここ通る車ってすでに客乗せてんのばっかじゃん」

会話の途中も大通りを覗《のぞ》き込んで車を探していた芝は、お手上げのポーズを取る。

芝のいう通りで、タクシーに乗るのを諦めたくなるほど空車が見つからなかった。

しかし恐る恐る振り返ってみると、歩道に何十人もの女子中学生や女子高生、大人の女性が犇《ひし》めいている。明らかに通行の妨げになっていた。

「あ、なんかわかった。この先にホテルが出来たからだ。そこのエントランスまで行って、そっから乗ればいいんだよ」

森脇の言葉に、田村と芝が「え、ラブホ？」と声を揃え、森脇から軽蔑の眼でぎろりと睨《にら》み下ろされる。

「竜嵜《りゅうざき》グループ系列の新しいホテル。なんでもラブホにすんじゃねえ」

そういわれてみると、電車の中からバベルの塔のようなホテルが見えたな――と思いだした潤は、一つの疑問を抱いて首を傾《かし》げた。

「ホテルの利用者じゃないのに、敷地内からタクシーに乗っていいのか？」

「平気平気。まあ、あんまいいことじゃないけどしょうがねえし、ドアマンに『タクシー乗りたいんですけど、並んでもいいですか？』って声かけりゃだいたい親切にしてくれるから」

「そっか、ちゃんと断ればいいのか。森脇はそういうの慣れてて凄いよな。俺なんかタクシー乗るだけで緊張するのに」

「将来ちゃんと顧客になればいいんだよ。あんな高そうなホテル使えるかわかんねえけど……少なくともカフェくらいは使えんだろ」

森脇は謙遜していたが、実のところ彼には、国内外の一流ホテルに宿泊する機会がたびたびあった。彼の父親は地元で名の知れた建設会社の社長で、敷地の広い立派な家に住んでいる。

年末年始は家族五人でハワイに行き、父親を含む男四人でサーフィンに興じるのが恒例行事だと聞いていた。

母子家庭で母と妹しかいない潤からすると、何よりもまず、気の合う同性がたくさんいるという辺りが羨《うらや》ましい。外では見知らぬ女性達に追い回され、帰宅すればおしゃべりな母と妹のマシンガントークに付き合わされている潤は、男子校に行かなかったことを悔やんでいた。

どうせなら全寮制の学校に行けばよかった——と思うことが時々ある。

そうすれば通学中に尾行されたり勝手に写真を撮られたりしなくて済むし、スカウトマンに追われることもない。

お坊ちゃま学校といわれ、学費がとんでもなく高いという噂《うわさ》なので現実味はないものの……比較的近くに全寮制の男子校があるため、余計にそんなことを考えてしまった。

いわゆるイケメンや、可愛《かわい》い系の男子が多いといわれているその学校の名は、竜泉《りゅうせん》学院——大学付きの一貫教育校だ。もしもそこに入れていたら、母と妹の相手は週末だけで済み、見ず知らずの人間との接触を避けて過ごせる。どんなに気楽だっただろう。

——いや、男子校だと今日みたいに男に迫られる機会が増えるのか？　しかも全寮制とかは逃げ場がなくて危険だよな……大柄な奴に個室で襲われたら太刀打《たちう》ちできない。女の子の方が非力だし、いざとなったら走って逃げれば済むからまだマシか。

モテ過ぎてつらいと愚痴るわけにはいかず、誰からも相手にされなくなったらそれはそれで淋《さみ》しいと感じるのかもしれないが、何事にも限度があった。今の一割……いや、五パーセントくらいのモテ度だったらいいのにと思っていると、ふと、視界の端を大きな影が横切る。

「お、リムジンだ。すげえな……特別仕様のキャデラックか？」

そういったのは森脇で、田村や芝も「デカッ」「すっげえ！」と興奮しだす。

ホテルの敷地内に入ろうとしている黒い車体は、恐ろしく長いリムジンだった。

まるで大統領でも乗っていそうな物々しさと、迫力がある。

車体はやや高く、スモークのかかった窓が大きく取られていた。

実際はどうかわからないが、防弾仕様に違いないと思わせる雰囲気だ。

「ほんとに凄い車だな……リアルにああいうの乗ってる人が、日本にもいるんだ」

潤は男子として当たり前に、見映えのいい車に見惚れる。

毎年ハワイに行っている森脇は見慣れている様子だったが、「あんなデカいの、ハワイでも滅多に見ないぜ」と、少しばかり興奮していた。

「日本は狭いし、行けるとこ限られるだろうな」

潤が呟《つぶや》くと、リムジンがエントランスのスロープに差しかかる。

ちょうど潤を含む四人もホテルの敷地内に足を踏み入れたところだったので、だいぶ距離はあるものの、珍しい車両の動きを目で追うことができた。リムジンは巨大な噴水に沿って回り込みながら、ゆっくりとホテルの入り口に車体を寄せる。

「——どんな人が乗ってるんだろ？　まさか皇族とか？」

「いや、違うだろ。前後に護衛車みたいなの走ってないし、日本の皇族はあんな派手な車には乗らないと思うぜ」

口々にいいながら見ていると、リムジンが停車する。

特別な出迎えをしているホテルの従業員の姿が、水柱の向こうに見えた。

西日を受けて眩し過ぎるほど煌《きら》めく水飛沫《みずしぶき》の先に目を凝らしながら、潤も森脇も田村も芝も、車から出てくる人物の姿を捉えようとする。

おそらく、誰もが知っている有名人が出てくるのだと思った。

政治家や文化人、芸能人など……少なくともどこかで見たことがある人が乗っていると思い込んだのは、普通の高校生である潤にとって、それくらい特別な車だったからだ。

「……え？」

思わず漏らした潤の声が、友人らの声と重なる。

皆で口を揃えて、「え？」といってしまう光景が目に飛び込んできた。

大きな噴水が邪魔して見えにくいものの、リムジンから降りてきたのは明らかに少年だ。

黒っぽいブレザーの胸には、一度見たら忘れられない、特徴ある三本の牙とRの文字のエンブレムがついていた。全寮制男子校、竜泉学院の生徒だとわかる。

一見すると中学生だが、ネクタイから察するに高等部の生徒だ。

少年は一人ではなく、続いてもう一人降りてきた。

どちらも茶髪の小顔で、可愛らしく見える。

「竜泉の……高等部の制服だよな？」

つい先程まで竜泉学院のことを考えていただけに、潤が最も早く気づいた。

他の三人が、「そうだ、竜泉だ」と口々に答える。

竜泉学院が、裕福な家の子息が通うお坊ちゃま学校だと知ってはいても、有名人が現れると思い込んでいた頭は疑問符でいっぱいになってしまい、なかなか切り替えられなかった。

自分達と同じ年頃の高校生がリムジンで一流ホテルに乗りつけ、大人達に恭《うやうや》しく迎えられる光景に驚いていると、さらなる衝撃に襲われる。

「う、わ……」

「デカい、な」

少年達に続いて車から出てきたのは、目を瞠《みは》るほど体格のよい男だった。

身長は、まず間違いなく一九〇センチはあり、高さだけではなく厚みもある。

白田と違ってモヤシと表現されることは一生なさそうな体は、鉄骨製の骨や、極めて強靭《きょうじん》な筋肉で作り上げられているように見えた。

後ろ姿だけでも妙な威圧感が漂っていて、ゲームに登場する鎧《よろい》を纏った軍神や剣士、或いはラスボスといった、特に強そうな印象を受ける。

距離と噴水、屈折する陽光のせいで顔がよく見えず、髪が黒く短いことと、鼻筋が真っ直ぐ通っていて高いということくらいしかわからなかったが、日本人に留まらないスケールの血が感じられた。

バスケをやろうと柔道をやろうと、仮なら確実に敵を長縮させて優位に立つだろう。

戦う気力を削ぐほど圧倒的な強さを感じさせる、独特な雰囲気の持ち主だ。

——主賓は、間違いなくあの人……。

長身の男が歩きだすと、ホテルの従業員は明らかに怯む。

敬っているというよりは、恐れているように見えた。

余程の上客か、経営者の子息か何かなのだろう。

車から先に降りた茶髪の少年二人は、長身の男の左右に陣取っていた。

三人とも竜泉学院高等部の制服を着ているが、仲のよい友達三人組には見えない。

彼らの間にあるのは友情ではなく、上下関係に思えて仕方がなかった。

小柄で可愛い感じの二人は、「取り巻き」といった立場に見える。

「——なんか、見ちゃいけないもの見ちゃった気がする」

しばしの沈黙を破ったのは、最も陽気な芝だった。

続いて田村が、「……だな」と、軽めに笑う。

長身の男と少年二人は、すでにホテルの中に消えていた。

いつしか息を詰めていたことに気づいた潤は、友人達と顔を見合わせる。

誰もが同じだったが、特に森脇の表情に、強烈な劣等感を見いだした。

おそらく、森脇には自分が恵まれた人間だという自覚があるからだ。平均的な収入の家庭に生まれた潤や田村や芝と違って、経済的余裕のある家に生まれ、背が高く、頭もいい。柔道はもちろん、何をやってもそつなくこなせるハイスペックな男で、女子の人気も高かった。

——森脇だって十分凄いけど……上には上がいる。経済的にも見た目的にも、とんでもなく恵まれた人が……実際いるんだ。

自分達とは比較にならない、選ばれし者が存在することはわかっていた。

潤も森脇も、それくらい当たり前に承知していたのに衝撃を受ける。

選ばれし者の生息地は、テレビやネットの向こうだったり、庶民に公開されることすらない別世界だったりするのが普通で、都市伝説に近いものだと思っていた。リアリティのない雲の上の人々の話であって、実体のない存在だったからこそ劣等感を抱かなくて済んだのだ。

——同じ高校生で……歳《とし》も同じか一つ違いで、しかもわりと近くの学校に……ああいう人が、いるんだ。実在しちゃうんだ。

裕福かどうかということは、潤にとって大きな問題ではなかった。

ただ、もしも自分があんな体を持っていたら——と考えてしまう。

きっと空気を蹴って駆けるように跳び上がり、豪快なダンクシュートを決めて、強さのみで勝負できるだろう。バスケットボール専門誌の記者やカメラマンに、アイドル扱いされて追いかけられたり、電車内で見知らぬ人に気安く写真を撮られたりすることもなく、同性に手首を摑まれて友人に助けられることもない。

あの彼のような体格と雰囲気を持っていたら、何か問題が起きても人に頼らず、自分の力で対処できるはずだ。

——男の中の男って感じだったな。いくら多様性が認められて、男らしさとか女らしさとか決めつけるのがナンセンスになっても、やっぱり俺は……ああいう男っぽさに憧れる。

高校生三人と、出迎えの従業員、そしてリムジンまで姿を消しているにもかかわらず、潤はホテルの入り口を凝視する。中に入って追えるものなら追ってみたくなり、「早く行こうぜ」と田村に声をかけられるまで、その場に立ち尽くしていた。

——そうだ……ホテルの人に頼んでタクシー乗り場に並ばせてもらって、早く帰らないと。今のは……何も見なかったことにしよう。俺は俺だし、くよくよ考えても仕方ないし……俺も森脇も田村も芝も、自分が持って生まれたものを生かすしかないんだから。

人は人だと思っても羨ましい気持ちが湧くのは止めようがなく、潤はその思いに蓋をする。同じ人間でも、歳が大して変わらなくても、近くの高校の生徒でも、他人の話だ。比べて凹んでもいいことは何もないので、綺麗さっぱり忘れることにした。

＊＊＊＊＊

中生代から脈々と受け継がれてきた、恐竜遺伝子を持つ竜人——中でも、格別に優れた能力を持つ超進化型ティラノサウルス・レックス竜人、竜嵜可畏《かい》は、生餌《いきえ》の二号と三号を従えて自社グループの新しいホテルに足を踏み入れた。

このホテルは一階から最上階まで、中央部分が大きく開けた贅沢《ぜいたく》な構造になっている。

硝子《ガラス》張りの天井部からは、自然光が柔らかく降り注いでいた。

無論照明の光もあるが、今時分は夕空の色を見て取ることができる。

そして中央部分には、エントランスと同様に噴水が設置されていた。

斬新かつ芸術的な水の動きが、透明感のあるきらきらかな空間を演出している。

「可畏様、如何《いかが》でしょうか。この高さと広さなら屋内に於ける超大型恐竜の変容に適《かな》うという計算のもとに、満を持して建設されたホテルです。すでに、ダスプレトサウルスの方々による実験はクリアしております」

事前の報告でわかり切っている支配人の言葉を受け、可畏は改めて空間を見渡す。

竜人は、基本的には恐竜化を好み、それを必要とする生き物だが、超進化によって大型化が進み過ぎた種の場合は、容易に変容できない不便さがあった。

そのため竜人専用の島を個人所有したり共有したりして、バカンスといった形で島に行き、そこで変容する。たまには恐竜の姿になって解放感を味わわないと、ストレスが溜《た》まって抑止力が衰え、人間生活に支障をきたす恐れがあるからだ。

「湿度は現在三十程度だな。どこまで上げられる」

「はい、季節によりますが、閉館時であれば最高六十パーセントまで上げることが可能です。天井の開放は不可能ですので、足りない分は噴水から供給できるようになっています」

「この空間で六十じゃ、超大型には厳しい。噴水から吸収するにしても、変容途中で不足して破壊しかねない、ギリギリのところだな」

理論上は可能だと知りつつも、可畏は恐竜化を否定した。

目の前の噴水にはミスト機能が備わっているので、実際にやってみればどうにか変容できる気はしたが、際どい状況での恐竜化を体が望んでいない感覚がある。

竜人は全身の細胞に水分を取り込むことで巨大化するため、超大型種の恐竜化には相当量の水分が必要だった。開放された場では空気中から一気に取り込めるが、こういった閉鎖空間で無理をすると、変容の途中で水分不足に陥って断念する破目になるか、水分を引き寄せる際の風圧で、建造物を損傷させる恐れがある。

特に他を圧倒する変容速度を誇る可畏の場合は、凄まじい瞬間風速によって、多くの物体を否応なく引き寄せる。下手をすればホテル中の硝子を割るに止《とど》まらず、営業再開が困難になるほどの被害を齎《もたら》すだろう。

そんなリスクを冒してまで屋内で恐竜化する必要性を、可畏は感じていなかった。

「それは大変残念です。やはり商業施設を恐竜化のために併用するのではなく、専門の施設を建てるしか手はないのでしょうか」

「それが手っ取り早いが、ヘリを飛ばせば島まで数時間だ。今のところはそれでいい」

「本当に残念で、力及ばず申し訳なく思います」

「我々としましては、可畏様を始め、グループ総帥や御母堂様にも、都心で気軽に変容できる空間を御提供したかったのですが」

支配人と共に、ホテルマンや建設関係者が揃って頭を下げる。

一般客の目があったが、人として過剰なほど礼を尽くしていた。

元よりこのホテルは竜人のために建てられたもので、超大型竜人の屋内での変容が可能なら、予定を組んで貸し切りにし、人間を排除することもできると経営サイドは考えていた。

もちろん、シーンに応じて外部からの視線を完全に遮断できる造りになっている。

しかし現在のところ、暴君竜――ティラノサウルス・レックス竜人である可畏も、同じ種の可畏の祖母も母親も、そこまで頻繁に恐竜化することを求めてはいなかった。

そもそもこんな狭苦しい場所で恐竜になったところで、欲求が満たされずにかえって苛立つ結果になってしまう。

変容すると暴君竜の凶暴な性質が表に出るため、そう大人しくはしていられないからだ。

可畏に至ってはビルの五階相当の体高があり、母親に至っては可畏を上回る重量があるので、ほんの少し暴れただけで悲惨な結果になるのは火を見るよりも明らかだった。

「可畏様、ここが駄目なら鬼子母島《きしも》に行きましょうよ。その方がのびのびできるし、あそこは秋でもポカポカ陽気ですよね。砂浜でビーチバレーしましょ」

コリトサウルス竜人の生餌二号が、科《しな》を作りながら誘ってくる。

鬼子母島は沖縄《おきなわ》諸島に連なる無人島で、竜嵜グループが所有していた。

狩りや戦闘、破壊行為が禁じられている島ということもあり、肉食恐竜に襲われがちな草食恐竜の生餌に人気がある。安心して過ごせるユートピアといっても過言ではなかった。

「恐竜化した俺の前でチョロチョロすると、バクリとやられちまうかもしれねえぞ」

「えーやだやだー、それは絶対嫌ですよぉ。可畏様の場合、狩り禁止を無視したってお咎《とが》めとかないでしょうし、僕達も安心してチョロチョロできませんね」

「その通りだ。安易に誘ってんじゃねえぞ」

「やんッ」

二号の小さな頭を小突いた可畏は、そうしながらも薄い肩を抱き寄せる。

第三者目線で「可愛がっている取り巻きの一人」に見えるよう、そこそこの扱いをした。

竜人専門教育機関である竜泉学院内では、気の向くままに生餌らを殴りつける可畏だったが、人間の目がある場所ではDV的なことはしない。

竜人にとって、真っ当な人間らしく振る舞うことは何より重要で、自らの有能さを誇示する行為でもあるからだ。

人間社会で騒ぎを起こす者は、それだけで無能のレッテルを貼られてしまう。

そのため、大抵のことは許される可畏のような有力竜人であっても、人前では人間らしさを意識するのが常だった。

「可畏様、当施設で恐竜化ができそうにないとわかったことは非常に残念ではございますが、本日はプレジデンシャルスイートを御用意しております。水質のよいプールもございますので、せめて人として当施設をお楽しみください」

小型肉食恐竜の影を背負う支配人に誘われ、元よりその予定でいたにもかかわらず、可畏はエレベーターに向かう気になれなかった。

二号が鬼子母島の名を出したことで、頭の中に島の光景が浮かんでいる。

それほど切実に恐竜化を必要としない身とはいえ、なるべくなら恐竜化したいのが本音で、暴君竜として島を歩き回ることを想像すると狭い空間が鬱陶しく思えた。

スイートルームよりも島の大地、ホテルのプールよりも海がいい。

今から学院に戻ってヘリを飛ばせば、今夜と明日は恐竜の姿で過ごせるだろう。

制約が多く自由に暴れられない島ではあるが、恐竜化できるというだけで気持ちが昂《たかぶ》った。

「おい、帰るぞ」

「……え？　可畏様、今夜はホテルで3Pするんじゃないんですか？」

「島に行く。3Pでも5Pでも、島ですりゃいいだろうが。学院に戻ったら四号五号も誘え。明日は存分に青姦を愉しめる」

「やーん、楽しみぃ！　じゃあ四号さん達にメールしときますね。水着とか準備させないと。あ、でも……島に行ったら可畏様ずーっとT・レックスのまま過ごしちゃいそう」

「そしたら僕達とはエッチできないですねぇ、大きさが合いませんし」

「可畏様のアレ、余裕で六メートル超えちゃいますからぁ」

はしゃぐ二号と三号の肩を抱きながら、可畏はフロントに背を向ける。

ホテルの支配人を始めとする従業員達が、慌ただしく追ってきた。

南の島で生餌らと開放的なセックスをするかどうかは気分に任せるとして、今はとにかく恐竜化したい欲求が高まっている。

如何《いか》なる竜人にとっても、恐竜化は重要な抗ストレス活動の一つだが、種によって得られる感覚は違い、有力種であればあるほど恐竜化を好む傾向にあった。

小さな人間の姿から、大きく強い姿に変わることで自己を肯定し、自尊心を限界まで高めることができる。自身を誇れることは、即ち最高の快感だった。

「あー、四号さん達にメールするより先に、まず山内《やまうち》さんに連絡しなきゃでした。三号さん、急いで電話して呼んでっ」

ホテルから一歩出るなり、二号が三号に命じる。

運転手の山内には、今夜はホテルに泊まると告げてあったので、今頃はリムジンを駐車場に停めている頃だろう。

「可畏様ごめんなさい。ちょっとだけ待ってくださいね」

二号がそういった瞬間、可畏はふと、ある匂いに気づいた。

エントランスの端に位置するタクシー乗り場の辺りから、穏やかな夕風が流れてくる。

一台のタクシーが走り去り、噴水のカーブに沿ってスロープを下りていくところだった。

風下のこちら側に向かって排気ガスの不快な臭いが流れてきたが、それに混じって、確かにそそられる匂いがする。

「若い雄のベジタリアンがいる」

「……え、ベジタリアン？　今のタクシーですか？」

「ああ、おそらくラクト・ベジタリアンだ。少し汗を掻《か》いてる」

タクシーは早々に大通りに出ていったが、鼻腔を擽る匂いは残っていた。

肉食竜人は、基本的には草食竜人の血肉を好み、人の姿でいる時は、彼らの血液と牛などの草食動物の肉を主食としているが、人間のベジタリアンの血肉も好んでいる。

贅沢をいうなら、完全な菜食主義であるヴィーガンが最適だが、乳製品を摂取するラクト・ベジタリアンの血も、健康で若ければ悪くなかった。

今嗅いだのは後者のタイプだ。

「可畏様には、草食竜人のうえにヴィーガンの僕がついてるじゃないですか」

「二号さんだけじゃありません。僕だって乳製品を我慢して、徹底的に血を清めてます」

「僕達生餌は、可畏様のために日夜努力してるんですからね。ラクト・ベジタリアンの生臭い血なんかにそそられないでください」

「肌の綺麗そうな、美人の匂いだった。乳製品で多少生臭かったとしても、美人フィルターでお前らの血より美味《うま》く感じられるかもしれねえな」

「酷いっ！　僕はこんなに可愛いのに！　だいたい、体臭だけで顔の造作がわかるんですか？いくら可畏様でもわからないですよね？」

「これほど美味そうな匂いの奴が、不細工だったら嘘だろ」

「いいえ、きっと不細工です！」

根拠のないことをいい合っているうちに、仕事の早い山内が車を寄せてくる。

背後にずらりと並んだホテル関係者に見送られながら、可畏はキャデラックの特別仕様車に乗り込んだ。

――本当に美人かどうか、追いかけて確かめてえな。

人間を愛妾《あいしょう》に加えると何かと面倒だが、あれくらい上等な匂いのラクト・ベジタリアンで、イメージ通りの美形なら、ハレムに加えてもいいような気がしてくる。

可畏が支配する竜泉学院の寮には、可畏の性欲処理と血液補給のためのハレムがあり、その構成は以前から変わらず、名前で呼んで同じ部屋で暮らす最上位の愛妾が一人いて、その下に二号から十号までの生餌九人が控える、十人態勢になっていた。

しかしつい先日、最上位の愛妾を実母と長兄に攫《さら》われて食べられてしまったため、今は空席になっている。

しばしの間なら空席でも構わないが、それが長引くと、事実上のナンバー1に当たる二号のユキナリが最上位の愛妾と判断され、母親や兄に横取りされる危険があった。

可畏は決して二号に特別な感情を抱いてはいないが、生餌の中でも二号の血は味がよいため、今後も美味な血を摂れる二号を……いわば金の卵を産めるガチョウを奪われ、ペロリと喰《く》われてしまうのは面白くない。

「可畏様……人間を攫って一号さんにしようなんて、思わないでくださいね」

「そうですよ。なんたって人間は脆《もろ》いですし、僕達と同じように扱ったらすぐ死んじゃいます。殴り甲斐《がい》がなくてつまらないですよ」

「そうそう、大量に血を吸うわけにもいかないし、いなくなったら親とか警察が騒ぐから揉《も》み消さなきゃいけませんし、人間なんて面倒ばっかりです」

リムジンのロングシートに腰かけた二号と三号は、「暴君竜の可畏様には草食竜人の僕達が最適ですっ」と、口を揃えて力説した。

一号の不在が続けば、まずは二号に——そして二号が喰われた場合は三号に危険が及ぶのをわかっているのかいないのか……おそらくわかっていないのだろう。

可畏が新たな一号を迎えようとするたびに、むきになって茶々を入れてくる。

血の味を気に入っているだけとはいえ、少しは庇護してやろうという気がこちらにあることも知らずに、実に愚かしい連中だ。

草食竜人は超進化によって小型化し、肉食竜人に可愛がられる見た目になったが、頭の中身も軽くなるばかりだった。

「俺が一号を迎えるのが気に食わねえのか？」

「それは、まあ……僕だって、そろそろ一号に昇格したいなぁとかいう欲はありますからね。可畏様に名前で呼んでもらったり、同じ部屋で過ごしたりしたいですから」

「べつに構わねえが、一号になれば長くて二ヵ月の命だ」

「──そ、それは……ッ」

「最短記録は二週間だったか？　自分だけは特別だと思うなよ。誰でも同じだ」

可畏が放った言葉に、車内の空気が凍りつく。

最上位の愛妾という立場に据え、番号ではなく名前を呼んで同じ部屋で暮らし、それなりに可愛がった相手を喰い殺されても、可畏が悲しみに暮れることはなかった。

罪の意識を感じて、自分を責めることもない。

もしかしたら、酷いことをしているのかもしれない、悲しむべきことなのかもしれないと、疑問を抱くことは時折あったが──そういった疑問は、これまで得てきた人間的知識の影響によって湧くのだと思っていた。

人間離れした生物でありながら、人間らしく振る舞って社会に溶け込み、竜人の秘密を守り抜くことが、有能な竜人の条件であるとされている。

そのため可畏は幼い頃からずっと、人間の常識や、人間らしい食生活、人間の感情や言動について学んできた。それにより自分本来の感情と知識として得た人間的感情の境目が曖昧になり、文献からコピーした偽物の罪悪感に惑わされることがあったとしても、おかしくはない。

ただ単に、学び過ぎて混乱してしまっただけのことだ。

もしも本気で心を痛めていたとしたら、それは凡人の証《あかし》になる。

竜人ですらない、そこらに転がっている普通の人間と同じになってしまう。

肉食恐竜の竜人は、この地球上で最も優れた生物だ。

特に自分は、その中でも最強とされるティラノサウルス・レックス竜人として生を受けたのだから、自身を誇り、竜王らしく生きなければならない。

残酷さは強さだ。冷淡であることは美徳だ。

優しさは脆弱《ぜいじゃく》で、生温《なまぬる》い馴れ合いは醜い。

――そうだ……馴れ合いも程々にするべきだ。近日中に新しい一号が決まらなければ、二号を昇格させる。いくら美味い血の持ち主とはいえ、特定の奴をダラダラ長く生かし続けるのは、俺らしくねえ。一人に執着してると判断されれば、嘗《な》められる。

鬼子母島に着いたら何をしようかと、三号と話し合っている二号ユキナリの横顔を見ながら、可長は雌のティラノサウルス・レックスに踏み潰《つぶ》されるコリトサウルスの姿を想像する。

弱い草食恐竜が肉食恐竜に貪り喰われても、それは自然の摂理だ。

代わりはいくらでもいるのだし、何も問題ないと思った。

そう思えてこそ、最強の竜王たる資格がある。

＊＊＊＊

季節は巡り、登校時にリムジンに撥《は》ねられたのをきっかけに竜嵜可畏と出会った沢木潤は、都立寺尾台高校から私立竜泉学院高等部に転校し、卒業式を間近に控えていた。

愛の奇跡か運命の悪戯《いたずら》か、ルームメイトで恋人の可畏との間に二つの卵が産まれ……てんやわんやと色々あったが、どうにか孵化《ふか》させて九日後――パワフルな双子の赤ん坊を育てながら体力不足を痛感した潤は、久々にバスケットボールを手にした。

「オールコートを使ったスリー・オン・スリーで、可畏のチームは林田《はやしだ》さんと谷口《たにぐち》さん。俺のチームは辻《つじ》さんと佐木《さき》さん。マッチアップは……決めても意味なさそうだから適当に。細かいルールも無視していいんで、とりあえず血を見ない感じでお願いします」

「通常はマッチアップを決めるんですか？」

小型肉食恐竜ヴェロキラプトル竜人の辻が、手を上げて質問する。

若干紫を帯びた黒いジャージ姿の潤は、「うん、マークする相手は決まってるのが普通かな。なんとなくでも決めておく？」と問い返した。

「いえ、お任せします」

「じゃあ、可畏の相手は俺。あとは自由で。通常だと一ピリオド十分で四ゲームやるんだけど、体力ヤバいんで……まずは流しで五分やってみて、回数はそれから決めてもいいかな？」

「潤様、ピリオドはわかりますが、流しの意味がわかりません」

「ああ、ごめん。ファウルとかあっても、時間を止めずに進行するってこと。審判とか時間を管理してくれる人がいない時は、そういう感じでゲームするんだ」

立てた指の上でシュルシュルとボールを回転させながら、潤は内心、「ほとんど未経験者の集団に、絶対勝てない辺りがつらい……」と思っていた。

竜人の運動能力は人間よりも優れているため、潤以外の五人が本気を出したら、全員が超人的スピードで走り、ゴールより高い位置までジャンプして大量得点を狙えてしまう。

特に可畏のパワーは群を抜いているので、加減しなければボールを破裂させたり、激しいダンクシュートと共にゴールを壊したりしてしまうだろう。

この竜泉学院は、竜人が人間社会に紛れて上手く暮らすために存在する教育機関で、彼らにとってのスポーツとは、如何に自然に手を抜いて、人間らしく見せるかを競うものだ。

「なんだって俺がお前と敵対しなきゃならねえんだ？」

「チーム分けはなんとなくだよ。バッシュ履いてボールに触れて、運動不足を解消できるならそれでいいんだけど、ゲームっぽくした方が楽しいし」

体育館のバスケットコートの中央で、潤はボールを弾ませる。

冬の午後の静かな空間に響き渡る音と、足元から響く振動が好きだった。

掌を押すように吸いついてきては離れ、思い通りの軌道で正確に戻ってくるボールの感触を味わいつつ、センターラインの向こうの可畏と対峙《たいじ》する。

「あれだけ子供を追いかけてて、運動不足ってことはねえだろ。育児疲れで参ってたくせに、いきなりゲームなんかして平気なのか？」

「運動不足っていうより体力不足だな。子供達のパワーについて行けるよう、体力つけないと。粉ミルクの好みもやっとわかったし、ちゃんと飲んでくれるようになっただけで気分的に凄い楽になったから大丈夫。……で、運動するならやっぱりバスケがいいなって思って」

「付き合うのは構わねえが、何度もいってる通り手抜きになるぞ。本気は出せねえ」

「うん、わかってる。走らせてくれればそれでいいよ」

なんだかんだといいながらも協力してくれる可畏と、ヴェロキラプトル竜人の四人、そして卵から孵化してわずか数日で高速ハイハイをする赤ん坊を見ていてくれる翼竜リアムや、二号ユキナリを始めとする生餌らに感謝しながら、潤は五分間のゲームに臨む。

午後二時ぴったりに、潤がボールを持った状態からゲームが始まったが、対戦相手の可畏も林田も谷口も、さらには味方の二人まで、明らかに距離を取っていた。

接触して怪我をさせることを、避けているのがわかる。

仕方がないので潤はそのままドリブルで進み、誰にも邪魔されずにシュートを放った。

——あ……いまさらだけど、フェアにやる方法あるじゃん。

ボールが弧を描くのを見送りながら、潤は竜人とバスケを楽しむ方法に気づく。

通常のゲームは無理だが、フリースローのみの対決をすればいいのだ。

それならコントロールが重視され、膂力《りょりょく》が優れていれば勝てるというものではなくなる。

現に球技大会でゲートボールをやった時は、皆でルールを勉強するところから始めて、いい勝負ができたのだ。

「あ……ッ！」

確実に入るはずだったシュートが、突如現れた可畏にブロックされる。

普通に立っていても長身で威圧感のある可畏は、人間レベルまで落とした跳躍力で床を蹴り、NBAでプレイするために生まれてきたかのような大きな手と体で、ボールを奪った。

そのまま反対のゴールに向かうかと思いきや、同じチームの林田にパスを出す。

荒っぽいパスを上手く受け止めた林田は、「可畏様ありがとうございます！」と叫びながらドリブルを開始した。潤以外がボールを手にしたことで、全員が遠慮なく動きだす。

潤の味方の二人が揃って林田を追いかけ、潤もコートを走った。

——いいな……こういう感じ。フリースロー対決も面白そうだけど、やっぱりこうやって……ボール追いかけて走りたかったんだよな。

林田が辻を躱《かわ》して谷口にパスを出し、谷口がシュートを放つ。

しかしボードに接触して跳ね返り、そのタイミングに合わせて可畏が跳んだ。

ボールが落ちてくるのを待つしかできない潤とは違って、長身を生かしてリバウンドを取り、そのままドォォンとゴールに叩《たた》き込む。

「う、わ……ァ……」

目と耳で感じる衝撃に、ぶわりと血が騒いだ。

対抗心に火が点《つ》くというよりは、ただただ楽しくて、可畏とコート上にいることが嬉しくてテンションが急上昇する。可畏がバスケをやったら恰好いいに決まっていると思っていたが、実物の破壊力は想像以上だった。こんなものを見せられたら、惚れ直さずにはいられない。

「潤、ぼーっとしてる暇はねえぞ」

「あ、うん……ありがとう、頑張る！」

潤はボールを持たせてくれた可畏に礼をいうと、一気に走りだした。

人間としてあり得る範囲までパワーダウンさせた手抜きバスケであっても、惚れ込んだ男がダンクシュートを決める姿にときめいて、鼓動が高鳴る。

以前の自分なら、今よりも引いた立場で可畏のようになりたいと思い、彼の恵まれた肉体や能力に憧れたのだろうが——今は、可畏は可畏として、その存在を誇りに思った。

自分が目指す相手ではなく、恋人として愛しくてたまらない。

最終的に、時間を半分にしたピリオドを四回行い、ポイントは可畏チームの圧勝だった。

元より勝ち負けは問題ではなく、潤は思っていたよりもゲームらしいゲームができたことに満足する。

近いうちに真剣勝負のフリースロー対決もしてみたかったが、今日のところは、へとへとになるまで走って汗を掻き、いいものを見られて爽快な気分だった。

「今日は付き合ってくれてありがとう。凄い楽しかった」

ボールの片づけを自ら担った潤は、バスケ部の部室に足を踏み入れる。

二人きりになってから改めて礼をいうと、可畏は一瞬だけ嬉しそうな顔をした。

しかしすぐに表情を固め、然《さ》も興味がなさそうに「ああ」と答える。

子供達を見ている時も大抵、あまりデレデレと笑わないよう自身と闘っている可畏だったが、実のところ連戦連敗だった。それでも諦めずに表情筋を駆使して抗《あらが》うのは、彼なりに保ちたい自分のイメージというものがあるからだろう。

「子供達が大人しく寝てくれてる時とか……タイミングが合ったらまた誘っていい？」

「ああ、いつでも付き合ってやる」

「ほんとに？　次はフリースロー対決とかどう？」

「それなら余裕で勝てると思ったら大間違いだぞ」

「そんなこといって、ボロ負けしても拗《す》ねるなよ」

フッと笑いながら、潤は使用したボールを磨く。

その間に、可畏はバスケットボール部の部室を見渡していた。

無駄な物がほとんどなく整頓されている空間は、それなりに広くて音が響く。

「あと少し待ってて。部外者だし、ちゃんと綺麗にして返さないと」

「――この雑誌、お前が載ってるやつだな」

ボールを磨いていた潤の視線の先で、可畏は棚から雑誌を抜き取る。

パラパラと捲《めく》って見せてきたのは、一年以上前に刊行された、バスケットボール専門誌の企画ページだった。

「あ、それ……え、何……載ってること知ってたんだ？」

「身上調査の流れで見つけた。二号から献上された物も含めて、お前が載っている号はすべて五冊ずつ所持してる。貴重なコレクションだ」

「そんなことドヤ顔でいわれましても」

可畏が開いたページには、潤の名前と写真が掲載されていた。

高二の秋の練習試合の終了間際に決めたスリーポイントシュートについて、華麗なフォームだと称賛され、当人にとっては恥ずかしいほど大袈裟《おおげさ》に取り上げられている。

チームメイトに囲まれて笑みを浮かべている写真は、当時の潤の実力や所属高校の存在感と比べると、あまりにも大き過ぎる扱いだった。

「なんか、蘇《よみがえ》る黒歴史……この時から一年以上も経《た》ったんだな」

ボールを籠《かご》に収めて雑誌を受け取った潤は、まじまじと写真を見る。

一応購入して持っているはずなのに、ほとんど目にした記憶がなかった。

最初は、何故だろうと不思議に思ったが、それもそのはずだとすぐに気づく。

実力以上の扱いだけでも嫌だったのに、他にも嫌なことがあったのだ。

写真の端に、自分を見つめている対戦相手が一人写り込んでいた。

——これ……白田って奴だ。そうだった……試合中なのに、俺のことを明らかにそういう目で見てるコイツが嫌でたまらなくて、ろくに読まずに母さんにあげたんだ。

チームメイトの目の前で告白されて手首を摑まれ、少々怖い思いをしたことも、友人の森脇篤弘に助けられた情けなさも、客寄せパンダとして雑誌に掲載されたことも、潤にとっては黒歴史でしかない。今となっては遠い過去の話だが、やはり気持ちのいいものではなかった。

「可畏……ちょっと、俺の手首を握ってみて」

雑誌を棚に戻した潤は、これまで知り合った誰の手よりも大きな可畏の手を見つめる。

下りていたジャージの袖を捲《まく》り、剝きだしの右手首を差しだした。

「——こうか？」

何故そんなことを、とは訊《き》かずに実行した可畏の手指を目で追った潤は、優に一周半は巻きつく手の大きさや、指の長さを確認する。

雑誌に写っていた白田は、その名の通り肌も白い方だったので、浅黒い可畏の手とは似ても似つかないが、大きさだけならやや近いものがあった。

「このままの状態で、『好きです、俺と付き合ってください』っていってみて」

悪戯っぽく笑いながら頼んだ潤に、可畏は怪訝《けげん》な顔をする。

今度は何も訊かずに実行することはなく、「いったいなんの儀式だ？」と訊いてきた。

「以前、練習試合のあとに……相手チームの男に右手首を摑まれて告られたことがあるんだ。わりと背え高くて手も大きいし力も強かったから、ひやっとしたのを思いだした」

「そいつの学校名と名前を教えろ。俺が踏み潰して喰い殺してやる」

「ややや、そういうことじゃないって。駄目だからな、そういうの絶対なしで。俺はただ……可畏に同じこと、いってみてほしいだけ」

手首を摑まれたまま上目遣いで強請《ねだ》ると、可畏は眉間に皺《しわ》を寄せた。

怒りのやり場がないといわんばかりだったが、それでも潤の手を口元に引き寄せる。

そうして手の甲に唇を押し当てた時にはもう、眉間の皺が消えていた。

知的な額と、眉目秀麗と称えるに相応《ふさわ》しい眉、そして真っ白に冴えた白眼の中心に位置する黒瞳を目にした潤は、可畏の悪魔的な美しさに惹《ひ》きつけられる。

——あ……なんだろう、今……何か思いだしかけたような……。

格の違いを感じさせる可畏の姿に、潤の脳は未知の刺激を受ける。

何か忘れていることがあり、それが忘却の彼方から戻りかけている気がしたが、可畏の唇が開くや否や――全神経を摑まれた。

「お前が好きだ。俺と、付き合ってくれ」

華麗な舞台の幕が上がったかのように、演技派になった可畏に告白される。

演技と本気の境界がわからないが、最高に贅沢な舞台や映画のワンシーンを観ている気分になった。本来なら擦れ違うことさえない、別世界の超セレブ美男が……しかも基本的には俺様気質の恐竜の王が、真剣かつミステリアスな表情で交際を申し込んできたのだ。

思いだしかけた何かは再びどこかに行ってしまったが、さほど重要なことではない気がしてくる。目の前の素晴らしい現実に心奪われ、あとはどうでもよくなってしまった。

「よ、喜んで」

子まで生《な》した仲で、何をいまさら――と思いつつも、潤は真面目《まじめ》に答えた。

茶化せない空気と、茶化しては勿体《もったい》ないと思う気持ちに素直に従い、可畏の手を見つめる。

とても大きく力強く、恐竜化した際は鋭い爪が伸びる凶器のような前肢になるのに、自分や子供達にとっては頼もしいばかりの手だった。いつも温かくて、大好きな手だ。

「上手く上書きできたか？」

「滅茶苦茶ときめきました」

笑顔で可畏の胸に飛び込むと、ぎゅっと抱き締められる。

熱い抱擁を交わしながら、可畏の感触に染められていくのを感じた。

肌が幸せに満たされ、血が熱くなるようなこの感触を書き換えてもいいのは、可畏の他には子供達だけで、他の誰にも触られたくないし、触りたくないとつくづく思う。

「可畏……」

火照った顔を上げて見つめ合うと、キスをせずにはいられなくなった。

唇の表面を軽く重ねる程度でやめるつもりが、つい顔を斜めに向けてしまう。

「ん、ぅ……ふ……」

「――ッ、ン」

凹凸を埋めるように口づけて、互いの舌を深追いする。

子供達が目覚める前に寮に戻らなければと思いつつも、キスで火が点いてしまった。

「……ぁ、駄目、だって……可畏……ッ」

「誘うような真似《まね》をするお前が悪い」

「や、でも……汗、掻いてるし」

「お前の体液は漏れなく美味い」

「そうはいっても、子供達が……」

起きる前に帰らなきゃ――といいかけた口を塞がれ、ジャージのファスナーを下ろされる。

上着と湿ったTシャツの間に滑り込む可畏の手が、胸の突起を的確に探り当てた。

生地越しに乳首をくりくりと弄《いじ》られると、腰が物欲しげな反応をしてしまう。

子供達が孵化してからは多忙な日々が続いていたため、睡眠不足に加えて性的にも不足していた体は、いとも簡単に奮い立った。

「ん、ぅ……く」

潤は可畏の愛撫《あいぶ》に溺れながら、彼の髪に指を埋める。

子供の柔毛を触り慣れたせいか、可畏の髪が以前よりも硬く太くなった気がした。

唇も手指も、当たり前だがすべてがしっかりとしていて、包容力が感じられる。

キスをしながら一つ一つ確かめていくと、この上ない安心感を得ることができた。

――頼もしいって、こういう感じなんだろうな。

特殊な子供を二人も持って、この先どうなるのかわからないことも多かったが、可畏と一緒なら心配要らないと思った。

戦う術《すべ》を持たない人間の自分も、恐竜の影を持たずに産まれてきた子供達も――可畏という最強無敵の大船に乗っている気持ちで、堂々と生きればいいのだ。

その信頼が可畏の支えになり、彼をより強くする。

「あ……ッ、は……」

しみじみとした潤の想いとは無関係に、雄としての可畏の動作は進んでいった。

Tシャツを鎖骨に向けて捲り上げたかと思うと、左の乳首に吸いついてくる。

「や、ぁ……ッ！」

いきなり強く吸われ、性感帯のすべてが連動しているかのように腰が震えた。

部室の床に立っているのがきつくなる足も腰も、ぐわりと引っ摑まれる尻も含めて、体中が総毛立ちながらびくついている。

「……ゃ、なんで……そんな、強く……っ」

抗議してもさらに強く乳首を吸われ、兆した性器に体を押しつけられた。

元より可畏は潤の乳首を弄るのが好きで、指で転がしたり舌先で舐《な》めたり、軽く齧《かじ》ったりということは頻繁にしていたが、以前は今ほど強く吸引してはいなかった。子供達の影響なのか、近頃は隙を見て吸いついてきて、その吸い方には明確な目的があるように思えてくる。

「可畏、そんなに、強く……吸ったら……ッ」

「――母乳が出そうか？」

「出ないよ！」

潤は可畏の耳を摑みつつ、快感に仰《の》け反《ぞ》る体を壁に寄せた。

やはり可畏の狙いはそれだったかと思うと、阻止せずにはいられなくなる。

「おい、耳を引っ張るな。もげたらどうする」

「可畏の耳なら、もげても、すぐ……生えるだろ」

潤は可畏の耳を引っ張り続け、身をよじって抵抗した。

子供達は卵生の竜人なので、潤の体からは母乳など一滴も出ない。

そのくせ子供達も可畏も乳首を吸いたがるため、ただでさえ過敏なところがますます感じやすくなっていた。

「どこまで本気で期待してるのか知らないけど……いくら吸っても、俺の体からは母乳なんて出ないんだからな。あんまり吸うと、乳首もげるだろ……ッ」

「——それは困るな」

可畏は乳首の先に舌を当てながら、艶《なま》めかしい視線を送ってくる。

いつ見ても抗えない瞳と、鮮血の色が鏤《ちりば》められた虹彩に、ぞくりとした。

この目に射貫かれながら抱かれると、自分が自分ではない別の生き物になったような、酷く淫らな気分になることを、体がよく知っている。

「母乳は出ないけど……別の物が、出ちゃいそう」

「早いな」

笑った可畏の唇が、下腹部に向けて下りていく。

大きな掌や長い指も同時に下がって、ジャージのパンツに触れられた。

「そういや、この辺から美味そうな匂いがする」

「美咲そうとかいうな、馬鹿……ッ」

パンツに鼻先を埋められ、スンスンと匂いを嗅がれるのが恥ずかしい。

すでに下着の中が蒸れている感覚があり、先走りが染みだしているのがわかった。

ベジタリアンの体液を好む可畏は、冗談でもなんでもなく本当に美味だと感じるらしい潤の体液の匂いを嗅いで、うっとりと酔った目をする。

「あ、ぁ……！」

解放されるなり腹を打たんばかりに飛びだした性器が、可畏の頬を打った。

ビタンッと音まで立て、透明な飛沫を散らす勢いに気をよくしたのか、可畏は実に満足げに目を細める。

チュ、チュ……と、甘く軽やかなのが余計にみだりがわしいリップ音を立てながら、雁首にキスを降らせて、さらに頬擦《ほおず》りした。

「あ、ぁ……可畏……！」

「やけに元気だな。四ゲーム走りまくってヘロヘロとかいってたのは嘘だったのか？」

「や、ぁ……ふ、ぁ……」

「これが人間の疲れマラってやつか」

「そういうわけじゃ……なくて……あ、ま……待って、ここ……バスケ部の……」

「あとで掃除させるから遠慮するな。そもそも、この学院は俺の物だ」

「――けど……ん、ぅ……ッ」

聳《そび》える昂りは、潤が思った以上に硬くなり、湿っている。

頬摺りされるとサラサラとはいかず、可畏の頬との間に摩擦が生じた。

肉感的な唇の間から熱っぽい舌が伸びてきて、頬摺りと同時に裏筋を舐められる。

「可畏……ぁ、ん……ぅ」

壁に背中を当てて立っているような、可畏の手で尻を掴まれて浮かされているような、そのどちらともいえる体勢で、潤は可畏の髪を掻き乱した。

部室が明る過ぎて恥ずかしく、彼の頭を押し退《の》けて一旦やめさせたい気持ちと……このまま引き寄せ、もっと溺れたい欲望の狭間で揺れる。

「は……く、ぁ……！」

「――ッ、ン」

結局は引き寄せてしまい、熱い口内に根元まで呑《の》み込まれた。

上下の唇に強めに挟まれながら、粘膜を駆使した口淫を受ける。

乳首を吸われるのも、性器を吸われるのも、ただ肌に触れられることすらも、可畏にされることすべてが気持ちよくて、しまいには恥ずかしげもなく片足立ちになり、膝裏を掴んで自ら持ち上げてしまった。

「あ、ぁ……ッ」

卑猥《ひわい》な音を立てながら先走りを吸引する可畏が、欲深い目で見つめてくる。

より栄養価が高い、濃厚な体液を欲しがる目は、獣染みてぎらついていた。

今にも噴き上がりそうな劣情を感じながら、潤は息を詰める。

あと少し、もう少し引き伸ばして、絶頂を迎える寸前の悦楽を味わい続けたかった。

「あ、ふ……ん、ぅ」

浮かせた足に纏わりついていたパンツと下着を抜き取られ、より大胆に足を開かれる。

さらに深く雄を食《は》まれながら、唾液に塗れた指で後孔を弄られた。

ここしばらく触れられていなかった孔に、つぷりと指が入ってくる。

「く、ぁ……ッ！」

いい所を突かれる前に達してしまいそうで、潤は体の飢えを自覚した。もうそろそろここに可畏が欲しい頃だったんだな——と思うと、恥ずかしくて体中の血が顔に集まりそうになる。

「ひゃ、ぁ……ッ」

裏返った嬌声《きょうせい》を上げた潤は、壁に向けて仰け反っていた体を無意識に丸めた。

そうして逃げてしまった腰を、指と口で追い込まれる。

「ん、ぅ……ゃ、も……ぅ、ッ」

「——ッ……」

可畏の背中が真下に見える状態で、ますます深く性器をくわえられた。

食べられてしまうかと思うほど深くしゃぶられながら、体内の指を増やされる。

「ひ、あ……あ、ぁ……！」

可畏の太く長い指が蠢《うごめ》くせいで、自分の体をコントロールできなかった。

どんな体勢にあるのかも、四肢がどこを向いているのかもよくわからず、ただ反応のままに、びくんっと震えて達してしまう。達《い》く——と申告する暇もなかった。

達ったことに気づくことすら遅れて、我に返った時にはもう……可畏の喉に向けてドクドクと放っていた。

「は……ぁ、は……ぅ、ぁ……ッ」

男として滾《たぎ》る欲望を、熱い粘膜に向けて思うままに解き放つのはたまらなく気持ちがよくて、漏らした息は荒々しく満足げなものになったが、実際には満たされてなどいなかった。

ただ放つだけでは終われない欲望が、すでに頭を擡《もた》げている。

「可畏……ッ、ぁ……！」

後孔を突く可畏の指の動きが激しくなり、潤は右足で立って左膝を抱え直した。

前屈みだった体を壁に預け、可畏を迎えやすい体勢を取る。

今この刹那、突っ張った下着の中でミシミシメキメキと音を立てんばかりに張り詰めているであろう可畏のペニスを想像すると、ごくりと生唾を呑まずにはいられなかった。

立ったまま向かい合った姿勢で、真っ直ぐに入れてほしい。

硬い物で中をゴリゴリ突かれることを想像するだけで、頭の中まで達ってしまいそうになる。

「挿《い》れるぞ」

「……うん」

「もっと力を抜け」

「――ッ」

腰を上げた可畏が潤を穿《うが》とうとした瞬間――彼が嵌《は》めていた腕時計が光り、震えだした。

ブーブーとブーイングに似た音を立てる時計の画面に、リアムの名が表示される。

可畏は強く舌を打ち、潤は「うあああぁ……」と、腹の底から低く呻《うめ》いた。

子供達が起きたらすぐに連絡して――と、リアムにいってあったのだ。

「いいところで、リアムからだ」

「もう起きちゃったのか……ぐずってなきゃいいけど」

「慈雨《じう》と倖《こう》に、空気を読むことを教えないといけねえな」

「まだ生後九日っていうか……孵化したばっかりなんで無茶いわないであげて」

可畏はジャージのポケットに入れていた携帯電話を取りだし、そちらを使ってメッセージを確認しようとする。

ロックを解除すると、潤が双子ベビーと三人で昼寝をしている寝顔写真の壁紙が表示され、そこにリアムからのメッセージが重なっていた。

『双子が目を覚ましたので、御機嫌なうちに戻ってきてください』

ぐずってはいないようだが、昼下がりの情事を強制終了せざるを得ない連絡だ。

リアムの名前を見た時点で覚悟していたとはいえ、肩を落とさずにはいられない。

「しょうがない。迷惑かける前に帰らなきゃ」

「──なんつータイミングだ」

顔を見合わせながら溜め息をつくと、可畏の腕時計が再び振動した。

追加のメッセージが届いたのがわかり、二人で携帯の画面を覗き込む。

リアムが新たに送信してきたのは、テキストではなく動画のデータで、静止状態のファイルに双子の手や顔が映っていた。

「慈雨と倖の……動画だな」

「再生再生！」と潤が声を上げると同時に、可畏の指が動く。

再生ボタンを押すなり、むっちりとした手や顔が動きだし、画面がたちまち息づいた。

『リーア？』

『ムーム？』

潤に似た顔立ちで、しかし肌は浅黒い金髪碧眼《へきがん》の長男──慈雨と、可畏に似た顔立ちで色白黒髪、琥珀の目を持つ次男──倖が、カメラに向かって紅葉のような手を伸ばしている。

眼は大きく見開かれていて、何かを見て不思議に思っているのが伝わってきた。

「何これ、何これ……超可愛い！　リアムのこと呼んでるつもりなのかな⁉」

「おそらく奴が宙に浮いて俯瞰《ふかん》で撮ってるんだろう。普通に撮影できる構図じゃねえ」

「あ、そうだよな、ほぼ真上からだし。さすが翼竜！　うあああぁ……きゅるるーんとした目とビックリ顔と、伸ばした手がヤバいんですけど！　うちの子マジ天使！」

「おい、すぐ戻るぞ。浮いてる竜人を初めて見た慈雨と倅の反応を、この目でしっかり見届けなきゃならねえ――親として」

「そうだよな、イチャイチャしてる場合じゃなかった！」

別の意味で興奮しだした可畏と共に、潤も興奮しながら身支度を整える。

そうしている間も、可畏は動画に釘《くぎ》づけになっていた。

終わるや否や、当然のようにリピートする。

潤は下着を元に戻しつつ、そんな可畏の姿をこっそりと盗み見た。

自由に愛し合えない状況はいささかつらいが、暴君竜らしい表情を作れずに、緩む頬を手で押さえるしかない可畏の姿が、愛しくてたまらない。

「――可畏と出会えて、ほんとによかった」

動画に夢中な可畏に告げると、彼は驚いた様子で目を丸くする。

その顔が倅のビックリ顔と重なって見え、ますます愛しくなってしまう潤だった。

［錬金術師と不肖の弟子］番外編

錬金術師と招かれざる客人

杉原理生

扉イラスト
yoco

西の大陸のウェルアーザーの王都のハイド地区は錬金術師の工房が多いことで有名だ。

神々の世界は遠くなり、かつては上空を飛び交っていた神人である竜たちもめっきり減り、いずれは彼らの世界とも交わらなくなってしまうという。そんな時代の転換期において、上位の世界の〈扉〉を開き、神の霊魂である第一質料から物質を錬成できる錬金術師は、神々の世界の奇跡の名残――人智を超えた力の伝道者であった。

異端と糾弾されることもあれば、王侯貴族に側近として多く重用された時代もあった。古代王国では優秀な錬金術師が十人集まれば世界の勢力図が変わるとまでいわれたほどだ。

歴史的には禍禍《まがまが》しい力を持ち、神秘的な存在であった錬金術師たち。真理を追究する孤高な在り方は不変であり、たとえ街中に工房を構えようとも、術師自身は俗世からは距離をおき、自らの研究に没頭するのがつねだった。

だが、近年ウェルアーザー国内のみならず、大陸中から工房目当てに旅行客が訪れるハイド地区にあっては、錬金術師の独特の生き様すら変わりつつあった。

しかし、時代の流れに逆行して、あくまでも孤高の立場を守らざるをえない工房も存在する。

それはもう好むと好まざるとにかかわらず――。

「……今日も誰もきそうもないですね……」

午後になって、アダルバートに頼まれた用事をひととおり終えたあと、リクトは呼び鈴の鳴らぬ扉を見つめながら呟《つぶや》いた。

リクトは年の頃なら十七ぐらい、複雑な生い立ちのために正確な生年月日はわからない。印象的なプラチナブロンドとはしばみ色の瞳をもち、街中では少し浮いて見えるほどにノーブルで美しい顔立ちをした少年だ。とはいえ、本人はそんなものは夕食のおかずにもならないとばかりにまるで頓着はしなかったが。

独り言が聞こえたのか、作業台の前でフラスコを揺らしているアダルバートのこめかみがぴくりと引きつった。

「――リクト。この薬草をすりつぶしておいてくれ。調合に必要だ」

「はい。ただいま」

アダルバートの工房は錬金術師たちの工房が建ち並ぶメイン通りから少し外れた場所にあって、お世辞にも繁盛しているとはいえなかった。リクトは最近その万年閑古鳥の鳴く工房の弟子になったばかりだ。

アダルバートは仕事で外出するときには幻影の術で白髪白髭《しろひげ》の老人になるが、実際はつややかな長い黒髪と理知的な青い瞳をもつ青年だった。錬金術師は〈扉〉を開けることによって長寿を得るため、彼は見た目的には二十代後半に差しかかったばかりの若い男に見えるが、実際に生きている年数はもっと多い。やや神経質な印象を与えるほど繊細に整った顔立ちをしていて、黙ってフラスコを睨《にら》んでいる横顔はまるで美術品の彫像のようだ。

つねに憂いを帯びたような彼の表情が苛立《いらだ》たしげに曇るのを見て、リクトは薬草をすり鉢に入れながら先ほどの己の浅はかな言動を反省する。アダルバートは客がこないのを一応気にしているのにまた無神経な発言をしてしまった、と。

工房には決して仕事がないわけではない。過去に王宮に仕えていた縁で、アダルバートには貴族のお得意様が複数いる。彼らはわざわざ工房にこないので、こちらから依頼のたびに各地の屋敷に出向くのである。

むしろ収支は黒字なのだが、観光客で賑《にぎ》わうハイド地区にあっては一般客が寄りつかない工房は肩身が狭い。結果がはっきりと目に見えるだけに、いくらほかの依頼をこなして儲《もう》けていても、実力はあるのに人気投票で最下位を突っ走っているような屈辱感がつきまとう。

およそ俗世に興味のなさそうなアダルバートでさえも無関心ではいられないようで、それなりに一般の依頼もきてほしいと願っているようだが、場所がそもそもメイン通りでないこと、くわえてつい先頃までギルドの認定証の更新を怠っていたせいもあって、現在のところ客足はさっぱりである。

リクトの目標は、商売っ気のない師匠の代わりにいかにお客を集めるかを模索することであったが……。

「リクト。それが終わったら休憩に入っていい。向かいの食堂に行くんだろう？」

「はい。でもお茶の時間には早すぎますが」

「かまわないさ。どうせ誰もこない」

アダルバートは自虐気味にふっと口許《くちもと》に笑みを浮かべたが、なにやらものいいたげなリクトの視線に気づくと、決まりが悪そうに目をそらした。弟子の瞳は「あきらめたら駄目ですよ」と訴えていた。

「……だが、今日はこの薬品を調合したら急ぎの仕事もないしな」

そこでふと思いついたようにアダルバートはリクトを振り返る。

「そうだな。まだ休憩には早いのだったら、おまえの勉強をみよう。古代王国の文献が読めるようになりたいといっていただろう」

「教えてくださるのですか」

「この依頼の薬品も届けにいくのは熟成させた三日後だ。いまならば時間がとれる」

リクトは顔をぱっと輝かせて、書庫に古代王国時代の古書と辞書をさがしにいった。

工房に客がこなくても、得意先からの依頼は多いので、アダルバート自身はつねに忙しく、いまはリクトの修業をゆっくりと見る暇もほとんどないのだった。

山のように書物をかかえて戻ってくるリクトを見て、アダルバートは苦笑した。

「そんなに学びたいものがあるのか」

「あ……いえ。正直なところ、どれが一番僕に相応《ふさわ》しいのかもわからない段階なのです。なので、手をつけられそうな書物をまず選んでいただけたらと」

「そうだな。古代言語がよく読めないのなら、これを……辞書もこちらが使いやすいだろう」

アダルバートの隣に並んで座りながら、リクトは高揚した面持ちで選んでもらった本の頁《ページ》をめくる。

こうしてアダルバートに教えを乞《こ》えるならば、工房に客がこないことがいまは却《かえ》ってありがたい。

「これは四大元素の術法の古書によく記載されているいいまわしなのだが、この例文を参考にするといい。途中、暗号文も混ざってくるからややこしいが……」

「はい」

神々が近かった時代に記された書物には、文字のひとつひとつに不思議な力が宿っているようだった。古代語の独特な発音はなにげない言葉でも呪文のような響きをもつ。基本的にいままでは神官と歴史学者、それに錬金術師ぐらいしか学ばない。

指示された文章を懸命に訳しているリクトを眺めながら、アダルバートは目を細めた。

「……弟子にしたのだから、こうしておまえに教えてやる時間をもっととらなければいけないのだが……なんだかんだいって、おろそかになっていてすまないな」

「いえ、とんでもありません」

「仕事の整理をするつもりなのだが……もともと俺が独立して工房をもったときから、仕事をくれた家ばかりだからな。無下につきあいを断つこともできない。誰か代わりに紹介しようと思ってるのだが、その選定が難しい」

「アダルバートをご指名ならば、代わりの者では納得しないのでは？」

「いや、俺自身というよりも……ああいう貴族の家というのは格式が大事なのだ。だから、元王宮錬金術師という肩書きがあれば納得するだろう。もちろん俺個人を気にいってよくしてくれる者もいないわけではないので、そういった家の仕事は続けるつもりだが」

「誰か紹介するあてはあるのですか？」

「俺の兄弟子たちがいる。エレズの工房にいたときの――だが、例の五十年前の反乱からの暗黒時代――王宮錬金術師が廃止になったときから、多くは国外に出てしまっているからな。ハイド地区に残っているものは皆多忙だし……引き受けてくれそうな相手に一応連絡をとろうと試みているのだが、捕まらなくてな。まあ、おいおいなんとか遠出の仕事は減らすから、しばらくは辛抱してくれ」

「もちろんです。無理に急ごうとしないでください。ありがたいお客様なのですから、信頼できる方を紹介できるまでは大切にしなくては。新たに顧客を見つけるのはほんとうに……ほんとうに大変なのですから」

リクトが「ほんとうに」に強い力を込めると、アダルバートは憮然《ぶぜん》とした表情になった。

「それはな。よくわかってる。……俺も切実に」

ふたりはどちらからともなく工房の扉を見つめる。メイン通りは錬金術師目当ての客であふれているのに、この工房の呼び鈴が一般客に鳴らされることはまずない。通りは食堂や商店などがたくさん並んでいて、それなりに活気があるのだが、外界から隔離されたような工房の静けさは怖いくらいだった。

「——しかし」と沈黙が気まずくなったのか、アダルバートは咳払《せきばら》いした。

「……客がこないのは悪いことばかりでもない。とくにうちにはおまえという弟子がいるし、一般客の対応にとらわれずに作業をしたり、学べる時間がとれるのはいいことだ。騒がしい工房とは違って、集中力をもって学べる環境の違いが、後に良い結果となっておまえに現れることを祈ろう」

ものはいいようですね——と思わなくもなかったが、アダルバートとふたりきりで学べるのはうれしかったので、リクトは「はい」と素直に頷《うなず》いた。

「……それに」

ふとアダルバートの手が伸びてきて、リクトのやわらかな髪にふれる。「え」と書物から目線をあげたときには彼の顔がすぐ間近に迫っていた。

「俺は出かけることが多いから、作業に追われずにこうしてふたりで過ごす時間もそれほどとれないしな。客がいなくてよいこともある」

生来の気質と職業柄か、なんでも分析する癖がついているのでたいていのことには動じないリクトだが、アダルバートとの距離感には少しとまどうことがある。師匠と弟子から恋人の関係に切り替わる瞬間――アダルバートは普段気難しいわりには自然と甘い表情を見せてくれるのだが、リクトは胸の鼓動が大きくなるばかりでうまく反応できないのだ。

「そ、それは僕も同感なのですが、よいのでしょうか。いまは勉強中です」

「いいさ。……本来なら、休憩のはずだった」

「でも……」

「休憩の時間はいつもお向かいのアビーにおまえをとられてしまうからな。よほど友達とのおしゃべりとダレンのおやつが魅力的らしい」

いわれてみれば、師匠かつ恋人のアダルバートがいるのに、休憩となると真っ先にひとりで外に出てしまう己の行動はどうなのだろうとリクトはいまさらながら冷や汗をかいた。

「申し訳ありません。今度はぜひアダルバートも一緒に食堂に行きましょう。ダレンさんのお菓子はほんとうに美味《おい》しいのです。スフレケーキなどそれはもう絶品で」

リクトが熱心に訴えると、アダルバートは小さく噴きだした。

「そういう意味でいったんじゃない。おやつなどよりも、もっと身近なもので俺は満足できるから。気を遣わないでいい」

「身近なものとは、どんなものでしょうか」

「――いま、もらってもいいか？」

アダルバートは微笑《ほほえ》んだまま、再び顔を近づけてくる。リクトの頬をなでて、その唇が唇にふれそうになった瞬間――。

くちづけを交わす寸前で、アダルバートの動きが止まった。「え」とリクトも固まる。

甘い時間が途切れてしまったのは、ありえないことが――いや、珍しいことが起こったからだった。

なんと来客を告げる呼び鈴が鳴ったのだ。アダルバートとリクトは顔を見合わせ、信じられないというように工房の扉を見た。

この数カ月間、予定もなく呼び鈴が鳴ることはなかった。たまにギルド長のフリッツが訪ねてくるが、彼の場合はすぐに扉の向こうから「こんにちは」と挨拶してくるから誰だかわかる。今回はそれもない。

「……今日はレナート様かカトルさんでもいらっしゃる予定があったのですか。それとも誰かほかの神人の方が〈金の結晶〉を……」

「いや。誰もこないはずだ。連絡はもらっていない」

アダルバートにも心当たりはないらしい。

さらに扉の向こうから「ごめんください」と聞き覚えのない声が届いたので、再びふたりは顔を見合わせる。

「どうやらお客様ですね」

「ああ……」

予定のない来客にこれほど動揺するのもおかしな話だが、工房にとっては珍事なのだから仕方ない。

とうとう一般のお客様がきたのだろうか。工房が認められて、日の目を見るときがようやく……。

いきなりの展開にとまどいつつも、リクトは期待に胸をふくらませながらおそるおそる扉を開けにいったのだった。


数日後、リクトは休憩時間に向かいの食堂に遊びにきていた。「美形兄弟の食堂」と評されるダレンとアビーの店で、王都にやってきた初日からのおつきあいだ。

「――いま、なにかが確実に起こっていると思うのですよ」

ダレンお手製のマフィンをたいらげたあと、やけに神妙な表情を見せるリクトを前にして、アビーはいやな予感がするというように口許を歪《ゆが》めた。

「……今度はなにがあったわけ？」

「美形兄弟」の弟であるアビーは少し生意気そうな切れ長の目をした、短髪がよく似合う少年だ。年齢は十六歳になったばかり、体格はほとんどリクトと同じだが、目線がわずかに低い。外見も性格も一見リクトとは正反対のようだが気は合う。

友人となって数カ月だが、リクトがなにやらもったいぶったものいいをするときには必ず珍妙な問題が待ち受けていると彼はすでに学びつつあった。

リクトは休憩時間にアビーの店でおやつをごちそうになるのが日課になっており、ほとんど毎日のように会っているが、今回は珍しく数日間のご無沙汰だった。

「昨日、僕はお茶を三回も淹《い》れたんです。一昨日は四回です」

それがどうした――とは返さずに、アビーは「へえ」と律儀に感心してくれる。

「つまり工房に客がきたの？　お茶をだすような？　すごいじゃん。ひょっとして、客がきて忙しかったから、今日まで休憩時間がとれなかったのか」

「そう――すごいのですよ。残念ながら依頼のお客様ではないのですけど」

数日前、工房の呼び鈴が突如として鳴った。あれがすべての始まりだった。

「依頼じゃなかったら、なんでじーさんのとこにそんなにお茶を飲むような客がくるんだよ」

「訪れたお客様は皆、錬金術師なのです。ハイド地区で工房を開いている方ばかりでして」

一人目の錬金術師を皮切りに同じ日にさらにふたり、翌日には四人。翌々日には三人が訪れてお茶を飲んでいった。

ようやく一般客がきたのかという期待は裏切られたが、同業者がアダルバートの元を訪れるなんて、ある意味一般客がくるよりも珍しい出来事ではあるのだ。

「じーさんに仲の良い工房主とかいるわけ？」

「いたら素敵だとは思うのですが、いままで話に聞いたことがありません」

「――だよな」

アビーは「うんうん」と頷く。アダルバートがそんな社交的であるはずがないとすっかり決め込んでいる様子だ。

師匠の名誉のために否定したいところだが、アダルバートの性格からいって同業の茶飲み友達がいないのはリクトも重々承知している。

なにしろ外出するときは基本的に白髭の老人姿で本来の姿すら滅多に見せないし、生来の気難しさゆえにひとづきあいが得手ではないからだ。

リクトの知っている限り、同業者との交流といったら、たまにギルド長のフリッツがご機嫌伺いにやってくるだけだった。そのやりとりも、「ここは落ち着くね。表通りの客の賑わいがまるで別世界だ」とフリッツが悪気もなさそうに笑ったところで、アダルバートが「帰れ」とこめかみに筋をたてて終わってしまう。会話が盛り上がることもない。

依頼客もこないが、その他の友人や知人の来客も皆無なのがアダルバートの工房の日常であった。

それが数日前からいきなり呼び鈴が幾度も鳴り、「やあ、こんにちは」とメイン通りの工房主たちが笑顔で次々と訪れてくるのである。最初はなにが起きたのかと困惑しながらも喜んでお茶をだしていたリクトだったが、来客が続くにつれて、だんだん不安になってきた。

おかしい。これは普通の状況ではない。なにかよからぬことが起きるのではないか、と。

「……僕はずっと山村でエレズとふたりきりで生活していたので、なにぶん世間知らずなところがありまして、今日はアビーに相談したいと思っていたのです。決して卑屈になるわけではないのですが、儲かってるメイン通りの工房主さんたちが、うちの静かすぎる工房にいまさら挨拶にくるというのもなにか納得がいかなくて――その、奇妙というか」

ひととおりの話を聞いたあと、アビーは「うーん」と考え込みながら腕を組んだ。

「たしかに妙だな。それで？　じーさんとお客の工房主たちはなんの話してるわけ？」

「挨拶してるところまでは知ってるのですが……奥の応接間にご案内してお茶をだしたあとは僕は部屋から出てしまうので、具体的な用件はわからないのです。アダルバートにたずねても、『おまえは知らなくていい、ただの挨拶回りだ』と」

「じーさんの反応はそれだけ？」

「ええ……そんな深刻でもなく――ただ、うんざりしているようには見えます。時々、僕を見ては深いためいきをついたりしてますし、なにか心配事があるのかと気になってしまって。師匠の命令は絶対ですから、『おまえは知らなくていい』といわれてしまうと、それ以上はしつこく追及できないのです。カラスは白いといわれても『そうです』と頷くのが工房住み込みの弟子の基本的な心得でして」

そう——最初は呼び鈴が鳴ったことにリクトと同じように動揺していたアダルバートだったが、客人が同業者だとわかると一転していつもの冷静さを取り戻した。なぜ同業者が訪ねてくるのか理由も察しているようだが、リクトには教えてくれない。

しかも客人について質問すると不機嫌になるので、やたらと刺激することができないのだった。

「相変わらず苦労してんだな。ま、実際に聞いてみたらたいしたことじゃないかもしれないけど。しかし、じーさんのとこに来客が続いたらびっくりするよな。墓場で宴会がはじまったような感じじか」

「師匠と工房の名誉のために、その譬《たと》えには賛同しかねるのですが」

「でも変だと思ってるんだろ？　じーさんに会ってなにが目的なんだよ、っていう」

リクトは「そこなんですよ」と不本意ながらも同意する。

「僕が工房にきてから数カ月、同業者なんてフリッツさんくらいしか訪ねてきていないんです。それがいきなり……アダルバートが突然錬金術師たちのあいだで人気者になることなんてあるんでしょうか。僕の尊敬する師匠ですし、偉大な錬金術師ですから、いままで誰も寄りつかなかったのが不当な評価ではあると思うのですが」

「……人気……？　じーさんが？」

「最近、爺姿《じじい》にならずに外出する機会もちらほらあるので、それが原因かなとも思うんです。アビーはじーさんといいますが、ご存じのように爺の勝負服を脱いだアダルバートはとても美男なんですよ。あの美貌がとうとう無駄ではなくなる日がきたのかと」

「いやー、それは……ないだろ。ないわ」

アビーは理解に苦しむというふうに眉根を寄せて首を横に振る。

「なぜですか。断言できますか」

「絶世の美女ならともかく……いや絶世の美男だとしても、錬金術師の工房主なんてみんな一癖あるやつばかりだぜ。じーさんが美形とわかったって、手のひら返して『仲良くしましょ』なんてなるもんか」

「錬金術師には男色家が多いのですが」

「それでもさ……だいたい俺の知ってる錬金術師ってじーさんに限らず美形が多いんだよな。例のカロンのとこみたいに露骨に美少年集めてるわけじゃなくても、たいていの工房主や弟子は整ったご面相してる。まあ例外も多少あるけど。七、八割は普通より上な感じじかな」

「それは僕もお客様たちを見ていて、なんとなく実感していたのですが。美形でないと錬金術師になれない法則でもあるんでしょうか」

「俺が知るわけないじゃん。リクトも知らないんだったら、そんな内輪の事情」

リクトが「うーん」と唸《うな》っていると、話を聞いていたらしいダレンがおかしそうに笑いながらテーブルに近づいてきた。

「それは選別の結果だね」

「選別？」

リクトが首をかしげると、ダレンは「そう」と頷く。食堂の主であるダレンは、弟のアビーと面差しはよく似ているが、温和な印象の青年だ。

「錬金術師になるには〈黄金の力〉の素養がもちろん一番大事なんだけど、師匠と弟子の関係があるからね。きみがさっきいっていたように錬金術師は女性が希少な世界だから、男色家が多いだろう？　そんな工房主が弟子から跡継ぎを選ぶとしたら、やっぱり可愛《かわい》い子を指名するんだよ。それを延々とくりかえしてたら、自然と工房主は整った容姿の持ち主になる確率が多い」

「それはそうですね」

「もちろん実力主義の工房主もいるから全部が全部そうではないけれど。昔は王宮や貴族付きの錬金術師を選ぶ際にはかなり容姿も重要視されたと聞いたよ。素養があるなかでも、とくに見目のいい子だけを王族や貴族向けに育てるって」

王宮錬金術師――と聞いて、養い親のエレズを思い浮かべる。スミレ色の瞳に光を弾いたようなウェーブがかった金髪。絵画から抜けだしてきたような元師匠は、たしかに「わたしは美しすぎるので」と自らいうだけあって突出した美形ではあった。王宮付きは顔で選ばれたといっても納得してしまう。

「ほら、だからさ」とアビーが話題を戻す。

「ハイド地区の錬金術師ギルドの連中は、いってみれば大陸でトップクラスの工房主たちなんだから。いまさらじーさんが美形とわかったって、態度変えやしないって。訪問はべつの理由があるんだと思うぜ」

エレズもアダルバートも自身の美貌にはこだわりがない。ほかの錬金術師たちもそうだといわれれば反論の余地がなかった。

「でも、ほかに理由なんて——最近、近所に爺の勝負服を脱いで出かけるようになったことぐらいしか、アダルバート自身に変化はないのですが」

「じーさんも刺激のない生活送ってるな。あ、でも大きな変化ならあったじゃん。リクトを弟子にしたっていう。そもそも本体をさらけだすようになったのって、リクトが原因なんだろ？」

そう——遠出の仕事はいまだに頑《かたく》なに老人の姿になっているが、近場では青年姿でも外出可能になったのはリクトが弟子になってからだ。

「僕が師匠と同じように爺姿になる幻術を覚えたいというと、『俺より威厳のある爺になられたら困る。どっちが弟子か師匠か区別がつかないだろう』と嫌がってるようなのです。素顔をさらすのは本意ではないようですが、僕が爺姿に憧れるのを牽制《けんせい》するためかと」

「じーさん、変なとこ頑固だよな。青年姿のほうが全然いいのに」

「それ、本人に直接いってあげてください。僕がいくらいっても信じないので」

「やだよ。俺にとってはやっぱじーさんはじーさんだもん。ガキの頃から爺だと思ってたのに。あの綺麗《きれい》な男の姿はなんか落ち着かない」

「でも、あの姿でつねに表に出てくれれば、工房が流行《はや》るかもしれないんですよ。いまこそ過去の勝負服とは決別して、新しい勝負服を身に着けるときではないかと思うのですよ。美形錬金術師という肩書きを手に入れれば——そこにはなにか素敵なお金の匂いがします」

「じーさんが人のいうことなんて聞くもんか」

「それは弟子の僕がもっとも痛感してるところではあるのですが……しかしっ」

すでに元の話題から外れたところで盛り上がるリクトとアビーを前にして、ダレンが「……あのね」と遠慮がちに口を挟む。

「……さっきの話なんだけど。工房に錬金術師のお客さんがたくさんくるってやつ。時期的にあれじゃないかなあ」

リクトははっと姿勢を正して、ダレンの話に耳を傾ける。

「あれ、とは?」

「リクトのところは今年久々にギルドから認定もらったんだろう? だからギルド関係で皆さん訪れてるんだと思うよ。二年おきだったかな、そろそろギルド長を選出する時期だから」

「ギルド長……って変わるんですか」

「そりゃ変わるよ。フリッツがずいぶん長くやってるし、また再任だとは思うけど。まあ一応票決しないとね」

アビーも納得したように頷く。

「あー、票固めのためにじーさんのとこにも顔だしてるってことか。フリッツの陣営か、もしくはほかに立候補者がいるとしたら、そいつらが？」

「おそらくそうじゃないかな。つい先日も錬金術師のお弟子さんたちがお客できてて、その話題で盛り上がってたんだよね。フリッツ以上の実力者はなかなかいないんだけど、なにしろ結構な年だし、ギルド長になってから長いからねえ」

見た目はアダルバートよりも若い青年に見えるフリッツだが、周囲にはかなりのご高齢で通っているらしい。同世代らしいエレズがすでに隠居しているのだから、ギルド長を辞めるとなっても無理ないのかもしれない。

しかし、せっかく工房がギルドの認定を受けたのに、もしもギルド長が変わってしまったら、アダルバートが新任者と衝突でもしないだろうかと心配になった。再び認定証を失うのは、工房の繁盛を夢見る弟子としては避けたい事態である。

「なあ、兄貴。フリッツが辞めたら、誰がギルド長になるわけ？　やっぱりカロン？　一番儲かってるし、羽振りがいいよな」

「カロンはどうだろうねえ。だいたいフリッツがなかなかギルド長を降りないのも、カロンの台頭に睨みをきかせるためだっていわれてるくらいだし。まあ、カロンは悪いひとじゃないんだけどね、あまりにも商売特化だから」

カロンの工房——それはハイド地区で一番行列のできる工房である。弟子に見目麗しい美少年たちを集め、観光客向けのまじない石を大量に売ることで華々しい成功を収めている繁盛店だ。工房の前を通りかかるたびに、リクトもつねに羨望《せんぼう》の眼差しを向けずにはいられない。

夜は食堂が酒場にもなるだけあって、ダレンは専門外の情報にも詳しい。アダルバートからは決して聞けないギルドの複雑な人間関係だった。

「カロンさんのほかに候補になるような人はいないんですか？」

「うーん。若い世代は大部分をカロンがまとめちゃってるからねえ……そこに与《くみ》しない連中は一匹狼が多くてギルドの運営に興味なんてないし。フリッツのシンパは時代がひとつ前なんだよね。名だたる重鎮揃《ぞろ》いではあるんだけど、そこから誰か選ぶくらいだったら、フリッツが再任されたほうがいいっていう……」

そこでダレンは「おや」と視線を出入り口に走らせて、苦笑しながら口をつぐんだ。

噂《うわさ》をすれば影——ギルド長のフリッツがにこやかに微笑みながら「こんにちは」と店内に入ってくるところだった。

「やあ、リクト。食堂にいたんだね。工房を訪ねたら、アダルバートも留守みたいだったから」

フリッツは一見穏やかな青年で、やわらかな鳶《とび》色の髪を後ろでひとつにまとめ、眼鏡をかけた知的で端整な顔はまだ学生だといっても通るほど若々しい。しかし、表情や物腰に妙な落ち着きがあって、謎の年齢不詳の生物といった雰囲気を醸しだしている。そこはエレズなどと共通していて、要するに得体が知れない。

「アダルバートは先ほど出かけてしまったんです。遠出ではないので、夕方には戻るはずですが」

「そうか。話があったのだけど、仕方ないね。明日会館にきてもらおうかな。リクトは休憩中かな。せっかくだから、わたしもお茶をいただこう。ご一緒してもよいだろうか。美少年たちと過ごす至福のひとときだ」

向かいの席のアビーが「げっ」という顔を見せたが、リクトは「どうぞ」と自分の隣を指し示した。

いまやアダルバートがギルドに所属しつづけるためにも、ぜひやめてほしくない大切なギルド長様である。美少年趣味で変わったところはあるが、工房やリクトの様子を見にきてくれたり、なんだかんだいいつつ面倒見はいいのだ。カロンやほかの錬金術師がもしギルド長になったら――アダルバートが新しい人間関係に適応できるとは限らないし、できればフリッツにギルド長を続けてほしい。

「これ……アビーといまちょうどおやつに食べてたマフィンなんですけど、召し上がりますか。

まだひとつ手をつけてませんので」

リクトがマフィンの皿をさっと差しだすと、フリッツは目を丸くした。

「……これはこれは。どうしたんだい？　ずいぶんとサービスがいいけど」

「いつもお世話になっているので当然です。フリッツさんには認定証発行の際にも良くしていただいたので」

きりっと真面目な顔で返すリクトに、フリッツはやや調子が狂うというように首をかしげた。

お茶を運んできながら、ダレンがリクトの様子を見て噴きだす。

「いまちょうどリクトたちとあなたの話をしてたところなんだよ、フリッツ」

「わたしの？　なんだろう？　悪い噂でもされていたのかな」

「違うよ。アダルバートの工房に珍しく同業者たちが訪れているから、リクトが不審がっていたんだ。それでギルド長を選任する時期が近いので、その関連ではないかと話をしててね」

「おや、まあ。それはそれは……驚いただろう。アダルバートのところに客など滅多にないだろうから。墓場のごとき工房の静寂を乱して怖がらせてしまったなら、すまないことをしたね」

嫌味なのか本気なのか、フリッツは申し訳なさそうにリクトを見る。アビーに続いて二度までも工房を墓場にたとえられて心外だったが、いまは些末《さまつ》なことに憤る場合ではないとリクトはぐっと堪《こら》えた。

「では、やはりお客様たちがくるのは、ギルド長選の件なのですか」

「さて、どうだろう。わたしも誰がアダルバートに会いにいったのか知らないから。きみはお客の名前を憶えているかい？」

「もちろんです。みな工房主の方で——」

リクトが数日前から訪れた客人たちの名前を告げると、フリッツは「ふんふん」と頷きながら興味深そうに目を輝かせた。

「……ふむ。どうやら今回は無風で選任されるわけにはいかなそうだね。わたしもいつ身を退くべきか、ここ何年かはずっと考えてきたから、ちょうどよい頃合いではあるのだが」

「お辞めになるんですか？」

「物事には何事も潮時というものがあってね。わたしはすでにその時期すら逸してしまっているから。さすがに近年は独裁だといわれることもあって、本意ではなかったんだよ。わたしはいつだって新しい芽を育てて、花開くのを待っているつもりだったからね。そう——美少年を愛《め》でるのと同じく。蹂躙《じゅうりん》するつもりはなく、あくまで守護者なのだよ。誤解されるのはつらいだろう？」

「……はあ」

最後につけくわえられる謎の比喩のせいで、いまいち本音をはぐらかされている気がしないでもなかったが、フリッツに辞められては困る。十年も認定証の更新を怠っていたアダルバートをのんびりと待ってくれるようなギルド長がほかに存在するとは思えないからだ。

「僕は、フリッツさんほどギルド長に相応しい方はいないと思うのですが。再任される気はないのですか？」

「おやおや。これはまたずいぶんと担がれたものだ」

「本気です。ほかの方がギルド長になっても、フリッツさんほどうまくまとめられるとは思えません。少なくとも僕やアダルバートにとってはかけがえのない方ですから」

「――――」

フリッツは目を見開き、しばし固まったように沈黙してから、眩暈《めまい》を覚えたように額を押さえた。

「わたしはもうすぐ死ぬのかな。目の前で可愛い少年がわたしをやたら褒めてくれてる声が聞こえるんだが。幻聴か」

アビーがしらけた視線を向けているのに気づいたのか、フリッツはふっと苦々しい笑みを浮かべる。

「きみの冷たい反応はいつもわたしを現実に引き戻してくれるね、アビー。仕方ないんだよ。最近ではしょっちゅうそこかしこで『若作りの独裁じぃじ』と悪口をいわれてるような気がしてね。なにを信じていいのやら」

「実際いわれてるんじゃねーのか。あんた、俺が生まれたときからずっとギルド長じゃん」

アビーの冷ややかな声に対して、フリッツはなにも応えずににっこりと笑っただけだった。

「しっ、アビー。年のことをいうものじゃないよ。それをいいだしたら、フリッツは俺の生まれる前からギルド長だよ。その前のギルド長が誰だったかなんて、たぶん生きてる者は誰も知らないよ」

追い打ちをかけるようなダレンの発言に、フリッツの笑顔はさすがに崩れ、悩ましげな皺《しわ》が眉間に刻まれた。

「……これだよ。これがわたしに対する世間の本音なんだね。やはり先ほどの賛辞は幻聴か。そろそろ潔く身を退けと……」

うなだれてためいきをつくフリッツを、アビーは「面倒くせえ」と切り捨てる。

「アビー。なんてことをいうのです」

「だってよ。潮時も過ぎてるのなら、選ぶ道はひとつしかないだろ」

「フリッツさんにはまだやるべきことがあります」

そう、アダルバートの工房の数少ない理解者という——このまま自信喪失されてギルド長を辞められてしまっては工房の存続にかかわるので、リクトも懸命だった。

「フリッツさん。僕とアダルバートは、なにがあってもフリッツさんの味方です」

「……きみはずいぶん必死だな。うれしいけど、そんなにわたしを好きだったかね」

「アダルバートがフリッツさん以外とうまくやれるはずがありません。また認定証の更新が面倒くさくなったらどうすればいいんです」

「なるほど、そっちの理由か。……結局、誰もわたしのことなんて。――だけどね、わたしはそろそろ引退する時期だと覚悟はしてるんだよ」

フリッツは淋《さび》しげに呟いたあと、ふいにリクトの手をぎゅっと握りしめた。確認するような眼差しを向けてくる。

「だけど、きみはアダルバートが心配なのだよね。もしやあの頑固者が後任のギルド長と衝突しやしないかと危惧してる。認定証を二度と失いたくない、と」

「おっしゃるとおりです」

「おい、リクトの手を離せよ、ジジイ」

抗議するアビーをちらりと見ただけで、フリッツは悪びれた様子もなくリクトの手を握る指先にさらに力を込めた。先ほどまで落ち込んでいた様子はどこへやら、顔つきがなぜか生き生きとしている。

「だったら――いっそのこと、アダルバートをギルド長にしたいとは思わないか？　実はね、今日アダルバートに会いにきたのも、その話をしようと思ったからなんだよ。ギルド長選に出ないかとね。名案だろう？」

思いがけない発言に、リクトは「は？」と目を白黒させるしかなかった。

翌日、アダルバートは「フリッツに呼ばれた」といってギルドの本部に出かけていった。

最近ではギルド関係の集まりには青年姿のままで行くことが多かったのに、その日に限っては「なにか武装しなければいけないような、嫌な予感がする」といって老人姿になって外出した。

工房の用事をすませたあと、リクトはそわそわしながらアダルバートの帰りを待った。フリッツに呼ばれた用件がなにかを知っているだけに落ち着かない。

午後一番で出かけたのに、アダルバートが帰宅したのは陽《ひ》もすっかり暮れた頃だった。

「おかえりなさい」

「ああ――」

老人姿だと顔の半分はもっさりした白髭に隠されていて表情がよく読みとれないのだが、理知的な青い瞳には疲労の色が見てとれた。

青年の姿に戻ると、疲弊しているのはよりいっそうあきらかで、食事の席に着いてもアダルバートはためいきばかりを漏らしていた。

「お疲れですか？　食もすすまないようですが」

「少しな……すまない。食事はとても美味《うま》いのだが」

食事をつくったリクトを気遣ってか、アダルバートは皿の上の料理をたいらげたが、その瞳の色が晴れやかになることはなかった。

「今日はフリッツさんはなんのお話だったのでしょうか」

「とくにおまえに伝えるような内容ではない。くだらない用件だ」

くだらない用件——ギルド長選に出ないかと誘われたはずなのに？　ある程度予想していたが、やはりアダルバートにはギルド長になるつもりなどまったくないようだった。

先日まで認定証すら更新していなかったのだから、いきなりギルド長選に出るなどハードルが高すぎるとリクトも思うが、工房の未来を考えたらもっと前向きになってほしいと思わなくもない。

フリッツはこういったのだ。「ギルド長になれば工房は安泰だよ。ギルド長の工房ってことで、とくに宣伝しなくてもお客さんもくる」——と。甘言に惑わされるわけではないが、立地の悪い過疎工房には非常に魅力的な話だ。

弟子としては差しでがましい真似《まね》をしてはいけないとわかっているものの、リクトはごくりと唾を飲みこんだ。

「くだらないなんて……フリッツさんはいつもうちの工房を気にかけてくれてますし。どんな話があったのかはわかりませんが、アダルバートにとても期待してるのではないでしょうか。そんな無下にくだらないと一蹴しなくても」

「期待？　あいつが俺にかまってくるのは、俺がエレズの弟子だからだぞ。エレズと因縁があるから、俺をいじって憂さ晴らししてるだけだ」

「往年のライバルだからですか」

「そう。爺は爺同士で喧嘩《けんか》してればいいものを……まったくいい迷惑だ」

「好敵手の弟子だからこそ、好ましく思って評価してるのかもしれませんよ？　フリッツさんのもってくる話はそう悪いものではないと思うんです」

「――――」

力説するリクトを、アダルバートはいぶかしそうに睨んだ。

「おまえ、今日はやけにフリッツの肩をもつな。どうした？　おやつに菓子でももらって餌付《えづ》けされたか」

「いえ。そういうわけではないのですが」

しまった、踏み込みすぎたか――とリクトは冷や汗をかく。もともと嘘をつくのは慣れていないので、鋭い眼光のアダルバート相手に動揺を隠しきれるものではない。

「なにか聞いたな？　なぜ俺に黙っている？」

低い声で問い詰められて、リクトはごまかしきれないと観念した。

「申し訳ありません。その……昨日、アビーの店にいるときにフリッツさんがいらしたので、ギルド長選のことを聞きました。最近、同業者の方がうちにくるのは票のための挨拶回りだということ。フリッツさんがご自分の後任としてアダルバートにギルド長選に出てほしいと考えていると――ギルド長の工房となれば、注目される機会も多いそうです。僕はとても良いお話だと思ったので、つい……」

リクトの話を聞きながら、アダルバートは頭痛がするというようにこめかみを押さえていた。

「それのどこが良い話なのだ？」

「素晴らしい話ではありませんか。フリッツさんは全面的に応援するとおっしゃっていました。自分たちの陣営の票固めはできているから、立候補してくれれば、必ず当選できると。後援してくださるのは、みなギルドでも重鎮の方々だと聞きました」

「……それは俺も聞いたが、当選が確実とかどうのこうのいうまえに、無謀な話だとは思わないのか」

「なにがですか？」

きょとんとするリクトに、アダルバートは苛立たしげに眉根を寄せた。

「おまえはこの俺が、ギルド長に向いてると思うか？」

「…………」

いきなり核心を突かれて、リクトは黙り込んだ。

「俺がギルドの認定証を長年更新しなかったのは、運営委員が輪番で回ってくるのが嫌だったからだ。いまだっておまえが弟子になったから……根無し草のような工房ではすまないと思って、ギルドの会合にも出るようにしているが、とうてい集団をまとめるような性分ではない。それは俺自身が誰よりも知っている」

偉そうにいわれなくても、リクト自身も嫌になるほどよくわかっていたが、「ギルド長の工房」という響きが魅惑的すぎたので、真実から目をそむけていたのだった。

「た、立場がひとをつくるともいいます」

「声がうわずってるではないか。おまえは俺がこの性格で何十年生きてると思ってる。——無理だ」

にべもなくいいきられて、リクトはがっくりと肩を落とした。アダルバートがこういう頑固な態度になったら、まず梃子《てこ》でも動かない。

「では、お断りしてしまったのですか」

「当然だろう。性分に合わないというのもあるが、いままでギルドの運営に参加していなかった俺がいきなりギルド長になるなど、道理が通らない。もっとギルドに長年貢献していて、相応しい者がなるべきだ」

もっともな意見をいわれてしまうと、リクトもそれ以上なにもいえなかった。頭のなかで「ギルド長の工房」として描いていた繁栄の夢物語がむなしく砕け散っていく。

「ご自分が出ないのだとしたら、アダルバートは誰に票を入れるつもりですか」

「まだ決めていない」

「うちにご挨拶にいらした方々は、フリッツさんの陣営ではないのですよね？　どなたの票集めをしているのですか」

「こういうのは根回しが肝心なんだ。ギルド長選に出たら、もう勝負は決まっている。だから『わたしたちにご協力を願えるか』とさぐりは入れられるが、はっきりと候補者を伝えられて票を入れてくれと頼まれるわけではない。もし票が集められなかったら立候補すらしないからな。俺はとくにいまはフリッツに近しいと思われてるから、よけいに曖昧にされてるのだろうが」

「誰のシンパかもわからないのですか」

「それは名前をださなくても、顔ぶれを見ればわかる。だからわざわざ告げないのだ。いまフリッツに対抗して立候補するとしたら、カロンしかいないからな」

やはりアビーたちがいっていたとおり、カロンが筆頭の候補になるのか。

「カロンさんが……工房も行列ができるほど繁盛しているというのに、おまけにギルド長にまでなってしまわれるんですか」

「決まったわけではないだろう。フリッツの陣営がどう動くのかわからん」

「でも、アダルバートはお断りしてしまいましたし。……財も地位も、もっている方はすべてをもっていくものなのですね……」

リクトの呟きによほど哀愁が漂っていたのか、アダルバートは居心地の悪そうな顔をした。

「おまえがこれほど権力志向だとは知らなかったぞ。ギルド長選に興味を抱くだろうとは思っていたが……だから、おまえにこの話はしたくなかったんだ。なにをいいだすかわからないからな」

「権力が好きなわけではありません。僕の師匠は神人たちにも認められる素晴らしい錬金術師なのに、世間に目に見えるかたちで認められないのが歯がゆいのです」

肩書きのおかげで工房が繁盛したらとも少しは考えましたけど——とリクトは心のなかでこっそりつけくわえる。しかし、一番気になるのはアダルバートへの不当な評価だった。ギルド長になれば、それが払拭できるかもしれなかったのに……。

「苦労をかけてすまないな」

アダルバートは表情をゆるめて、リクトの頭をぽんと叩《はた》いた。

「だが、焦るものでもない。だいたいカロンのところだって一朝一夕で行列ができるようになったわけではない。あれも若手といわれるが、俺よりは年長者だからな」

「そうなのですか?」

「俺はたぶんハイド地区の工房主のなかでは一番若い。俺もおまえから見たらずいぶん年をとっていると見えるだろうが……ここでは若造だ。そう簡単にハイド地区に工房を構えられるわけでもないからな。普通はよそで成功してから、この地区に移ってくるんだ。物件の空きもろくにないし……この工房の立地は外れではあるが、それでも土地と建物があっただけ運がいいほうなんだ。兄弟子の工房を居抜きで譲ってもらったからな。でなければ、最初の工房をハイド地区に構えるなんてとてもできない」

「では、アダルバートは年齢のわりには成功してる部類だと?」

「……まあ。そういったほうがおまえの精神衛生上よさそうだから、そういうことにしておこう」

アダルバートは苦悩するように眉間に皺を寄せ、自らを無理矢理納得させるように頷いた。

「でも、アダルバートがそれほどハイド地区でお若いのなら、そもそもなぜフリッツさんはアダルバートにギルド長選に出ろとおっしゃったのでしょうか。性格が向かないとかギルドに貢献してないとかはともかく、年齢の順番的にもかなり無理があるような……」

「だから、最初から無謀だといってるだろう。俺への嫌がらせとしか思えん。あの爺はなにを考えてるんだか」

「もしかしたら、無謀な候補を立ててでも、カロンさんにギルド長になってほしくないということでしょうか。それほど対立してるのですか」

「商業主義に走る若手に良い顔をしない重鎮たちがいるとは聞いたことがあるが……そのあたりの人間関係の対立はよく知らん。俺はそういうものに昔から関心がなくてな。俺を巻き込もうとする陣営もいままではいなかったのだが……。今回は普通に挨拶回りにきたから、なにが起こったのかと驚いたぐらいだ」

では以前ギルドの投票権があったときには蚊帳《かや》の外だったのか。おそらくどの陣営も彼を味方にできるとは思わなかったからだろう――とリクトは自分なりに分析した。孤高なアダルバートにあれこれたずねるよりも、食堂のダレンのほうがよっぽどギルドの裏事情に詳しそうだった。

それにしてもフリッツがアダルバートを担ぎだそうとした理由が気になる。ついうっかり甘言にのせられて夢見てしまったが、我に返ってみればアダルバートほどギルド長に適任でない人選もない。なのに、どうして……。

「……おい、なにをぼんやりしてる？　この際だから、おまえにいっておくことがあるのだが」

「は、はい」

「ギルドには海千山千の工房主がたくさんいる。好奇心が強いからといって首を突っ込まないことだ。派閥争いなんて面倒くさいだけだからな。フリッツの爺たちとカロンの若手たちが争っているのだとしても、うちは中立だ」

「それで許されるのでしょうか」

「いままでそれでやってきた。これからも俺は変わらん。おまえも俺の弟子ならば、権力には呑《の》み込まれるな」

師匠の命令は絶対――リクトは「はい」と頷きながらも、内心は海千山千がうごめくギルド長選の行方に興味津々《しんしん》だった。


アダルバートが外出した日、昼下がりの工房に常連のお得意様がやってきた。

「なんだ？　せっかくカトルがきたのにおまえは浮かない顔をしているな。なにかあったのか？」

〈金の結晶〉を受け取りにきたカトルは、お茶とともにだされたスフレケーキを食しながら、むくれたようにリクトを睨んだ。

人間的には十四、五歳の可愛い金髪の少年に見えるが、カトルは神人といわれる竜だ。

竜は本来こちらの世界の生き物ではないため、力のある旧《ふる》い竜以外は人の姿で活動するには〈金の結晶〉といわれる物質が必要となる。アダルバートはそれを錬成できるので、工房にはカトルのような神人の客がいるのだった。

ちなみに前世からの因縁で、リクトはカトルの竜の主である。しかし主とはいえ、現世では立場が完全に逆転している。

「申し訳ありません。少し悩み事がありまして……」

「悩み？　そういえば、この工房には珍しく、おまえとアダルバート以外の人間の匂いがするな。複数が出入りしたような……」

「匂いがわかるのですか？」

「あたりまえだ。竜を舐《な》めるな。すべて話せ」

爬虫類《はちゅうるい》は鼻がきいたのだろうか――神人の観察記録としてあとで帳面に記しておかなければいけないとリクトは心のなかにメモをしてから、最近のギルド長選を巡る出来事を話した。

今日はアダルバートは留守にしているが、先ほども票集めと思われる来客があったばかりだ。今年久々に投票権をもっているから、その一票の行方が気になるのか。

アダルバートがギルド長になる可能性はもうないとわかっているものの、リクトとしてはいまだに未練がある。

「……ギルド長？　なんだ、それは。錬金術師の組織の長か。アダルバートがギルド長になれば、おまえの給金があがるのか」

「そういう単純なものでもないのですが……もしかしたら工房を有名にする良い機会かもしれないと期待を抱いてしまったので、己の欲深さに辟易《へきえき》しているところです」

「欲深いのは人間の性《さが》だろう。おまえが顔に似合わず商魂たくましいのはカトルも知っているぞ。いまさら恥じることではない」

「ですが、いささか出すぎた真似をしてしまったので」

「おまえの態度が出すぎなかったことなどあるのか？」

そこでカトルはいきなりはっとしたように工房の扉を振り返り、「誰かくるな」と呟いた。

「わかるのですか」

「竜は気配に敏感だからな」

リクトは半信半疑だったが、しばらくしてほんとうに呼び鈴が鳴った。またギルド長選関係の客人かと思ったが、「こんにちは」という声が聞こえたので、フリッツだとわかる。

「――やあ。いきなりすまないね」

扉を開けると、フリッツはいつもと変わらないにこやかな笑顔で立っていた。

「アダルバートは留守なのです。遠出なので三日は帰りません。……あの、フリッツさん。このたびはほんとうに……僕は良いお話だと思ったのですが」

「ああ……それね。きみが気にすることではないよ。残念だったがね。アダルバートに会えたらとは思っていたが、今日はべつの用件もあったから――ちょっとお邪魔してもいいかな」

工房内に入ってきて、テーブルの席についているカトルに気づくと、フリッツはふっと微笑んだ。

「尊い御方がまたいるね。きみは彼と仲良しなのかな?」

「あ……はい。アダルバートのお客様なのですが。フリッツさんはカトルさんが何者なのかわかるのですか」

以前アビーの食堂で出くわしたときにも、フリッツはカトルに意味深な視線を向けていた。

「そりゃわかるよ。エネルギーの質量がまったく人間と違うもの。見える者には、彼がいる空間がわずかに歪んでいるようにすら映る」

錬金術師として劣等生の自覚はあるが、それほど明らかに違うものなのかとリクトはショックを受けた。同時に、いつも飄々《ひょうひょう》としているフリッツが錬金術師としては優秀な金位なのだとあらためて思い知る。

「……そんなに落ち込まなくても大丈夫だよ。きみはとても才能があるから。わたしは目がいいからね。〈黄金の力〉もよく見える」

目ざとくフォローされて、リクトは「ありがとうございます」と頭を下げる。こうやって細やかに声をかけてくれるところは、贔屓目《ひいきめ》なしにギルド長に向いているとは思うのだが……。

「それでご用件とは？」

「ああ……エレズがいまどこにいるかを教えてほしくてね。手紙を届けたいんだ。前の滞在先にはもういないようだから」

「つい先日、僕あてに手紙がきたところです。昔の知り合いに会うため、ちょうど王都の近くにいるようですよ。寒くなるまではそこに滞在するといっていました」

エレズはいま隠居の生活を満喫していて、方々に旅に出ているのだった。

リクトが常宿の住所を書いたメモを渡すと、フリッツは「ありがとう」と受け取った。

「おや、おいしそうなスフレケーキがあるんだね。わたしもお茶をごちそうになりたいところだが」

フリッツの言葉を聞いて、カトルがはっとしたようにテーブルの上のケーキの皿を引き寄せる。

「これはカトルの分だぞ。リクトがカトルのために用意したのだ」

「しっ、カトルさん。まだありますから、カトルさんの分をとったりしないから大丈夫です。……フリッツさん、どうぞおかけください。いまお茶とケーキをもってきますので」

「ありがとう」

フリッツはカトルの差し向いの椅子をひいて腰を下ろした。

しばらくしてリクトがお茶を淹れて戻ってきたときには、カトルはなにやら怯《おび》えたように震えており、その様子をフリッツが食い入るように見つめていた。

フリッツの前にお茶のカップとケーキの皿を差しだすと、カトルがすかさずリクトの腕をぎゅっとつかむ。

「カトルさん？　どうしたのですか。気分でも……」

「こ、この人間、怖い。さっきからずっと気味悪いほどカトルを凝視してるんだが」

カトルの抗議を聞いて、フリッツはようやくはっと我に返ったように苦笑して視線を外した。

「いや……失礼したね。珍しい御方だから、つい観察するように見てしまって。滅多にない機会だし、好奇心が疼《うず》いて」

リクトも神人の生態には興味があって観察者の目を向けてしまいがちなので、その気持ちはとてもよく理解できた。

「大丈夫ですよ。カトルさん。前にもアビーの食堂でご一緒したのを覚えていませんか。ギルド長のフリッツさんです」

「ギルド長？　危ないヤツじゃないのか？　視線が執拗《しつよう》だったぞ」

「それは……カトルさんが神人だと知っているので。それと美少年がお好きなので、とても興味深い対象なんだと思います」

「やっぱり危ないヤツじゃないか！」

ふたりのやりとりを聞いているうちに、フリッツは堪えきれぬように声をたてて笑いだした。

あっけにとられるカトルに向かって、深く一礼する。

「……いやいや。なんとも可愛い神人もいたものだ。礼儀知らずで申し訳ない、尊い御方。再びお目にかかれて光栄だったもので、つい胸の昂《たか》ぶりを抑えきれずに見つめすぎてしまいました」

尊い御方――という呼び方が気に入ったのか、カトルは尊大に「おお」と応えて胸を張った。

「さすがにギルド長とやらだけはあるな。リクト、おまえよりもずっとへりくだることを心得てるぞ。カトルはとても尊い存在なのだ。おまえは変身するトカゲのペットかなにかと勘違いしてる節があるが」

「とんでもありません。僕もカトルさんは敬って大切にしてるつもりです」

「でも、おまえは竜の形態のほうが好きだろう。こちらの世界では、カトルはみっともない小さな竜にしかなれないというのに」

「どちらも好きですが、それはしゃべるトカゲ……いえ、竜こそが、カトルさんの本体ではありませんか。本来の姿よりも小さく、ご不満なのかもしれませんが。僕にとっては尊い黄金の竜です」

「そ、そうか？　しかし、おまえは口がうまいからな」

カトルは照れたように頬を染めたものの、同時に「だまされないぞ」といいたげな目をリクトに向けてきた。だが、しゃべるトカゲもどきの姿をリクトが愛しいと思っているのは紛れもない真実だ。

目を見て嘘ではないことが伝わったのか、カトルは再び目許を赤く染めて咳払いした。

「……ふん。おまえがカトルを好きなのはよくわかった。では、次からはマフィンも用意するのだ。スフレケーキは倍増だ。そろそろ迎えがくるからな。名残惜しいだろうが、長居はできぬ」

「もう帰るのですか？　レナート様がお迎えに？」

「ああ。先日、骨を一本足してもらったが、まだ身体《からだ》が不安定なのだ。長時間はこちらにいるなといわれている」

「そうなのですか……」

しょんぼりと肩を落とすリクトの反応に、カトルはうろたえたような表情を見せた。

「がっかりするな。仕方ない、おまえはカトルを好きすぎるからな。特別にサービスしてやる」

次の瞬間、黄金の光が瞬き、椅子に座っていた少年姿のカトルがふっと消えた。代わりに椅子にちょこんと座していたのは頭部に角、背には翼、硬い鱗《うろこ》におおわれた爬虫類のような生き物だった。珍しい金色のトカゲのようにも見えるが、れっきとした小さな竜だ。

『おまえはこの姿が好きなのだろう？』

リクトは「はい」と目を輝かせながら、トカゲもどきになったカトルを抱きかかえた。つい先日、カトルが人間の姿に変身できなくなった事件があり、そのときに小さな竜の姿の彼の面倒をみると覚悟を決めたこともあって、トカゲもどきの形態には特別の愛着があるのだ。

「これはこれは……」

それまでリクトとカトルのやりとりを黙って見守っていたフリッツだったが、さすがに目の前に現れた世にも珍しい生物に目を丸くしていた。

カトルはフリッツをちらりと振り返り、腕のなかから爬虫類の瞳でリクトを見上げた。

『おまえのいうようにカトルの本体は竜だからな。これがもしも大きかったらどれほど立派なのだろうと想像して、胸躍らせるのも無理はない。そこのギルド長も竜の神秘に触れて、感動に打ち震えている』

たしかにフリッツは口許を手で押さえて震えていたが、リクトの目には再び笑いだすのをこらえているように見えた。

それはともかくせっかくサービスしてもらったので、リクトは小さな竜の頭や背や腹を思う存分なでまわした。カトルは「あ。やだ。くすぐったい」といいつつもされるままになっていたが、やがてぴくりと頭を動かす。

『――レナート様がおいでになる』

呼び鈴が鳴り、リクトがあわてて扉を開けにいくと、カトルの予測どおりレナートが立っていた。淡い金髪に高貴な緑色の瞳。カトルと同じく神人の竜であるレナートは、貴族的な印象を与える美しい顔立ちをしている。佇《たたず》んでいるだけで漂う神気が尋常ではなく、上位の世界の存在だと伝えてくる。

「こんにちは。レナート様」

「——ああ。馬鹿を引きとりにきたのだが」

レナートがそういった瞬間、リクトの背後からいきなりガチャンと陶器が割れるような音が響いた。振り返ると、フリッツが椅子から立ち上がって茫然《ぼうぜん》としたようにこちらを見ていた。床には彼が落としたティーカップの割れた破片が散らばっていた。

「……旧い竜……」

フリッツの口から、かすれた呟きが漏れる。やはり一見しただけで、レナートが何者なのかがわかるらしい。

リクトは紹介するべきなのかと迷ったが、察知したようにレナートが首を横に振った。

「あれは高位の錬金術師だろう。〈扉〉をいくつも開けている者だ。わたしは彼とは口をきかぬ」

「え……あ、はい」

以前、レナートは真実しか語らず、世界に影響がありすぎるから人間とは無闇に話さないというようなことを聞いてはいたが――。

目の前で拒絶されるやりとりを聞いても、フリッツ本人はショックを受けた様子はなく、むしろ心得たような態度だった。眼鏡の奥の瞳が興奮したように熱を帯びているのが伝わってくる。

フリッツはその場で左胸に手をあてて、敬服したように深く一礼した。レナートは無表情にそれを見つめる。

「――帰るぞ」

レナートはリクトに抱かれているカトルにあらためて視線を移し、蔑むような目つきになった。

「なんだ？　その姿は。つい先日、おまえはこちらの世界で小さな竜の姿にしかなれないのはいやだと泣いていたはずなのに――屈辱を自ら好むのか。誇り高き竜人の風上にも置けぬな」

『ち、違います。レナート様。こいつがどうしても拝みたいというので仕方なく……』

「いいわけは聞かぬ」

鋭く突き放すと、レナートはトカゲもどきのカトルを受け取り、「アダルバートによろしく伝えてくれ」といって帰っていった。カトルはレナートの外套《がいとう》にくるまれて、最後はご満悦の様子だった。

アビーは「プレイスタイルだ」というけれども、ふたりのやりとりはいつも一方的にカトルが罵られているように聞こえて、リクトは心配で落ち着かない。あのふたりの真の関係が理解できる日はくるのだろうか。

扉を閉めて振り返ると、「ふーっ」とフリッツが大きく息をついて、椅子に崩れおちるところだった。

「大丈夫ですか？」

「いやいや……久々に緊張したからね。この年になると、滅多に緊張することもないから」

「どうして緊張したのですか？」

「…………」

フリッツは前髪をかきあげながらしばし黙り込み、リクトの顔を仰ぎ見て唇の端をにっと上げた。

「きみもアダルバートも大物だねえ。神人の顧客がいることは知ってたが……まさか旧い竜までいたとはね。アダルバートは自らの功績を語ることはないから仕方ないが……こんな環境にいたら、きみにはこれがどれだけすごいことだかわからないだろうね」

「いえ。僕も最初にレナート様やカトルさんにお会いしたときは、夢でも見たのかと思いましたが……神人にお会いするなんて滅多にない機会ですし」

「おや。一応その感覚はあるんだね。きみはなにを見ても動じないタイプかと思ってたけど」

「そんなことはありません。でも、養い親のエレズや、師匠のアダルバートがどちらかというと、なにがあっても泰然としている方たちなので」

「そうか。エレズもいたか。それは最強のメンタルが育つ環境だね」

フリッツはおかしそうに笑ってから再び口をつぐみ、ふと物思いに耽《ふけ》るような目をした。

「わたしはね――錬金術師としては、先ほど旧い竜に思いがけなく会って年甲斐《としがい》もなく緊張して興奮してしまうような……そんな感動をいつまでも大切にもっていたいと思うんだよ。神々の領域にふれた――という手応えを追い求めたいというかね。ハイド地区の商業的な繁栄を見ていると、時々それが遠くなるような気がすることがある。もちろん暗黒の時代を経て、我々は生き延びるために、この道を選んだのだけれど……ただでさえ、神の世界は遠くなっているのに、奇跡の名残を伝える我々がさらにそのスピードを速めているのではないかとね」

フリッツは何事にも臨機応変に対応して、器用に表情や声を使いわける印象があった。だが、いま遥か遠くを眺めるように静かに語りかける様子は、リクトが初めて見る錬金術師のギルド長としての顔だった。

「――フリッツさんは、行列のできる工房がお嫌いなのですか？」

「きみはストレートに聞くなあ。いいや、嫌いではないよ。ただもう少しあがきたいとは思っている。急激に一方に偏っていくのは良くないし、バランスをとりたいのでね。若い人たちには鬱陶しいだろうが、軽くなりすぎて飛んでいってしまわないように重しになれれば」

同じハイド地区の錬金術師でも、考え方はそれぞれ違う。カロンのように商業特化するのか、アダルバートのように俗世には距離をおいて我が道を行くのか。

「フリッツさんはどうしてアダルバートを後任にしようと考えたのですか。その……性格的にはギルド長に向いているとはいいがたいと思うのですが」

「どうしてって……アダルバートは最後の王宮錬金術師のひとりで、最年少で〈扉〉を開けた経歴があって、旧い竜とも交流があるのに？　神々と上位の世界の神秘を伝える錬金術師たちの長として、これほど相応しい人材はいないだろう。向いてない性分なのは知っているが、その部分はわたしがフォローできる」

「アダルバートを評価してくださるのですか」

「評価しないわけがない。アダルバートは才能の塊だよ。商業的に成功してないように見えるのは残念だが、ギルド長になればまた立ち位置が変わる。行列はできなくても、彼は神人と親しく言葉を交わす錬金術師なんだよ。権威ある立場に押し上げてあげたいと考えてしまうじゃないか。きみだっていまは不当な扱いだと思ってるんだろう？　わたしもなんとかしたくてね」

まるで頭のなかを見透かされたようだった。フリッツが自分と同じようにアダルバートの不当な評価を心配してくれていたとは。

ギルド長選の候補にしようとした理由も、フリッツの理想とする錬金術師の在り方を聞いたあとでは納得できる。アダルバートがいうように本気で嫌がらせなのではないかと一瞬でも考えてしまって申し訳ない――とリクトは心のなかで詫《わ》びた。

「まあ、本人が気乗りしないなら、ギルド長の件は仕方ないがね。……そうだ。ティーカップを割ってしまってすまないね。あとで同じものを探して弁償するから」

「あ……いいえ。どうかお気になさらず。僕が片づけますから」

フリッツが屈《かが》んで破片を拾おうとするのを、リクトはあわてて止めた。

「そう？　仕事を増やして悪いね。アダルバートがいないのは残念だったが、今日きたおかげで神人たちに会えたから、わたしは幸運だった」

帰り際、扉のところでフリッツはリクトを振り返って、にっこりと微笑みかけてきた。

「リクト。きみは他人が幸運だと思える素晴らしい環境に、つねに身を置いてるんだよ。最初はきみがアダルバートの工房に弟子入りすると聞いたときには長続きするかどうか心配だったけれど……」

そういえば王都にきたとき、最初にフリッツに出会って工房まで案内してもらったのだと思い出す。

「アダルバートに放りだされたら、ほかの工房を紹介するとおっしゃってましたね」

「てっきりそうなると思ってたんだがね。結果的にはよかった。アダルバートにとっても弟子をもつことは良い影響を与えたし、きみは見事な〈黄金の力〉をもってるからね。なぜか初めて出会ったときよりも、いまはさらに強くなっているようにすら見える」

「……そうなのですか？」

以前から錬金術師の素養である〈黄金の力〉にあるとはいわれるものの、リクト本人はその恩恵に与《あずか》っている気がまったくしない。

「僕は……簡単な錬成や召喚もまだできないのですが」

「まあ、きみは不思議な子だから、色々あるのだろうね。でも力がないわけじゃない。わたしは見極める目だけはエレズやアダルバートよりも良いと自負してるのでね」

フリッツはリクトが生まれた背景——竜との因縁やエリオット王子のことを知らないはずなのに、まるで事情をわかっているようなくちぶりだった。

「きっとほかの工房ではきみを持て余してしまっただろう。アダルバートぐらいしか扱えない。彼の〈黄金の力〉も強いからね。だから行列ができないことなど気にせず、誰になにをいわれても、きみは彼を信じていけばいい。アダルバートはこれ以上望むべくもない立派な師匠だ」

まさか自分以外の口からアダルバートに対する賛辞をこれほどストレートに聞ける日がくるとは——滅多にない事態に、リクトはうろたえながら「はい」と返事をするのが精一杯だった。


三日後の昼過ぎ、アダルバートは遠出の仕事から帰ってきた。

留守中にフリッツやカトルたちが訪ねてきたときの出来事を聞いて、アダルバートはうんざりしたような顔を見せた。

「——で？　結局なにがいいたいのだ？」

「フリッツさんは神人に対して畏敬の念をもってらして、錬金術師の旧き良き伝統を大切にしている方なのです。アダルバートを評価してくださってますし、とても良い方だな、と」

アダルバートは「うちは中立だ」といったが、リクトは心のなかではすっかりフリッツの陣営に傾いていた。もちろん弟子の自分に投票権はないので、実際に後押しはできないけれども。

「……悪いやつだとは俺も思っていない」

「では、なぜ僕がフリッツさんの話をすると、不機嫌な顔をするのですか」

あれからフリッツは同じ茶器がなかったといって、工房のものよりもいかにも高級そうなティーカップのセットをお詫びにもってきてくれた。

お茶を飲みながら、アダルバートは胡散《うさん》臭そうに新品のティーカップを見つめる。

「おまえがすぐにひとを信じるからだ。まさかまた丸め込まれて、俺をギルド長にしようなどと考えているのではないだろうな？」

「とんでもありません。権力に呑み込まれるなとおっしゃったではありませんか。弟子なのですから、師匠の教えは守ります。たとえどれほど誘惑があろうとも」

「だと、いいがな……」

アダルバートは疑わしそうにリクトを見つめて嘆息した。

「でもフリッツさんがアダルバートを評価してるのはほんとうなのですよ。立派な師匠だとおっしゃってくださって、見ている方は見てくださってるのだと、僕は胸がすく思いがしました」

「あの爺が素直に俺を誉めるなんて、なにか裏があるに決まってる。だいたい自分がギルド長を辞める気があるかどうかもあやしいのに」

「なにいってるんですか。辞める気がなければ、アダルバートに立候補を打診するわけがないではありませんか」

「そこがな――」

アダルバートはなにかいいかけたものの、「いや」とかぶりを振り、リクトの顔をじっと見つめた。

「まっすぐなのはおまえの良いところだから。そのままでいてくれ」

「はあ……」

首をかしげていると、アダルバートはふいに席から立ちあがり、リクトのそばへとやってきた。リクトの頭をなでて、こめかみから頰へと指先をするりと移動させる。

やさしい手つきでつつかれて、リクトはどう反応していいのか困った。じわじわと熱が頰をのぼっていく。

「ど、どうしたのですか」

「――ん？　俺を誉められたからといって、すぐに喜んで相手に取り込まれそうなおまえが心配になった。ひとりで留守を任せるのも考えものだと思ってな」

「未熟すぎて安心できませんか」

「そうではないのだが……いつでもそばに置いておきたくなるから困る」

アダルバートは苦笑して身を屈めると、リクトの額の髪をかきあげて、そっと唇を落とした。

何度かやわらかく額や耳もとにくちづけされて、リクトの首すじが朱に染まる。

間近で目が合うと、アダルバートの青い瞳は吸い込まれそうに美しくて、リクトは息苦しさを覚えた。

「だって……喜ぶに決まっています。尊敬する師匠なのですから、他のひとにも尊敬してほしいと思ってしまうのです。これは欲深いことなのでしょうか」

「俺はおまえにそういってもらえるだけで充分なのだが。ほかに望むものはない」

アダルバートは頬をゆっくりとなでて、リクトの唇に唇を重ねようとした。リクトは目をつむる——。

その瞬間、まるでタイミングを見計らったように工房の呼び鈴が鳴って、ふたりは同時にびくりと肩を揺らした。

アダルバートはしかめっ面になって扉を振り返る。

「……先日もこんなことがあったな」

「お客様ですね」

「無視しよう。どうせ票集めの連中だ」

「駄目ですよ。きちんと応対してなくては。アダルバートが留守のあいだに訪ねてきた方が再びいらしたのかもしれません」

リクトが扉を開けにいくと、そこには思いがけない人物が立っていた。

ウェーブがかった金髪に彩られた顔は麗しく、外見だけはやさしげな聖母のような美貌――養い親のエレズを前にして、リクトは自然とびしっと姿勢を正す。

「……リクト。いくら客が訪ねてくるのに慣れていないといっても、扉を開けるのが遅いですよ。なにをしてるのですか」

「申し訳ありません。エレズ、あの……今日は突然どうしたのですか」

「可愛い弟子たちの顔を見にきたのです。いけませんか？」

リクトは素直に「いいえ。お会いできてうれしいです」と返したが、背後のアダルバートは不審そうにエレズを睨んでいた。

「エレズ……なにやら少し怖い顔をされているようだが。なにかありましたか」

怖い？　とリクトは思わずエレズを振り返ったが、穏やかに微笑んでいるとしか見えなかった。

しかし、エレズは怒るときでもあからさまに表情にだして激昂《げっこう》することはないので、笑顔でも怖いときは不気味に怖いのだった。

「アダルバート。わたしになにか報告することはありませんか」

「とくには――？」

「ほんとうのことをいうと、フリッツの手紙を読んだからきたのです。あなたがギルド長選に出るというので」

手紙——と聞いて、リクトは先日フリッツがエレズの居所を聞いてきた件を思い出した。あの手紙がもう届いたのか。しかも、ギルド長選に出ることになっている？

「その件はすでに断ったはずだが。……機会があればお話ししましたが、旅先のあなたに急いで報告することでもないと判断したので」

「断った？　工房にくるまえにギルドの本部に寄りましたが、すでにあなたの候補としての届け出が受理されているとのことでしたよ。あなたでなければ、誰が届け出を書いたのですか」

「な——」

アダルバートは絶句したあと、動揺したようにリクトを見た。「まさかおまえがなにかしたのか」と不名誉な疑いをかけられている気がしたので、リクトは必死に「いえいえ」とかぶりを振る。

「……では、誰が」

唸るアダルバートを前にして、エレズはあきれたように目を伏せる。

「あなたがギルド長選に出るなんておかしいと思いましたが……どうやらフリッツに担がれたようですね。本気で出るつもりなら止めなければならないと急いで駆けつけたのですが。……老いぼれに無理にさせないでください」

「それは申し訳なかったが、俺は届け出などだしていない」

「でもわたしは会館で古い馴染《なじ》みに声をかけられましたよ。『あなたの弟子に一票入れるよ』と。フリッツの陣営はあなたを候補にするつもりだと」

アダルバートは愕然《がくぜん》とした表情で口許を手で押さえ、「……あの爺」と呪詛《じゅそ》の言葉を吐く。

「まったくわたしの弟子がギルド長になど……なんの冗談かと思いましたよ。肝が冷えました」

ためいきをつくエレズに、リクトは素朴な疑問を口にする。

「あの……先ほどからエレズはアダルバートがギルド長になるのを望んでいないようですが……どうしてですか？　個人的にはとても良いお話だと思ったのですが……」

「────」

エレズはにっこりとリクトを振り返った。スミレ色の瞳は美しかったが、なぜか目の奥が笑っていない。

先ほどアダルバートが「怖い顔している」といった意味がようやくわかり、リクトは腋《わき》の下にいやな汗をかいた。

「……リクト。説明しましょう」

「は、はい」

「錬金術師としてのわたしの師匠は、やはり王宮錬金術師でした。代々王家に仕えてきた術師の工房なのです。弟子は師匠から多くのものを受け継ぎます。工房を継げば資産を丸ごと、独立しても技術や系譜を──つまりはアダルバートも、アダルバートの弟子となったあなたも、わたしと同じ系統に属します」

「はい」と頷きながら、リクトはそれがなぜアダルバートがギルド長になるのを反対する理由につながるのかが理解できずに首をひねる。

「対して、フリッツの師匠はかつてのギルド長でした。フリッツの継いだ工房は、代々ギルド長を多く輩出しているのです。歴史の積み重ねで色々な出来事があって、語りだすと長くなるので面倒くさいから省略しますが、要するにわたしの工房が属する系統と、フリッツの系統はおそろしく仲が悪い」

「…………はあ」

そこでようやく話の先が読めてきて、リクトは馬鹿な質問をしたのだと悟る。

「アダルバートがギルド長などと……フリッツの後継者にどうしてわたしの弟子を差しださなければならないのか。王宮錬金術師は廃止されましたが、わたしたちは古代王国から王家に仕えてきた工房の系譜を継ぐ者です。ですが、いまは工房を街中で開くならばギルドにも貢献しなければいけないとわかっている。だから、もしもアダルバートがギルド長になりたいのなら、『とりあえずフリッツのあとはやめておきなさい』と伝えにきたのですが……幸いなことに徒労だったようですね」

なにやらここにも複雑な対立軸が――フリッツとは同世代のライバルというだけではなかったのか。

俗世を超越しているようなエレズにも派閥らしきものがあったのかと慄《おのの》くリクトに、アダルバートが小声で「だから俺は中立が好きなのだ」と呟くのが聞こえた。

「エレズ……。俺はギルド長になりたいとは思っていない。安心してください」

「わたしはべつにギルド長になること自体は反対していません。時代は変わりました。ただフリッツの後任だけは許しがたいのです」

有無をいわせぬ凄味《すごみ》に圧倒されて、アダルバートとリクトは横目でちらりと視線を交わした。

「俺の気持ちがわかっただろう?」といいたげな目つきに、リクトは「はい」と頷くしかなかった。たしかにいちいちこんな対立に巻き込まれるのは鬱陶しい。

「とにかく俺はフリッツに抗議してくる。ギルド長選に出る気などないのだから。届け出がでてるなんて、フリッツが偽造したに決まっている」

アダルバートが外出するために外套を手にしたところ、再び工房の呼び鈴が鳴った。「はい」とリクトが扉に駆けつけると、「こんにちは」と渦中の人の声がする。

「……フリッツさん?」

「やあ。さっきギルドの本部に行ったら、受付からエレズがきたと連絡をもらってね。もしかしたら、ここに……」

フリッツは工房内に入ってきて、エレズの姿を見ると微笑んだ。

「ああ、やっぱりいた。元気そうですね、エレズ」

「元気ではありません」

「わたしの手紙が届いてからすぐに動かなければ、いまここにはいないはずだ。まだ足腰はしっかりしてるようで安心しました」

まったく悪びれない様子のフリッツに、アダルバートはさすがに苛立ちを隠せないようだった。

「フリッツ。ギルド長選のことははっきり断ったはずだ。なぜ届け出がでてる？　あんたが偽造したのか」

「とんでもない。きみが届け出をだしてないことは知ってるよ」

エレズが眉をひそめる。

「先ほどわたしがギルドに確認したときには届け出がでてるといわれましたよ」

「エレズも落ち着いてください。受付の者は『立候補の届け出がでてる』とはいわなかったでしょう？　言葉足らずで申し訳なかったが、『推薦候補の届け出がでてる』が正しいのです。あなたもアダルバートもギルド長選には縁のない派閥の方々だから選挙に疎いのでしょうが、ギルドの規約では推薦人十名の署名があれば候補者として届け出ることができるのですよ。もちろんわたしが推薦人の代表として届け出た」

「それは……普通は本人の承諾が必要だろう」

「普通なら、ね。でもなぜかハイド地区の錬金術師ギルドの規約にはそれがないんだな。本人の署名が必要とも書いていない。たぶん大昔に規約を作成した担当者がポカをやらかしたんでしょう。言葉は悪いが、ギルド長選はほとんど出来レースだったからね。立候補するときには票が固まってるのがあたりまえだった。だから、そんな推薦の制度を悪用するものもいない、先人のミスをいまさらほじくりかえすのも面倒くさいし、一文を修正するにも手続きが必要だし……と見過ごされてきたんだね。嘆かわしいことです」

その瞬間、工房内にいた三人がいっせいに心のなかで「おまえが悪用してるじゃないか」とフリッツに対してツッコミを入れたのはいうまでもない。

「まあ、ギルド長になりたい者はたくさんいても、なりたくないなんていう人は滅多にいないから、むりやり候補にするなんて悪用の仕方も本来ないんですよ。通常なら推薦されれば誰だって『光栄です』と喜ぶからね」

「それは詭弁《きべん》だろう。いくら規約になくても、常識的にこんなやりかた……」

「いやいや、異端児のきみに常識を問われるとは。ともかくきみが推薦されて候補になってる事実は変わらない。このまま投票日を迎えれば、わたしの票固めは万全だから、きみは晴れてギルド長だ」

「推薦を取り下げろ」

「わたしも引き下がれないんだよ。なにせハイド地区の重鎮たちに署名してもらってるからね。アダルバートは元王宮錬金術師だ。それに拒絶反応を示す工房主が少なくないのは、エレズ……あなたはよくご存知ですよね。あなたたちは王宮にいて錬金術師の華だった。憧憬《しょうけい》の念を抱いていた術師も多いけど、同じくらいの敵がいる。そういうひとたちをやっと説得して署名してもらったんです。時代は変わった、彼らのもつ神秘性がいまこそ街中で生きるギルドには必要なんだ、とね。たしかに勝手にやったことだが、彼らはそれを知らない。取り下げるとなったら……わたしと、ようやく新しい風を受け入れる覚悟を決めた彼らの面子《メンツ》を潰《つぶ》す気ですか」

一方的に届け出をだしておいてどうしてこちらが脅されるのかと文句をいいたいところだが、巧みに畳み掛けてくるフリッツの話術はさすがだった。

なにやら簡単に終わりそうもなくて、リクトは息を呑んで事の成り行きを見守る。

重鎮たちが絡んでいるとなると、アダルバートも「取り下げろ」と闇雲に訴えるわけにはいかないのか黙り込んだ。

エレズはフリッツをまっすぐに見据えた。

「――アダルバートの師匠としていいます。推薦を取り下げてください。フリッツ……あなたたちの面子を潰さないために、なにが必要なのです?」

「取り下げるつもりはないといったら?」

「とぼけないでください。あなたの求める理想はわかりましたが、まだ時期尚早のはずです。いま、アダルバートをギルド長にするのは無理だとわかってるでしょう。わたしはあなたのような策謀は苦手なのです。直截《ちょくせつ》にいってください。……まったく面倒くさい」

エレズが顔をしかめるのを見て、フリッツは噴きだした。

「……あなたには敵《かな》わないな。いいでしょう、はっきりいいましょう。あなたがギルドの運営委員会の外部顧問になってくれることが条件です。それならば重鎮たちも納得する。元王宮錬金術師のスターですからね。アダルバートの推薦を取り下げても、代わりにあなたがギルドに協力してくれるとなればこちらの面子は守られます」

エレズが外部顧問に——思いがけない要求を聞いて、リクトは目を丸くした。どうしてフリッツがエレズをギルドに引き入れようとするのか。先ほどの話では、このふたりには因縁の対立軸があるのではなかったのか？

エレズはある程度予想していたのか、さほど驚いた様子は見せなかった。ただ深いためいきをついた。

「わたしはすでに隠居の身ですし、ハイド地区に工房を構えているわけでもありません」

「外部顧問こそ、隠居の身に相応しい役職ですよ、エレズ。いままでどおりに気ままに旅をしていて、たまに王都に顔を見せてくれるだけでいいのです。錬金術師たちに危機が訪れたとき、あなたが嘘でも助けるといってくれれば皆が酔いしれる」

「ギルドはあなたの聖域でしょう。王宮錬金術師の勢力が深く入り込んでもいいのですか」

リクトが抱いていた疑問を、エレズが口にする。

フリッツはふっと目を細めて微笑んだ。

「先ほどもいったけれど——時代が変わってしまった。若い頃はあなたに対抗心もあったけれど、いまはもう……わたしひとりでは色々なものを変えるのが難しくなった。誰かに背中を預けられるとしたら、あなたしか思いつかないのですよ。かつての戦友として、一緒にハイド地区を支えてほしい。願いはそれだけです」

驚いたことに、フリッツはおもむろに左胸に手を当てて、エレズに向かって深く頭を下げた。

それこそ、つい先日レナートに敬意を示したときと同じように——。

エレズは再び嘆息すると、なにやら難しい顔で考え込んでいた。皆が固唾を呑んで見守るなか、しばしの沈黙ののち、ようやく「いいでしょう」と頷いた。


仲がいいのか悪いのか、往年の戦友とやらがそろってギルドの会館で話し合うといって帰っていったあと、工房に残されたアダルバートとリクトは魂を抜かれたようにぐったりしていた。

「……よくわからないのですが、あれでアダルバートの推薦候補の届け出は取り下げられるのですか？」

「取り下げるさ。フリッツの陣営は要するに元王宮錬金術師との協力関係が欲しかったんだ。元々エレズを引っ張り出すのが目的だったんだろう」

リクトは「え」と目をしばたたかせる。

「アダルバートをギルド長にする気はまったくなかったということですか」

「だから最初からいってるだろう。無謀だと……俺が候補になったら、エレズが血相変えて止めにくることもわかっていたんだろうな」

一時は本気で「ギルド長の工房」を夢見ただけに、リクトは茫然とする。すべてはエレズを外部顧問に迎えるための策略だったのか。

「じゃあ誰がギルド長になるんですか」

「フリッツが再任されるだろう。たぶんカロンは立候補しない。今回は向こうも本気で挑むつもりで地道に挨拶回りをしてたから、フリッツも策を講じたんだろうが……フリッツがエレズを外部顧問に招聘《しょうへい》したと知れたら、王宮錬金術師の流れを汲《く》む工房主がいっせいにフリッツに流れるからな。それを上回る票は、さすがにカロンたちに集められない。おまけにエレズはハイド地区に工房をもっているわけではないから、あくまで外部顧問止まりでギルド長になることも絶対にない。フリッツたちにとっては権力をもちすぎて脅威になる心配もないし、うまい落としどころだ」

「…………」

いままで信じていたものがガラガラと音をたてて崩れていくようで、リクトは肩を落とした。

「フリッツさんがギルド長を辞めてしまうというので、僕は真剣に心配したのですが……」

「辞めないさ。エレズに向けた言葉を聞いていただろう？　あれはまだまだギルドでやりたいことがたくさんあるんだ。俺に立候補しないかといってきたのはエレズへの嫌がらせではないかと思ってたが……真の目的はエレズを自らの陣営に呼び込むことだったとは。……どこまでも食えない爺だ」

いいように振り回されて脱力したものの、リクトはフリッツを全面的に否定する気にはなれなかった。

「フリッツさんがおっしゃっていたことには、僕も同調するところがなくはないのです。理想の錬金術師像とか商業的なバランスのお話とか。それに、ギルド長にするつもりがなかったにしても、アダルバートを評価しているのは間違いないと思います。フリッツさんはなんというか、とてもロマンチストな方だと思うので」

リクトの意見に、アダルバートは苦虫を嚙《か》み潰したような顔を見せた。

「規約の記載漏れをついて、ひとを勝手に候補に仕立てあげようとする男がロマンチストか？」

「だって竜を見て目を輝かせていたのです。あの気持ちは、僕にはよくわかります。神の領域にふれた手応えとおっしゃってましたが……。僕も、カトルさんやレナート様に会うと、そんな感覚になります。わくわくして、楽しくて、それは何事にも代えがたい素敵なものです」

熱心に訴えるリクトを、アダルバートはあきれたように見ていたが、やがて表情を和ませた。

「まあ、おまえが共感するような部分があるから、エレズもフリッツの願いを承諾したんだろう。だが、リクト――あらためて宣言しておくが、うちの工房は中立だ。権力の中枢には罠《わな》が潜むと思え」

「それはもう賢明な判断だと思います」

リクトはすかさず同意する。

しかし、エレズはフリッツに協力するつもりのようだし、リクトもまったく無関係ではいられないだろう。おそらくそれはアダルバートも同様だった。

そもそも最初からリクトはフリッツが引退せずにギルド長でいてくれればいいと思っていたのだから、結果的には望みどおりではあるのだけれども……。

「……いまならば、同業者のお客様がきたとき、アダルバートが僕になにもいわずに不機嫌だった理由がよくわかります。対立の騒動に巻き込まれるのがいやだったのですね。お客様がくる事情を話してくれないので不満でしたが……ギルド長選がこんなに恐ろしいものだったとは」

「まあ、俺が票集めの連中が訪ねてきて不機嫌だったのは、ほかにも理由があるけどな」

「なんのことです?」

きょとんとするリクトに対して、アダルバートは唇の端に笑いを浮かべた。

「あのとき、俺は珍しく三日ほど遠出の予定がなかったから、おまえの修業を見るつもりだった。古代語の勉強をしていただろう。おまえと並んで机に座りながら、弟子をとるのも悪くないものだと、くつろいだ良い気分になっていたのに、訪問客に邪魔をされた。面白くなくて当然だろう。おまえも客がきたことにすっかり浮き足だって、そっちに興味が移っていたし。俺に勉強をみてもらう時間が潰されたことなんて、おまえにはどうでもよかったんだと思ってな」

そこに引っかかっていたとは――思わぬところを指摘されて、リクトは目を丸くする。たしかに客人は気になったけれども、アダルバートに修業を見てもらうのはリクトとしても待望の時間だったのだ。誤解されるのは心外だった。

「どうでもよくはありません。僕もあのとき、アダルバートにふたりきりで教えを乞えるなら、工房にお客様がこないのも良いことだと罰当たりに考えてしまったのですから」

反論するリクトに、アダルバートはからかうような目を向けてきた。

「商魂たくましいおまえがそんなことを考えるとは意外だな」

「カトルさんもそのように僕を形容してましたが、商売とアダルバートだったら、アダルバートのほうが大事です」

「ほんとうだろうか」

とぼけたような顔を見せるアダルバートに、リクトは「ほんとうです」と必死に訴える。やがてアダルバートは満足そうに笑いだした。

「今日は時間がある。遠出から帰ってきた途端に、エレズやフリッツみたいな元気な爺たちに来襲されて、仕事をする気が失《う》せたからな。やる気を取り戻すために、おまえの勉強でもみよう」

「では古代語の本と辞書をもってきます。いま、すぐ」

リクトが即座に立ち上がって書庫に行こうとすると、「──待て」とアダルバートが腕をつかんで引き寄せる。

そのまま抱き寄せられて、リクトはアダルバートが座っている膝の上に抱きかかえられた。近づいてくる魅惑的な青い瞳──釘付《くぎづ》けにされて、息を吞む。

「邪魔されたのは勉強だけではないからな。おまえは忘れてるようだが」

甘い眼差しを向けられて、リクトは目許を赤くしながら視線をそらした。

「……覚えています」

アダルバートは微笑みながら顔を寄せてくる。目をつむって緊張にかすかに震えるリクトを見て小さく噴きだしてから、軽くついばむように唇を吸った。

「──それはよかった」

再び吐息が近づいてきて、今度は深く唇が合わさる。甘い接触に背中が震えて、リクトはふと目を開けたものの、熱を孕《はら》んだ美しい瞳に至近距離から射抜かれて再び瞼《まぶた》を伏せる。

わずかに開いた唇のなかに、アダルバートの熱が絡みついてくる。くりかえされるくちづけにゆるやかな眩暈を覚えながら、リクトはアダルバートの首にそっと腕を回した。

［ダブル・バインド］番外編
春の夜の夢
英田サキ

扉イラスト　葛西リカコ

上條嘉成《かみじようよしなり》が鼻歌を歌いながら書類を作成していると、隣の席の滝田《たきた》が「何かいいことでもありましたか？」と尋ねてきた。

「別にないよ」

「嘘《うそ》です。上條さんこのところずっと機嫌がいいじゃないですか。絶対なんかあったはずです。教えてくださいよ。……あ、最近引っ越しましたよね？　もしかしてお隣さんがすごい美人だったりして」

二十九歳になる滝田は、警視庁捜査一課の殺人犯捜査第九係では一番の若手だ。六歳年上の上條とは気安い関係で、普段からなんでも突っ込んで聞いてくる。

「そんな美味《おい》しい話があるかよ。俺がご機嫌なのはなぁ、春だからだ。春が来ると気持ちが明るくなる」

上條は無精髭《ぶしようひげ》の生えた顎を指で掻《か》きながら言い返した。滝田は納得いかない顔つきで「季節のせいですか？」と聞き返した。

「そうだよ。俺は春が一番大好きなんだ」

春が好きなのは事実だが、大嫌いなデスクワーク中にも鼻歌が出るのは季節のせいではない。遠距離恋愛をしていた恋人との夢にまで見た同居生活が、やっと始まるからだ。しかし表向きは高校時代の後輩とルームシェアするということになっているので、事実は話せない。

上條は周囲にカミングアウトしても構わないと思っているのだが、瀬名智秋《せなちあき》は断固として反対した。日本の閉鎖的な社会の中で、しかも警察官という立場にあって男の恋人と同居していることを明かすのは、一種の自殺行為です。絶対に他人には明かさないでください。そう何度も念を押され、秘密にすると約束した。上條の立場を心配してくれているのがわかるだけに、嫌とは言えなかった。

「ところで今回の在庁待機、珍しく長いですよね。早く現場に出たいな」

滝田は事件が待ち遠しいようだが、上條は何も起こらないでくれと祈るような気持ちでいた。瀬名ともうひとりの同居人である真宮《まみや》祥《しょう》は、今日アメリカから帰国するのだ。上條は一週間前に先に新居に引っ越していて、彼らを迎える格好になる。今夜は三人で食卓を囲み、新生活を祝うつもりだった。

「張り切りボーイ、やる気が漲《みなぎ》っているみたいだが、事件を望むのは間違いだぞ」

向かい側で刑法の本を読んでいた熊井《くまい》が、滝田を注意した。以前なら新人に心得を説くのは最年長の佐目《さめ》だったが、彼が捜査一課を去った今は熊井がその役割を担っている。

熊井の言うとおりだ。事件が起きなければ刑事の商売はあがったりだが、平和が一番だ。

「熊井さんは昇進試験の勉強ですか？」

滝田の問いかけに熊井は「そうだよ」と素っ気なく答えた。昇進には興味がない上條と違い、熊井は早く警部補になりたがっている。熊井は頭もいいし優秀な捜査員だから、真面目《まじめ》に勉強すればそのうち警部補になれるだろう。

「上條さんは昇進試験、受けないんですか？」

「俺？　俺は万年巡査部長でいいよ。ずっと現場でいたいしな」

出世したところで書類仕事が増え、現場責任者的役割を負って責任が重大になるだけだ。給料は食べていけるだけあればいいし、人を動かすより自分で動くほうが性に合っている。

「そういう上條さんを刑事としては尊敬しますけど、俺がもし上條さんの奥さんならちょっと嫌かも」

滝田が溜《た》め息《いき》交じりに言った。

「いくら仮の話でもやめろよ。お前みたいなでかい男が女になって、しかも俺の嫁さんだなんて想像するだけで怖いだろ。……でもなんで嫌なんだ？」

「旦那が万年平刑事だなんて普通は嫌でしょう？　出世して管理職にでもなってほしいって、奥さんなら思うものですよ」

そんなものは人それぞれだろう。上條の離婚した前妻は、出世を望む言葉は一度も口にしなかったし、瀬名だって上條の階級や役職にはまったく興味がない。

何が幸せかは人それぞれだ。今の上條が目指す幸せは出世でも大事件でもなく、定時に仕事を終えて新しい家に帰り、瀬名と祥と三人で夕食を食べることだった。

きっかり定時に退庁した上條は、帰宅ラッシュで混雑する電車に揺られて、まだ馴染《なじ》みの薄い駅で下車した。新居は江東《こうとう》区の隅田川《すみだがわ》沿いに建つ築浅のきれいなマンションだ。八階でエレベーターを降り、鍵を開けて室内に入る。角部屋で間取りは広々とした3ＬＤＫ。ベランダからは隅田川が見える。以前は新木場《しんきば》の狭いワンルームマンションに住んでいたので雲泥の差だ。

家具や電化製品は瀬名が帰国した際に購入しておいたので、生活に必要なものは大体揃《そろ》っている。だがまだ生活の匂いはせず、ホテルの仮住まいのようなよそよそしい雰囲気があった。

ふたりの寝室となる部屋に入り、背広をハンガーに掛ける。昨日まではひとり寂しく横たわっていたこの広いベッドで、今夜からは瀬名と一緒に寝られるのだと思うと、嬉《うれ》しくてまた鼻歌が出てしまう。

高校時代の後輩である瀬名と再会したのは、去年の三月。剣道部で二学年下だった瀬名はアメリカに渡り、クリニカル・サイコロジストとして働いていた。日本の臨床心理士は民間資格だが、アメリカでクリニカル・サイコロジストといえば博士号や公的資格を要する高度な専門職らしい。

瀬名は精神疾患を抱えた真宮祥という十七歳の少年の付き添いで、たまたま一時帰国していたのだが、祥が奇妙な殺人事件に巻き込まれ、捜査を担当する上條と再会した。捜査の過程で何度も会ううち、互いの心に恋心が芽生え、やがて深く愛し合うようになった。

簡単な恋ではなかった。高校時代の瀬名は内向的だが素直だったのに、再会したら別人のように変化していた。できる大人の男のオーラを放ち、冷ややかな目をして上條に嫌みを吐く姿は、まるで懐かないハリネズミのようだった。

最初のうちはあまりの変わりようにがっかりしたが、きつい言葉も可愛《かわい》くない態度も、すべてが傷つきやすい繊細な心を守るための手段だとわかり、逆に刺々《とげとげ》しい瀬名が愛おしくなってきた。同性だし悩みはしたが、瀬名に傾く気持ちは止められなかった。瀬名は過去の辛《つら》い経験から、誰かと真剣に愛し合うことを恐れていたが、最後は上條の気持ちに応えてくれた。

瀬名がアメリカに戻ったあとも、ふたりの気持ちが変わることはなく、東京《とうきょう》とロサンゼルスに離れて暮らしながら恋情を温め続けた。そして瀬名が帰国するのに合わせて、同居を決めたのだ。同居は上條のほうから申し出た。

日本の大学に進学する祥は、もともと瀬名と同居する予定だったから、どちらかというとふたりの生活に上條が転がり込んだ格好になるが、祥は上條を慕っているので問題はない。それに上條と瀬名の関係も理解してくれている。

ベランダに出てみると、日が暮れた空に夕焼けの赤い名残がうっすらと残っていた。瀬名と祥の乗った飛行機は、予定ではそろそろ空港に着く頃だ。空を見上げながら心が弾んでくる。

成田《なりた》着の飛行機だから、まだ一時間はかかるだろう。よし、先にシャワーを浴びておこう。そう思って室内に戻り、窓を閉めたときだった。

パンツのポケットの中で携帯が鳴った。瀬名に違いないとドキドキしながら着信を見たら熊井からだった。嫌な予感に思わず眉根が寄る。

「足立区《あだち》で強盗殺人だ。うちが臨場する。すぐ戻れ」

「え」

「え？　えってなんだ上條」

熊井の怪訝《けげん》な声に「いえ、なんでもありません。すぐ行きます」と答えて通話を切った。捜査一課の刑事は夜中でも呼び出しがかかれば、ただちに登庁しなければならない。当然のことなのに、「このタイミングでっ？」という驚きのせいで、つい「え」と言ってしまった。

仕方がない。これが自分の仕事だ。溜め息をつきたい気持ちで脱いだ背広に腕を通した。鞄《かばん》に着替えを詰め込み「すまない。仕事で出かける。帰りはいつになるかわからない」という短い書き置きを残して家を出た。


足立区で起きた強盗殺人事件は、事件発生から五日後に解決した。犯人は近所に住む無職の男で、被害者の老人とは顔見知りだった。自宅にまとまった金が置いてあるのを知り、犯行に及んだらしい。自供も取れたし凶器の包丁も発見された。万々歳だ。

事件解決は嬉しいが、今回ばかりはそれよりも家に帰れることのほうが嬉しかった。ずっと所轄署に泊まり込んでいたので瀬名には会えていない。電話で謝ったが、「私のことは気にせず、仕事を頑張ってください」と優しく言われた。

一刻も早く帰りたいが事件解決を祝う恒例の酒宴に参加しないわけにもいかず、馴染みの居酒屋で同僚たちと飲み、江東区のマンションに戻れたのは十一時頃だった。

室内に入るとリビングのソファに瀬名が座っていた。パジャマ姿で本を読んでいる。

「お帰りなさい。事件は解決したんですか？」

微笑《ほほえ》むきれいな顔に見とれながら、夢みたいだと思った。家に帰ったら瀬名がいて、笑顔でお帰りなさいと言ってくれる。願いがとうとう叶《かな》ったのだ。

「ただいま。遅くなってすまん。荷物はもう片づいたみたいだな」

言いながら背広を脱いで椅子の背にかける。殺風景だったリビングはすっかり様変わりしていた。ソファの前にはふかふかのラグマット。壁には絵が掛けられ、窓際には背の高い観葉植物が置かれている。瀬名のセンスで全体的に部屋がグレードアップしていた。

瀬名は本を置いて立ち上がり、上條の前まで来た。

「髭も剃らないでひどい顔ですね」

瀬名の白い指が顎の無精髭を撫《な》でていく。ざらついた感触を楽しむような手つきに、なぜかどぎまぎして顔が熱くなった。

「それに……すごく酒臭い」

瀬名が匂いを嗅《か》ぐように、上條の口元に鼻先を近づけた。瀬名のいつもつけているフレグランスが、鼻孔を甘くくすぐる。うっとりしながら抱き締めようとしたそのとき、眼鏡の奥で切れ長の目がすっと細められた。

「私を待たせて、お酒を飲んできたんですか？」

誘っているのか怒っているのかわからないが、顎を突き出して質問する瀬名は、どちらにしても色っぽい。

「あ、ああ。事件解決の祝いで飲んできたんだ。すまん。上の人間も参加する恒例行事だから仕方なくて」

「とりあえずシャワーを浴びてきてください。酒臭いだけでなく汗臭いです」

瀬名が浴室を指さして冷たく言う。上條は「わかった」と頷《うなず》いて浴室に行き、大急ぎで髪と全身を洗い髭を剃った。慌てすぎてカミソリが滑って少し頬を切ったが気にしない。ものの五分ほどで入浴を済ませて、Tシャツとスウェットパンツ姿でリビングに戻ると、瀬名はキッチンでワインを空けていた。

「上條さんも飲みますか？　一杯だけなら許してあげます」

素っ気ない口調だが目は笑っていた。近づいて後ろから抱き締めた。

「お帰り、瀬名」

帰国から五日も経《た》っているのに今さらお帰りもないと思ったが、どうしても言いたかった。もう瀬名は二度といなくならない。ずっと自分のそばにいる。この部屋で一緒に暮らしていけるのだ。

「ただいま。長く待たせてすみませんでした」

瀬名は身体《からだ》を返し、上條と向き合った。見つめ合うふたりの唇は自然と近づいていく。瀬名の吐息を感じる。柔らかな唇まであと一センチ。

だがキスできなかった。触れる直前、ドアの開く音が聞こえたのだ。ふたりは同時にパッと身体を離した。

「上條さん！　帰ってたんですかっ」

リビングに入ってきたのは、長袖のTシャツにジーンズ姿の祥だった。

「祥っ」

近寄って細い身体を力任せにギュッと抱き締めると、祥は「痛いです」と笑った。受験で帰国したときより、髪が短くなっている。出会った頃は内向的な雰囲気と少女めいた風貌が相まって、ひどく弱々しい少年に見えたが、この一年で見違えるほど男っぽくなった。もちろん本人も成長しているが、祥の中にいた別人格のヒカルが統合された影響もあるのだろう。

祥は幼少期の悲惨な体験が引き金になり、解離性同一性障害を患っていた。わかりやすく言えば多重人格で、いくつかの人格が彼の中に存在していたのだ。去年の今頃はヒカルという少年の人格だけが残っていたのだが、そのヒカルも祥の中に統合された。

大人しい祥と違ってヒカルは生意気な奴だったが、祥を守るために存在しているようなヒカルが上條は大好きだった。彼と話せなくなったのは寂しい。しかし消えたのではなく祥と混じってひとつになったのだ。その証拠に今の祥からはヒカルを感じる。

「上條さん、明日も仕事ですか？」

「いや、明日は休みだ」

祥は「じゃあ、ゆっくりできますね」と嬉しそうに笑った。

「部屋に戻ります。また明日」

「え？　まだいいじゃないか。話をしよう」

驚いて引き止めたが、祥は「明日でいいですよ」と断った。

「どうしてだよ。つれないな」

「ふたりの邪魔はしたくありません。……あの、あれですよ。俺に気を遣うことはないですからね。キスくらいなら、いつでもどこでもご自由に」

言いたいことを言えてすっきりしたのか、祥はにっこり笑って自分の部屋に戻っていった。

「さすがはアメリカ育ちだ。さばけてる。これからは祥がいてもキスできるな」

「何言ってるんですか。祥の前では絶対にしませんよ」

ツンとした態度で答えた瀬名は、ワイングラスを持ってソファに移動した。追いかけて隣に座り、まずは乾杯した。

「明日、伯父のお墓参りに行こうと思うんです。ちょうど祥月命日だし、墓前で帰国の報告もしたいし。祥も行きたいと言ったので一緒に」

瀬名の伯父、新藤義延《しんどうよしのぶ》は都内に本拠地を置く暴力団、東誠会《とうせいかい》の二代目会長だったが、去年病死した。瀬名は母を亡くして新藤義延に引き取られ、伯父だと思っていた相手が自分の父親だという事実を知った。

「そうか。だったら俺も行くよ」

「休みなのにいいんですか？　家でゆっくり休んでいたほうが――」

「気を遣うな。俺も行きたいんだ。三人で行こう」

きっぱり言うと瀬名は「はい」と頷いた。

「サロンの準備は進んでいるのか？」

「ええ。順調です。予定どおり今月中には開業できそうです」

瀬名は都内のメンタルクリニックに週に何度か勤務する傍ら、米国カリフォルニア州公認クリニカル・サイコロジストとして働いてきた経験を生かし、サイコセラピーの個人サロンを開き、そこで心理カウンセリングを行うという。日本橋《にほんばし》にあるオフィスビルの一室をすでに契約済みで、内装工事が進んでいる。

「最初のうちは暇かもな」

「そのあたりは覚悟していますよ。ですが有り難いことに、LAでクライアントだった何人かのマダムが今は東京に住んでいて、開業を知らせたらさっそく予約を入れてくれました。彼女たちはセレブで顔が広いので、口コミでいろいろ紹介してもらえそうです」

そういえばロサンゼルスでは日本人の患者も多く診ていたと言っていた。瀬名のような若くてきれいな顔をした男にセラピーされたら、それだけで気分が晴れる女性も多いのではないだろうか、と穿《うが》った見方をしてしまう。しかし瀬名はゲイなので、どれだけ女性にもてても心配はしなくていいので気が楽だ。

不意に瀬名の指先が伸びてきて、上條の頬に触れた。

「血が出ていますよ。髭を剃るときに切ったんですか？」

「うん。慌てて剃ったもんだから」

「なぜ慌てたんですか？」

答えはわかっているくせに、しれっとした顔でそんなことを聞いてくる。

「お前が部屋にいるのに、ゆっくり風呂になんか入ってられるかよ」

上條の答えに満足したような顔つきで、瀬名は唇を近づけ上條の頬にキスをした。舌先が肌を舐《な》めていく。切れた部分がわずかにぴりっと痛んだが、それすら甘い刺激になる。

「相変わらず可愛《かわい》い人ですね。そんなあなたが大好きですよ」

上條の額に自分の額を押し当て、瀬名が溜め息のような声で囁《ささや》く。胸が甘く疼《うず》いた。上條に対して器用に飴《あめ》と鞭《むち》を使い分ける瀬名だが、いきなり飴を与えてくることは滅多にない。ちなみに上條は怖い目で小言を言うハリネズミみたいな瀬名も、素直に甘えてくる可愛い瀬名も、どちらも等しく大好きだ。

再会した頃は瀬名が刺々しい態度を取るたび、高校時代とは随分と変わってしまったと落胆したものだが、今は逆にツンとした態度を取られると嬉しくなる。俺はマゾかと思うが、澄ました顔の裏に純粋で不器用な心があることを知っているから、そのギャップにやられてしまうのだ。

「俺はどんなお前でも大好きだよ」

囁き返して瀬名の眼鏡を外し、そっとキスをした。唇の柔らかな感触に胸が熱くなる。触れたくて触れたくて、夢にまで見た瀬名の唇だ。

興奮と歓喜が一気に高まり、瀬名の頰を両手で挟んで夢中で貪った。瀬名も嫌がらず受け止めている。というよりかなり積極的だ。

重ねては離れ、またより強く合わさる唇。甘く絡み合う舌。止まらないキスに溺れていく。相手を求め、味わい、与え、奪い、委ねる。

キスしながら瀬名は上條のアンダーシャツをまくり上げた。脱げとねだっている。上條が素早くシャツを脱ぎ捨てると、瀬名は裸の胸や脇を色っぽい手つきで撫で回した。指先で乳首をキュッと摘まれ、「待て待て」と腕を摑《つか》んで制止した。

「そこはいいっていつも言ってるだろう」

「……上條さんのケチ」

瀬名は立ち上がって上條に背中を向けた。すたすたと歩いて寝室に向かっていくので、てっきり怒らせたかと思って青ざめたが、瀬名はドアのところで上條を振り返り言った。

「早くベッドに行きましょう」

上條は安堵《あんど》して立ち上がり、ふたりの寝室へと向かった。


瀬名の肌は白くてきめが細かい。触れるとしっとりと手に吸いついてくるようだ。特に腿の内側や尻はすべすべで、ずっと触っていたくなる手触りでたまらない。

うっとりしながら腿を撫でつつ、瀬名の屹立《きつりつ》を口に含んで可愛がった。瀬名は腰を揺らし、背筋をしならせ、上條の愛撫《あいぶ》に身を委ねている。快感に没頭しているのか目は強く閉じ、唇はずっと開いている。時折、漏れる甘い声に耳までとろけそうだ。

「このまま達《い》くか?」

顔を上げて尋ねると、瀬名は息を乱しながら「嫌です」と首を振った。

「どうして? 気持ちいいんだろう? 最後までしてやるぞ」

「あなたを感じながら達きたいんです」

潤んだ目が次の行為を求めていた。可愛くてどうしてくれようかという気分になった上條は、瀬名の腿に唇を押し当て、強く吸ってキスマークをつけた。

瀬名が怪訝な顔つきで「なんですか?」と言うので、「俺のものだっていう印をつけた」と答えた。

「子供みたいですね」

瀬名は薄く笑った。割と本気で言ったのに、冗談だと思われたらしい。

上條はベッドを降り、戸棚からローションとゴムを出して瀬名の隣に戻った。瀬名が身体を返し俯《うつぶ》せになる。絶妙な丸みを帯びた瀬名の尻が目の前にある。男の尻なのにどうしてこうも色っぽいのだろうと、つくづく不思議に思う。

ローションを手のひらに落とし、温めてから瀬名の尻に塗った。そっと撫でると瀬名のそこはキュッと口を窄《すぼ》める。けれど何度も触れているうち、次第に緊張を解くようにゆるんでくるのだ。頃合いを見計らい、人差し指を挿入した。それだけで瀬名の腰が物欲しげに揺れた。

「一本じゃ足りません」

枕を抱えた瀬名が上條を振り返り、切なげな表情で訴えてくる。中指も入れて狭い筒の中をまさぐる。瀬名が一番感じる場所は熟知しているが、わざとポイントをずらして刺激した。焦《じ》れったげにうごめく細い腰と白い尻は言葉にしがたいほど扇情的で、上條のものは痛いほど高ぶってきた。

「上條さん、どうして意地悪するんですか?」

瀬名が恨めしそうに上條を見た。いつも強気で冷静そのものの男が泣きそうになっている。しかも尻の中に指を入れられた状態で。辛抱たまらず瀬名の身体にのしかかり、「意地悪じゃねぇだろう」と囁いた。

「可愛がっているんだ」

「いいえ、意地悪です。早くあなたが欲しいのに焦らしてばっかり。ひどい」

上條は頬をゆるめながら、ゴムをつけた自分のものを瀬名の窄まりに押し当てた。

「そんなに欲しいのか?」

ツンツンしながら問いかける。この期に及んでも焦らしてしまうのは、ベッドの中で拗《す》ねる瀬名がどうしようもなく可愛いからだ。瀬名は「欲しいです」と素直に答えた。

「上條さんが欲しい。もう挿《い》れてください。我慢できない。お願いだから、早く……」

瀬名は上條の下で、背筋を反って腰を持ち上げてくる。背骨と肩甲骨が浮き上がった美しい背中に見とれた。しなやかな獣のようだ。

「上條さんは私が欲しくないんですか……?」

「馬鹿、欲しいに決まってる。けど、すぐ終わらせるのがもったいないんだよ。この幸せな時間を少しでも長く続けていたい」

瀬名は後ろ手で上條のものを摑み、自分のそこにあてがった。

「上條さんが私の中で頑張ればいいじゃないですか。そうすれば長く続けられます。……ああ、そうか。久しぶりだから自信がないいんですね」

瀬名はくすっと笑った。小馬鹿にしたよう言い方だ。さっきまでの可愛さはどこに消えたと言いたくなる。

「この野郎。人を三擦《みこす》り半扱いしやがって」

俄然《がぜん》やる気が張った。上條は瀬名の腰を摑み、グッと突き入れて瀬名の中に自身を埋めた。だが乱暴に動くことはできず、いったん奥まで入ってから瀬名の様子を窺《うかが》う。

「大丈夫か？　痛くないか？」

枕に顔を押し当てた瀬名が二度、素早く頷いた。余計なことを言わず、さっさと動けと思っているに違いないと汲《く》み取り、抽挿を開始した。

瀬名の熱い肉が上條のペニスを淫らに咥《くわ》え込み、突いても引いても痺《しび》れるような快感が湧いてくる。たまらなく気持ちがいい。三回擦っただけで果ててしまいそうだったが、早漏で笑いを取るわけにもいかないので、歯を食いしばって襲ってくる射精感に耐えた。

「ん、駄目です、もっと……。あ、そこ、んっ、いい、それ、もっと続けて……っ」

上條に感じるポイントをえぐられ、瀬名が切羽詰まった声を上げる。もともと感度のいい身体だが、今夜は初っぱなから興奮度が高い。釣られて上條の動きも速くなった。瀬名は背中を反らせて尻を押しつけてくる。もっと強く突いてほしいときのポーズだ。

腰が逃げないよう両手で摑み、激しく突き入れる。瀬名は「ああ」と切なそうな声を上げ、仰《の》け反《ぞ》った。

「いい、そこ、ん……っ。もう達く……っ、駄目、もう駄目です、上條さん……！」

甘い声で名前を呼ばれ、上條も駄目になった。瀬名が達したのを感じながら、自分もこらえきれず射精した。頭が真っ白になるような快感だった。

繋《つな》いでいた身体を離し、瀬名の隣に横たわった。枕に頰を預け、息を乱している瀬名と目が合った。瀬名の目にうっすら涙が浮かんでいた。驚いて「痛かったのか？」と尋ねると、瀬名は「いいえ」と答えた。

「だったらどうして泣いてる？」

「さあ、なぜでしょう。自分でもわかりません。ただ、幸せだと思ったら涙が出てきて……」

瀬名は照れ臭そうに微笑み、目尻の涙を指先で拭った。不意に言葉にしがたい情動が込み上げてきて、瀬名を強く抱き締めた。

「苦しいです」

「我慢しろ」

瀬名を胸に閉じ込めたまま即答する。瀬名は「ひどい人ですね」と文句を言ったが、その声はどこか嬉しそうだった。

翌朝、目が覚めたらベッドにひとりだった。欠伸《あくび》をしながらリビングに行くと、瀬名は祥と一緒にキッチンで料理をつくっていた。

上條も皿を運んだりして手伝い、準備が整うと三人でダイニングテーブルについた。メニューは炊きたての白米に豆腐とワカメの味噌汁《みそしる》、焼き鮭《ざけ》にだし巻き卵、トマトとブロッコリーのサラダ。普段、家で朝飯を食べることがない上條には最高のご馳走《ちそう》だ。

「鮭、ちょっと塩が足りなかったですね」

「そんなことはねぇよ、ちょうどいい。味噌汁もいい味だ。瀬名は料理が上手だな」

朝の光が差し込む部屋で、三人で朝ご飯を食べている。穏やかな時間の中で幸せを噛《か》みしめていると、猛烈に感動が込み上げてきて目頭が熱くなった。

「……上條さん？　どうかしたの？」

真っ赤に潤んだ目で食事を続けている上條に気づき、祥が目を丸くした。

「どうもしねぇ。ちょっと感動しただけだ。ようやく三人でこうやって、朝飯が食えるようになったんだなぁってさ」

鼻水をすすりながら答えると、祥は瀬名を見て微笑んだ。

「智秋。上條さんって可愛いね」

「ああ。外見はちっとも可愛くないけどね」

笑い合うふたりを無視して、上條はご飯をかき込んだ。いい年をして恥ずかしいと思ったが、年を取ってからのほうが些細《ささい》なことで涙腺がゆるんでしまう。これは不可抗力だ。

後片付けは上條が担当した。鼻歌交じりに皿洗いを済ませ、食後のコーヒーを楽しんでから墓参りに出かけた。

四月に入ったばかりで風はまだ少し冷たいが、日差しは春らしく暖かかった。新藤家の墓地は南《みなみ》青山《あおやま》の霊園にあり、園内の桜並木は今が見頃で、祥は満開の花にいたく感激していた。

予想はしていたが立派な墓だった。きれいに手入れされていて掃除の必要もない。持参した花と線香をお供えしたあと、瀬名は長い時間、手を合わせていた。生前は親子として向き合えなかった父親に、何を語っているのだろうかと瀬名の心情に思いを巡らせる。

「……待たせてすみません。行きましょうか」

立ち上がった瀬名の隣で、祥が「智秋」と袖を引いた。祥の視線の先を追うと、墓地の通路に人影が見えた。こちらに近づいてくるのは新藤隆征《たかゆき》とその恋人の葉鳥《はとり》忍《しのぶ》、そして葉鳥に手を繋がれた新藤の娘、葉奈《はな》だった。

「あっれー？　上條さんじゃないの。久しぶりだねぇ。元気してた？」

葉鳥がなれなれしい態度で話しかけてきた。顔はきれいだが胡散臭《うさんくさ》さ満載の青年だ。それでもひと頃よりは大人になった。以前は笑いながら自分の肌を切りつけそうな雰囲気があったのに、今はそういう危うさはかなり薄まったように感じる。

「俺はいつでも元気だよ。葉鳥、悪さはしてないか？」

「してないしてない。超いい子だよ。そうだよね、新藤さん？」

新藤は軽く眉を上げただけで何も言わなかった。同意しかねるというような態度だ。東誠会三代目会長の新藤は冷静沈着な切れ者だが、葉鳥にだけは手を焼いている節がある。

それにしても、いつ見てもいい男だ。上條も一八〇センチあるが、新藤のほうが少し背が高い。高級そうなスーツを隙なく着こなす洗練した雰囲気と、極道の静かな凄《すご》みが妙にマッチして独特の存在感を放っている。

「従兄弟《いとこ》さん、こんにちは。もうお腹は痛くない？」

四歳の葉奈は少し恥ずかしそうに瀬名を見上げた。瀬名は「もう大丈夫だよ。この前はお見舞いに来てくれてありがとう」と葉奈の頭を撫でた。二ヵ月ほど前に一時帰国した際、瀬名は盲腸で入院したのだが、そのとき新藤と葉鳥だけでなく葉奈も見舞いに来たらしい。

「親父の墓に参ってくれたのか。ありがとう」

「伯父さんに帰国の報告をと思いまして」

瀬名は高校時代、新藤と恋仲だった。けれど血の繋がった兄弟だとわかり、ふたりは別れを余儀なくされた。瀬名は新藤に冷たく捨てられたという気持ちがあり、ずっと恨んでいたのだが今は和解しており、表向きは従兄弟として、心の中では兄弟として向き合っているようだ。

「三人で暮らし始めたんだろう。新生活はどう？　上條さん、侘《わび》しいひとり暮らしから解放されて、毎朝泣いてんじゃないの？」

葉鳥の冗談はあまりにもタイミングが悪かった。瀬名と祥は顔を見合わせるなり、今朝のことを思い出して噴き出した。勘のいい葉鳥は「嘘、あんたマジで泣いてるの？」と上條の顔を指さして大笑いした。反論したいが涙ぐんだのは事実だから違うとも言えず、舌打ちするしかなかった。

「祥、よかったな。いいパパができて」

葉鳥の冗談に祥は「パパじゃありませんけど」と笑って訂正してから、「上條さんと一緒に暮らせて嬉しいです」と続けた。

「大学はもう行ってるのか？」

「明日、入学式です」

葉鳥は「いいねぇ。キャンパスライフを楽しめよ」と祥の肩を抱いて脇をくすぐった。

「私たちはそろそろ行きましょうか。隆征さんたちもどうぞお参りしてください」

瀬名が言うと、新藤は「またいつでも家のほうに来てくれ」と返した。瀬名は行くとも行かないとも答えず、笑みを浮かべて会釈した。

新藤たちと別れて墓地の通路を歩いていると、木陰にいたダークスーツの男たちが控え目に会釈してきた。新藤の部下たちだ。どこに行くにも護衛がつく人生を想像する。上條には鬱陶しくて耐えられない気がした。

「新藤さん、ちょっと雰囲気が変わったと思いませんか？」

瀬名の言葉に「そうかな？」と首をかしげた。上條の目には以前どおりの、冷ややかな迫力をまとった男前に映った。静かなのにひたひたと迫ってくるような存在感も変わりない。

「どのへんが変わったんだ？」

「そうですね。なんていうのか表情が少し豊かになったような？　いや、違うかな、穏やかになった？　うーん、上手く言えませんが、目の輝きが増したような」

言われてみれば確かにと思った。一年前の新藤の目はどこかうつろなガラス玉のようで、内心の読めない不気味さがあった。それが薄まっている。

「きっと今、幸せなんでしょうね」

「久しぶりに会ったんだから、食事でも誘えばよかったのに」

上條の言葉に瀬名は微笑みながら「いいえ」と首を振った。

「隆征さんとは距離を置いてつき合うと決めています」

「俺のことなら気にしなくていいって言っただろう？」

警察官の恋人と同居する以上、暴力団の身内と親しくつき合うわけにはいかないと、瀬名は考えている。上條は反対だった。世を忍ぶ兄弟であろうと、ふたりが家族であることに変わりはない。遠慮などせずに交流してほしかった。

「上條さんのためだけじゃありません。自分のためにもそうしたほうがいいと思ったんです」

「……それは、あれか？　まだあいつに未練があるから、会わないほうがいいとか、そういう話なのか？」

前を歩く祥に聞こえないよう声をひそめて尋ねると、恐ろしい顔でにらまれた。

「またそういうゲスの勘ぐりをする。何度もそういう気持ちはまったくないと言いましたよね。馬鹿なんですか？　しつこすぎます。次にそういうことを言ったら許しませんよ」

きれいな顔が般若《はんにゃ》のように見える。

「す、すまん。俺が悪かった。許してくれ」

謝ったのに瀬名は上條を置き去りにして歩いていく。つまらないことで瀬名を怒らせてしまった。反省しつつ後ろをとぼとぼ歩いていると、瀬名が溜め息をついて振り返った。

「ちょっと怒ったくらいで落ち込まないでください。そういうキャラじゃないでしょう？」

瀬名は上條の隣に並び、そっと背中を撫でた。優しい手つきだった。

「隆征さんは確かに血縁ですが、私たちは支え合うような関係じゃありません。相手が元気でさえいてくれればそれでいいと思ってます。今、私が家族と思えるのはあなたと祥だけです。まだ始まったばかりの家族ですけどね」

春の日差しの中で、瀬名は照れ臭そうに微笑んでいた。風に吹かれて桜の花が散っている。その一枚が瀬名の髪に落ちた。上條はそれをつまみ上げた。

「そうだな。俺たちは始まったばかりの家族だな」

瀬名は新しい生活を大事にしたいと思っている。上條も同じだからその気持ちが嬉しい。

「焦らずゆっくりやっていこう。……これからよろしくな」

上條の言葉に瀬名は「こちらこそ」と頷いた。

「できるだけ小言は言わないように気をつけます」

「いいよ。お前の小言は嫌いじゃねぇし。ていうか、むしろ好きかもな」

瀬名は呆《あき》れたような顔つきになった。

「ふたりとも遅いよ」

祥が立ち止まってふたりを振り返る。

「すまんすまん。ほら、行くぞ」

上條は瀬名の背中を押して、春うららの桜の下を鼻歌交じりに歩きだした。

＊＊＊

葉鳥は隣に座る新藤に「驚いたよね」と話しかけた。墓参りを済ませた帰りの車中。ボディーガードの黒崎《くろさき》がハンドルを握り、新藤の右腕である河野《かわの》は助手席に座っている。

「まさか瀬名さんたちに、あんなところで会うなんてさ」

「親父が呼んだんだろう。俺と智秋が一緒にいるところを見たかったんだ」

葉鳥は自分の膝で寝てしまった葉奈の髪を撫でながら、クスッと笑った。

「何が可笑《おか》しい？」

「だって新藤さん、そういうこと言う人じゃないのに」

新藤は葉鳥以上の徹底したリアリストだ。その新藤が信心深い年寄りみたいなことを言うものだから、可笑しくて笑ってしまった。

「あの世とか霊魂とか、いっさい信じてないだろう？」

「そうだな。信じてない。人は死んだらそれで終わりだ。最後は焼かれて灰になる。だが、この世から消えてもその想いは残る。残された者の心の中にな」

新藤の静かな横顔を見つめていると、切ない気分になった。新藤は極道の世界を嫌っていたのに、父親の気持ちを汲んで組織に入り、そして三代目会長の座に就いた。その昔、瀬名と別れたのも自分のためではなく、父親の気持ちと瀬名の将来を考えてのことだった。

だが新藤はそういった胸の内を誰にも明かさない。他人に理解されたいという欲求が、そもそも希薄なのかもしれない。大事な感情をいつも自分の中に閉じ込めている。

「俺はいいからね」

「ん？」

新藤が首を曲げて葉鳥を見た。

「俺がもし死んだら、俺の想いとか想像してくれなくていいから。あいつは自由気ままに生きて、愛する男のそばで最高の人生を送って死ねた、とんでもなく幸せな奴だったって思うだけでいいよ」

「そんなもしもの話なんて聞きたくない。大体、順番で言えば先に死ぬのは俺のほうだろう」

叱る口調だが目は呆れていた。いつもの自虐がまた始まったと思っているのかもしれない。そうじゃないいんだけどな、と思ったが、上手く説明できそうにないので「だってさ」と調子を合わせた。

「俺、本当に幸せなんだもん。ジャンキーのガキだった俺を新藤さんは助けてくれて、そのうえ愛人にもしてくれた。もう十分すぎるくらい幸せだったのに養子縁組までしてくれて、もういつ死んだっていいって感じ。もちろん、まだまだ死ぬ気はないけどね。葉奈の結婚相手ににらみを利かせて、孫が生まれたら猫かわいがりしたいし」

最後の部分は冗談だったが、新藤は「気の早い奴だな」と苦笑した。

「けど、お前の口からそういう言葉が聞けて嬉しい。俺と葉奈のためにも、せいぜい長生きしてくれ」

自分という人間にいっさいの価値を見出せず、新藤だけを生きる理由にしてきた。今もその気持ちに変わりはないが、以前は新藤のために死にたいと願っていたのに、今は新藤のために生きたいと思っている。生きて支え、愛して守りたい。

葉鳥の気持ちが前向きに変化したことを、一番喜んでいるのは新藤だ。死に場所を探すように生き急いでいた葉鳥を、新藤はどれだけ歯がゆい思いで見守っていたのだろうか。

ガキの頃から死ぬことはまったく怖くなかった。けれど今は少しだけ怖いと思う。死んだら新藤や葉奈とお別れだ。自分の命より大事なふたりに二度と会えなくなる。それが恐ろしい。

死を恐れる自分はもう無鉄砲な狂犬ではない。飼い慣らされて牙の抜けた番犬だ。頭ではそれでいいと思っているが、腹の底に燻《くすぶ》る野性がたまに咆哮《ほうこう》を上げる。

しかしいつまでも子供のままではいられない。二十四歳という大人になった今、自分を抑えて仮面を被ることも必要だ。それがどんなに窮屈な仮面でも……。

自分を抑えこんでいる反動なのか、ふとさっき会った瀬名の整った顔を思い出してむかむかしてきた。あの蛇女がとうとう日本に戻ってきた。表向きはもう嫉妬なんてしていませんよ、なんせこっちは本妻ですからオホホ、というように余裕の態度で接しているが、実を言えば不穏な感情はまだ残っている。

仕方がない。大抵のことはどうでもいいと流せる性格だが、新藤のことだけは別だ。自分でも気持ち悪いくらい粘着質になる。これはもう理屈ではない感情なので、どうにもできないと諦めていた。新藤と瀬名が互いになんの感情も持っていなくても関係ないのだ。悲恋で終わった関係だからこそ、泣く泣く別れた若かった頃のふたりの苦しい気持ちを勝手に想像して、くだらない嫉妬に駆られてしまう。

最初は瀬名が気に食わなかったが、今はそれほど嫌いではない。あの取り澄ました顔だけは好きになれないが、去年会ったときには葉鳥の悩みを聞いてくれたし、的確なアドバイスも与えてくれた。何より相手は新藤の弟だ。仲良くやれたらいいと思う。

だが同時にそんなものは建前で、実際は瀬名がこれから先、いつでも新藤と会える距離にいるのだと思うと、貧乏揺すりしたくなるような苛立《いらだ》ちが湧いてくるのも事実だった。

苛立ちは疑心暗鬼を生む。もしかして墓地で会ったのは、ふたりが示し合わせたからではないのか、などというくだらない疑いまで頭に浮かび、自分の馬鹿さ加減にもうんざりする。

こんなみっともない自分を新藤に見せるわけにはいかないので、物分かりのいいふりをするしかない。だが面白くない気持ちはどうしても消せず、目黒《めぐろ》にある新藤家本宅に戻ってきても、葉鳥の心はもやもやしたままだった。

葉奈は横浜《よこはま》の祖父母の家に泊まりに行くことになっていて、ベビーシッターの瑤子《ようこ》に付き添われて車で出かけていった。新藤も休日のはずだったが、急な予定が入り外出するという。

「帰りは何時頃になりそう？」

離れ家のリビングで、別のスーツに着替えた新藤に声をかけた。

「時間はわからないが遅くなる」

「そう。行ってらっしゃい」

とびきりの笑顔を向けたのに、新藤は何かを探るような目つきで見つめ返してくる。

「何？　どうかした？」

「忍、俺に言いたいことはないか」

怖い顔ではないが、かといって優しい顔でもない。何かへまでもしただろうかと最近の行動を振り返る。これといって思い当たることはなかった。

「別にないんですけど。俺、新藤さんに謝らないといけないようなこと、なんかしたっけ？」

「謝れなんて言ってないだろう。俺が言いたいのは――」

新藤の携帯が鳴った。仕事の電話らしく相手と会話しながら、身振りでもう行くと告げる新藤に、唇の動きで行ってらっしゃいと告げて手を振った。

「……言いたいこと、ねぇ。そりゃ言いたいことならいっぱいあるけどさ。それを言っちゃあおしまいよーって昔の誰かも言ってんじゃん。だから忍子《しのぶこ》、我慢するわ」

ウフとしなをつくってみたがすぐに馬鹿馬鹿しくなり、ソファにどすんと腰を下ろした。

「暇だし走りにでも行くかな」

そう呟《つぶや》いてから、今日はあの店が定休日なのを思い出した。


インターホンを三度鳴らして待っていると、ドアが開いた。

「……忍さん？」

クジラは驚いた表情を浮かべた。風呂上がりなのか、下にジーンズを穿《は》いているだけの格好だ。筋肉質のたくましい肉体を眺めながら、葉鳥は語尾にハートマークをつけたような言い方で「来ちゃった」と肩をすくめた。

「来るなら連絡しろよな」

文句を言いつつもクジラはドアを大きく開いた。サンキューと礼を言って上がり込む。千葉《ちば》の市川《いちかわ》にあるクジラのマンションは、葉鳥のお気に入りの場所のひとつだ。

「今日、店は休みだろう？　だから家にいるかと思ってさ」

「もう少しで出かけるところだった。バイクで走りに行こうかと思ってたんだ」

クジラこと久地楽《くじら》健志《たけし》は冷蔵庫から缶のコーラを持ってきて、葉鳥の前に置いた。

「あーあ。せめて酒でも飲めたらなぁ」

コーラを飲みながらぼやくと、クジラが「なんだよ」と目を丸くした。

「むしゃくしゃすることでもあったのか？」

「まあね。でもつまんないことだよ。そのつまんないことで落ち込んでる自分がすげぇ嫌で、余計に糞《くそ》みたいな気分になる。なんか面白いことないかな」

葉鳥はテーブルで頬杖をつき、大きな溜め息をついた。

「あんたの面白いことって物騒だからな」

クジラは苦笑交じりに言い返した。元暴走族のリーダーで、今はバー『Bar Wildcat』の店長をしているクジラは、葉鳥よりひとつ下の二十三歳だが年齢に不似合いな貫禄がある。大柄な身体、坊主頭、二の腕のトライバルタトゥー。それらが強面《こわもて》に花を添えている。実際は見た目ほど怖くも武骨でもなく、気づかいのできる優しい男だ。

「どうせ新藤さん絡みだろう？　忍さんが落ち込むのは、新藤さんと何かあったときだけだ」

「別に新藤さんとはなんにもねぇよ。俺が勝手に嫉妬してるだけ」

「へえ。相手はどんな女？」

男だと教えてもいいのだが、新藤のプライバシーにかかわることなので、クジラといえども迂《う》闊《かつ》なことは話せない。

「昔の女。最悪なことに新藤さんの最初の女なわけよ。しかもわけありで泣く泣く別れた相手だから、余計始末が悪い。その女が東京に戻ってきたからどうにも苛ついちゃって」

「まだ未練ありそうなのか？」

「うーん。それはないと思う。向こうも恋人はいるし、お互い今はただの知人っつーか。それなのに気にしちゃう俺、なんて一途で健気なのかしらぁ」

ふざけた口調で愚痴をこぼしたら、「あんた、新藤さんに異様なくらいぞっこんだもんな」と同情されてしまった。そこは面倒臭い奴だとかなんとか言って笑ってほしかったのに、と恨めしい気持ちになる。

「気分転換に走りに行かないか？　すっきりするぞ」

「ツーリングかぁ。なんかもう運転する気力がない」

「だったらタンデムは？　俺の後ろに乗ればいい」

クジラが出かけたがったので、渋々、同行することにした。休日に押しかけたのは自分だ。クジラの今時珍しいナナハンに跨《また》がり、高速を飛ばして一時間ほどで到着したのは、九十九里浜《くじゅうくりはま》だった。葉鳥は初めて来たが、あまりの景色の広大さに笑えた。太平洋の大海原と、どこまでも続く砂浜しか存在しない。

「すげぇな。この浜辺、どれくらい続いているんだろう」

「六十キロ以上ある。春の海っていいよな」

クジラは午後の日差しを浴びて輝く海を、目を細めて眺めている。夏になれば海水浴客で賑《にぎ》わうだろう砂浜も今はひとけがなく、遠くにカップルと犬を連れた家族連れがいるだけだ。

「よく言うじゃん。海とかでかい自然を目の前にすると、自分の悩みなんてちっぽけすぎて吹き飛んじゃうとか。あれって自分がちっぽけな存在だって体感するから、悩みまでちっぽけに感じるんだろうな」

「あんたの悩みも吹き飛んだか？」

「いーや。吹き飛ばねぇな。けど、なんかいい気分。来てよかったよ。ありがとう」

クジラは「俺が来たかっただけだ」と素っ気なく答えた。

葉鳥が友達と呼べるのはクジラだけだ。他人を信用できない嫌な性格で、親しく接するのは自分に利のある相手だけだったが、クジラとは損得勘定抜きで向き合える。落ち込んでいるときに頼れる相手がいることの有り難さを、この年になって初めて知った。

新藤にもこの光景を見せてやりたいと思い、携帯で写真を撮り「クジラと九十九里浜に来てる」という文章を添えてメールを送った。

夜になって帰宅した葉鳥が母屋《おもや》の食堂を覗《のぞ》くと、住み込み家政婦のキヨの姿はなく、河野がひとりで座っていた。眉間にしわを刻みながらノートパソコンを眺める姿は、残業中のサラリーマンみたいだ。

何かと気苦労の絶えない男だと同情心が湧いた。新藤が若頭だった頃から忠実に仕え、今は会長補佐として尽力し、葉鳥にとっては同志とも言える存在だが、葉鳥自身がたびたび河野の頭痛の種になっていることを思うと、向こうから見ればろくでもない同志かもしれない。

ただいまと声をかけて入っていくと、「お帰りなさい、忍さん」と河野が顔を上げた。

「新藤さんは?」

「会長はまだお戻りになっていません。お茶でも淹《い》れましょうか?」

「いいよ、自分で淹れるから」

河野を手で制して台所に入った。急須と茶葉を用意して、湯沸かしポットの湯を注ぎ入れる。戸棚にどら焼きがあったので、ふたつ皿に載せた。

「カワッチもお茶とどら焼き、どうぞ」

「すみません。いただきます」

河野がズズッとお茶を啜《すす》ると、湯気で眼鏡が曇った。ヤクザなので目つきはよくないが、理知的な風貌をしている。実際、頭のいい男だ。聞いた話によると有名大学を出ているらしい。

「カワッチは結婚しないの？」

突然の質問に驚いたのか、河野はお茶を飲みながらゴホッと咳《せ》き込んだ。

「なんですか、いきなり」

「いや、前から思っていたんだけどさ、カワッチって仕事一筋じゃん？　女遊びもしてないようだし、心配になってきた。そろそろ身を固めたほうがよくない？　なんなら合コンでもセッティングしようか？　キャバ嬢くらいしか呼べないけど」

河野は気持ち悪いものを見るような目つきで、葉鳥を凝視している。

「急にどうしたんですか。忍さんらしくもないことを言い出して」

「そんなことないでしょ。カワッチには幸せになってほしいと思ってるよ、常日頃から。カワッチにはこれからも新藤さんを支えてもらいたいけど、自分の人生も大事にしてほしい」

言い終えて、どら焼きにかぶりついた。河野は「参りましたね」と苦笑を浮かべた。

「まさか忍さんに心配をされるとは、思いもしませんでしたよ。十八で新藤さんのところに押しかけてきたあなたも、もうすぐ二十五。私も年を取るはずだ。……大人になられましたね──らしくないしみじみとした口調で言うものだから、「やだ」と大袈裟《おおげさ》に腕をさすった。

「カワッチに褒められると怖い。なんか悪いことが起きそうで」

「つくづく素直じゃない人だ」

やれやれというように頭を振り、河野もどら焼きを齧《かじ》った。

「あなたは不思議な人だ。振り幅が大きすぎて、いまだにすべてを理解できない」

「そりゃそうでしょ。俺だって自分のこと理解できてないんだから」

どら焼きを食べ終えた葉鳥は、「邪魔したね。離れ家に行くわ」と立ち上がった。食堂を出ていこうとしたら、河野に「忍さん」と呼び止められた。

「何？　合コンの件？」

「合コンは結構です。会長のことです。大きなトラブルは起きていませんが、このところ細かな問題が山積みで、少しお疲れのようです」

新藤の状態を一番正しく把握しているのは河野だ。河野が疲れていると言うならそのとおりなのだろう。自分の前ではそういう姿を見せない新藤に、少しだけ寂しさを覚えた。

「わかった。無理させないように気をつけるよ」

新藤と葉鳥が暮らす離れ家は、母屋と渡り廊下で繋がっている。葉奈もいないので無人の離れ家は静まり返っていた。風呂に入ったあと、新藤が帰ってくるまで少し寝ようと思いベッドで横になったら、すっかり寝入ってしまった。

嫌な夢を見た。よく見る夢だが、だからといって慣れることはない。夢の中で葉鳥は怯《おび》え、怒り、悲しみ、絶望する。どうしようもなく感情が乱され、早く目覚めたいと願うが、都合のいいところで夢は終わらない。

夢の中でもうやめてくれと叫んだとき、額に誰かの温もりを感じた。

「新藤さん……？」

「うなされていたぞ。大丈夫か」

自分を覗き込む新藤の心配そうな眼差し。意識が現実へと戻ってくる。

「平気。嫌な夢を見たけど、しょせん夢だから」

新藤はノーネクタイのワイシャツ姿でベッドに腰かけていた。時刻は深夜一時だ。

「お風呂、入るでしょ。お湯張ってくるね」

ベッドを降りて歩こうとしたら、新藤に手首を摑まれて動けなくなった。

「何？」

「出かけるから着替えろ」

「へ……？　こんな時間に？　どこへ？」

新藤はいっさいの説明をせず、ワイシャツの上にブルゾンを羽織った。わけがわからないまま葉鳥はジーンズとライダースジャケットを着て、玄関に向かう新藤のあとを追った。

母屋の駐車場には五台の車が駐《と》まっているが、新藤は黒のミニバンに乗り込んだ。

「ちょ、ちょっと待ってよ。新藤さんが自分で運転するの？」

「そうだ。早く乗れ。誰か来ると面倒だ」

葉鳥が助手席に座ると車は動きだした。リモコンで開く門扉の前で一旦停止していると、見張り役の若い衆たちが慌てた様子でやってきて、ウインドウを叩《たた》いた。新藤は窓を半分だけ下ろした。

「会長、どちらに行かれるんですかっ？」

「忍とドライブだ」

「後ろをついていきますから、少しお待ちになってください」

新藤は焦る若い衆に「必要ない」と言い捨て、開いた門扉を通り抜けた。葉鳥は唖然《あぜん》としながら後ろを振り返ったが、新藤は楽しげにアクセルを踏んでいる。

「いいの？　護衛つけずに出てきちゃったけど」

「たまにはいいだろう。俺にだって息抜きは必要だ」

そりゃそうだろうと思った。会長になってから、どこに行くにも護衛つきだ。たまにはふらっと自由に外出したいという気持ちは十分に理解できる。しかしこういうのは、あまりにも新藤らしからぬ行動だ。

新藤は途中でコンビニに寄った。コーヒーを買ってきてくれと頼まれ、ホットの缶コーヒーを二本、ついでにチョコレートやクッキーも買い込んだ。なんだかよくわからないが、新藤とふたりきりで夜のドライブだと思うと、遠足に行く子供のようにテンションが上がってくる。

支払いを済ませて店を出ようとしたら、河野から電話がかかってきた。心配して居場所を知りたがる河野に、「大目に見てあげてよ」と頼み込んだ。

「新藤さん、俺とふたりきりでドライブがしたいんだって。疲れてるときは、好きなことさせてあげるのが一番だと思わない？　ストレス溜め込んで身体を壊すほうが困るでしょ」

「……わかりました。くれぐれも注意してください」

渋々だったが、河野はふたりだけの外出を許可してくれた。車に戻ると新藤がナビをセットしていた。どこに行くのと尋ねたら魅惑的な微笑みではぐらかされ、葉鳥も釣られて笑った。どこだっていい。新藤と一緒なら地獄だって構わない。

高速に乗って走り続け、一時間半ほどで到着したのは夜の海。途中からもしかしてと思ったが、そこは九十九里浜だった。昼間、クジラと来た浜より少し南下した場所だ。

新藤は浜辺に面した広い無料駐車場に車を駐めた。他に車は駐まっていない。ライトを消すと真っ暗になったが、月明かりに白い波頭が見えている。

「どうしてここなわけ？」

「お前が送ってくれた写真を見て、俺も来たくなった。大学生の頃、この浜辺で映画を撮ったことがある。映画同好会に入っていたんだ」

驚いて「初耳だよっ」と新藤の横顔をまじまじと見てしまった。

「初めて言うからな。若い頃は映画関係の仕事に就きたいと思っていた。撮影所でバイトをしていたこともある」

　昔の夢を語る新藤はどことなく嬉しそうだった。けれど葉鳥は切なくなった。新藤は普段、映画を見ない。だからてっきり、フィクションなどくだらないと思う人間なんだと誤解していた。そうではなかった。諦めた夢だから遠ざけていたのだ。

「写真を見て無性に懐かしくなった。あとは上書きもしたかった」

「上書き？」

「そうだ。お前の記憶の上書きだ。クジラと来た海じゃなくて、俺と一緒に来た海にしてやりたかった」

　最初、意味がわからなかったが五秒ほどで理解した。途端に顔がカッと熱くなった。

「ちょっと新藤さん、何言ってんの？　冗談でもそういうこと言われると照れるだろ」

「真剣な話だ。クジラはいい男だから、お前があの男と会うのは妬《や》ける」

　本当に冗談ではない口調だった。新藤に嫉妬されるのは愛されていると実感できて嬉しい。だが今は喜びより戸惑いが勝った。

「……本気で言ってるの？　だったらもうクジラとは会わない」

　以前もクジラとの関係を問い詰められ、浮気は禁止だと宣言されたが、あれは無茶をする葉鳥を叱るための方便だと思っていた。新藤が本当に嫌ならクジラとは距離を置く。クジラは初めて友達だと思えた相手だが、命より大事な新藤の心を煩わせるわけにはいかない。

「誰も会うなとは言ってないだろう。お前の貴重な同年代の友人だ。大事にしろ。妬くのは俺の勝手だし、そういうのも刺激になって悪くない。おかげでこうやって、お前とふたりきりで夜中のドライブもできたわけだし」

新藤の本心はわからない。でも新藤がそう言うのなら従おうと思った。

「ふたりきりのドライブなんて初めてだよね。なんか夢みたい」

手を伸ばすと新藤が指を絡めてくれた。いわゆる恋人繋ぎというやつだ。嬉しくて口元がゆるんでしまう。

「自由のない俺のせいで、お前にもずっと窮屈な思いをさせているな」

「全然だよ。俺はいつだって好き勝手やらせてもらってる。新藤さんこそ、ひとりで出歩けなくて大変だよね。俺だったら耐えられない。本当に可哀想」

繋がった手を持ち上げ、新藤の手の甲を頬に押し当てた。ちらっと上目遣いで見つめると、葉鳥の言いたいことを察した新藤は、「悪い奴だな」と薄く笑った。優しいだけでなく、凄みのある色気が漂う笑い方だった。ゾクゾクしながら「だって」と新藤の手にキスをする。

「一度やってみたかったんだ。カーセックス。それに上書きするなら、忘れられないような体験も必要じゃない?」

新藤の人差し指に軽く歯を立てた。新藤は親指の腹で葉鳥の唇を撫でながら、「誘い上手な奴だ」と囁いた。

「だってこんなチャンス、二度とないかもよ。――ねえ、知ってた？　この車、シートがフルフラットになるって」

ベッドのようにフラットになった後部席に横たわりながら、葉鳥は何度も甘い吐息を漏らした。新藤の唇は葉鳥のそれに絡みついている。追い詰める激しさはなく、ゆるやかな快感だけを紡ぐ優しい愛撫だ。焦れったいが達することだけを目的にしないセックスも、それはそれで気持ちいい。

不意に新藤が腿のタトゥーを舐めた。反射的に鼻にかかった甘い声が出る。そこは葉鳥の感じる場所だ。新藤が好きな赤い薔薇《ばら》を愛の証《あかし》として刻んだ。薔薇はいつだって新藤に触れられるのを待っている。

「新藤さん、俺にもさせてよ……」

我慢できなくなり上体を起こして訴えた。新藤は「駄目だ」と言ったがセックスの最中だけは従順でいられない葉鳥は、半ば強引に新藤を押し倒し、パンツのファスナーを下ろした。下着の前が隆起していることに安堵し、新藤の高ぶりを出して味わった。

新藤のものを口で可愛がるのは大好きだ。欲望と愛がイコールでないことくらいわかっているが、それでも隠し事ができない男の欲望に触れていると、理屈ではない安堵が湧く。

頭を優しく撫でられた。葉鳥がその行為に没頭していると、新藤はよく頭を撫でてくれる。そういうとき、自分でもわけのわからない感傷に包まれ、泣きそうになるのだ。自分の存在を認められ、全部を丸ごと肯定されているような気持ちが湧いてくるせいかもしれない。

馬鹿げた思い込みだとわかっているが、人間なんてみんな自分に都合のいい考え方を選んで生きている。思い込みできれいな愛を捏造《ねつぞう》したって構わないはずだ。

「そんなに激しくされると、挿れる前に終わってしまうぞ」

「いいよ。俺、これだけでも満足だから」

新藤は吐息だけで笑い、「俺は満足できないな」と葉鳥の顔を上げさせた。

「お前と繋がって、お前のとろけるような熱さを感じたい」

新藤の低い声はたまらなくセクシーだ。熱っぽく囁かれると、葉鳥はいつだって猫にマタタビ状態になる。わかったと頷き、「俺が上になる？　それとも下？」と尋ねた。

「俺が上になったら車が激しく揺れそうだ。お前が上になってくれるか？」

いいよと答え、新藤の腰に跨がった。さっきまで咥えていたものを後ろにあてがう。唾液だけでは滑りが悪いが、葉鳥は痛いほうが燃えるタイプだから問題はない。腰を沈めて新藤のそれを呑《の》み込むと、深く満たされる感覚に背筋が震えた。

十四歳の頃から女に身体を売り、飽きたら男と寝て、気持ちいいことも痛いこともひととおり経験した。けれど本当の意味でセックスのよさを知ったのは、新藤に抱かれてからだ。愛している相手と肌を重ね、快感を分かち合うことは、特別で神聖な行為だと気づいた。心で感じるセックスでなければ、そこに喜びはない。つまるところ、抱き合う相手が新藤でなければ意味がないのだ。

「……なんか、すげぇ興奮する。カーセックス、いいね。癖になりそう」

腰をくねらせながら感想を告げると、新藤は「それは困ったな」と微笑んだ。

「ベッドの中でいつもどおりにセックスするだけじゃ、物足りないか？」

「そんなことないよ。新藤さんとできるなら、どこだって最高。でもカーセックスも最高。要するに新藤さんが最高ってこと。ホント、大好き。新藤さんも、新藤さんとのセックスも」

喋《しゃべ》っている間も葉鳥の腰は止まらない。身体が火照って汗ばんできた。Tシャツを脱ぎ捨てて裸になる。靴下だけの間抜けな格好だが、それもまた刺激的だった。車の中で全裸になって新藤と繋がっている。非日常的で最高に楽しい。興奮する。

「あ、ん……っ、新藤さん、俺もう駄目かも……、達きそうっ」

咥え込んだ新藤を締めつけながら、自分の屹立に手を伸ばした。先走りの滴で濡《ぬ》れたそれを強く握り、腰を振る。前も後ろも気持ちよくて声が止まらない。

「出る、もう出ちゃう、新藤さん、いい？　俺、達ってもいい？」

切羽詰まって尋ねたのに、新藤は「まだだ」と葉鳥の背中を撫で上げながら囁いた。

「俺はまだ足りてない。もっとお前を味わわせてくれ」

「無理。もう出る。出したい」

「俺の頼みが聞けないのか？」

鼓膜が震えるほど優しい声で言い、新藤は葉鳥の手を股間から引きはがした。もう少しというところで刺激を失った葉鳥の雄は、切なげに滴を浮かべている。

「新藤さんの意地悪……っ」

文句を言っても声は甘ったるい。焦らすほど葉鳥の興奮が増すことを知り抜いている新藤は、目を細めて「俺のものだけで達け」と指示した。

新藤の大きな手が腰を押さえつけた。動けないようにして下から強く突き上げてくる。葉鳥は「ああっ」と仰け反った。そのまま激しく揺さぶられ、頭ががくがくと揺れた。新藤の情熱的な動きに快感も興奮もボルテージを上げていく。

新藤が上体を起こして葉鳥を押し倒した。膝を限界まで開かされ、いっそう深い結合で責め立てられる。

「あ、あぁ、新藤さん、もっと……っ、すごく、いい、もう達く、んん……っ」

葉鳥の訴えに新藤は「達け、忍」と囁いた。新藤も息を切らして興奮している。それなのに自分を見つめる瞳は孤高で寂しげだった。それは葉鳥の勝手な思い込みかもしれない。けれど新藤の孤独に触れるたび、葉鳥の愛は深まっていく。

絶対に離れない。この人だけが俺の道しるべだ。

自分もこの人と同じ荒野を歩いていく。絶対にひとりにはしない——。

「新藤さん、抱いて……っ」

叫ぶように告げると、新藤は身を屈《かが》めて葉鳥をきつく抱き締めた。暖かな温もりに包まれた瞬間、葉鳥の肉体は最高の高みへと放り出された。


行為が終わると服を着て寝転がった。新藤が何度も額や頬にキスしてくれるので、「今夜はやけにサービスしてくれるね。俺の誕生日はまだまだ先だよ」と言ってしまった。

「俺はいつでも優しくしているだろう？」

心外そうに新藤が言う。そのとおりだ。新藤はいつも優しい。終わった途端、背中を向けたりしない。けれどこんなふうにずっと抱き締めて、何度もキスしてくれることも滅多にない。

「今日はいつもよりベタベタしてる。なんで？」

「そういう気分のときもある。嫌なのか？」

「嫌なわけないでしょ。でもなんでかなぁって思う。カーセックスがよかったから？　それともクジラへの嫉妬のせい？」

理由を知りたがる葉鳥に新藤は眉根を寄せ、「男心のわからない奴だ」と溜め息をついた。

「そんなことないよ。俺も男なんだから男心くらいわかる。わからないのは新藤さんの心。いつも本心を隠しちゃうだろ。秘密主義なんだから」

冗談で言ったのに、新藤は「そうだな」と頷いた。

「俺の悪い癖だ。もっとなんでも話せたらいいと自分でも思っている」

「ごめん、今の冗談だからね。反省なんてしないでよ。新藤さんは新藤さんのままでいいんだから」

新藤の胸にのしかかり頬を両手で挟んだ。新藤は葉鳥の手を押さえ、「前に智秋にも言われた」と言った。

「瀬名さんに？」

「ああ。俺が何も言わないことで、そばにいる人間が辛くなるときもある。たまには無理してでも気持ちを吐き出すべきだと」

瀬名も新藤の本心がわからず苦しんだ男だ。だからその言葉には重みがあった。

「大切な相手に弱さを見せることも必要だと言われて、そのとおりだと思ったのに、なかなかそれができない。俺は駄目な男だ。変わりたくても自分を変えられない」

「そんなことないよ。こんなこと言ったら嫌かもしれないけど、今夜、いきなり俺を連れ出したのは、新藤さんの弱さみたいなことじゃない？　俺は弱さとは思わないんだけど、なんて言うか、以前の新藤さんなら絶対にしなかったことだよ。新藤さんの我《わ》が儘《まま》、俺は嬉しかった」

新藤の額に自分の額を押し当て、「俺なら平気だから」と囁いた。

「新藤さんが何も言ってくれなくても、新藤さんを信じている。言葉なんかなくたって構わない。そばにいられるだけで俺は満たされてる。あんたはさ、そのままでいいんだ。後悔も反省もしてほしくない」

「俺を甘やかすな」

くすぐり合うように鼻の先でキスをした。唇が触れそうで触れない距離がもどかしい。

「いくらでも甘やかしたいよ。新藤さんが大好きだから。誰より大事だから。新藤さんの気持ちがわからないときは、俺が聞く。弱さを見せてほしいときは、見せてって頼む。だから俺が愛してるそのままのあんたでいてよ」

言い終えて、我慢できずチュッとキスをした。

「……お前は成長したな。どんどん大人になっていく。そのうち俺よりも強くてたくましい男になるかもしれない」

「えーっ？　それはないない。買い被りすぎだよ」

「褒めているんだから素直に喜べ」

頬を軽く叩かれ、葉鳥は唇を尖《とが》らせた。

「褒められるのは嬉しいけどさ。俺、新藤さんの前では、まだまだガキでいたいもん。いいよね？　ふたりきりのときは、ずっと手のかかる子供でいても」

甘えるように言ってから瞳を覗き込んだ。なぜか新藤の瞳が陰って見えた。

「どうしたの？」

「……俺はお前を子供でいさせてやりたかった。すまない」

新藤は不意に葉鳥を胸に抱き締めた。その腕の強さに新藤の苦悩が伝わってくる。謝罪の理由はわかっているが、新藤が謝ることではない。

あの男を殺したのは葉鳥の判断だ。新藤と葉奈に害をなすものは許さない。だから葬った。そのせいで夜な夜な悪夢に見舞われても後悔はしていない。これからだって新藤を傷つける者は許さない。必要なら自分はまたこの手に銃を握るだろう。

「……新藤さん。太陽が出てきたみたい。外に出ない？」

明るい声で話しかけると、新藤は葉鳥の身体から腕を離した。

「そうだな。せっかく来たのに海も見ないで帰ったら上書きできない」

「もうしっかり上書きされたよ。こんな最高の思い出、一生忘れないんだから」

車から出ると空気が冷たくて身体が震えた。誰もいないのをいいことに、「寒い！」と叫んで新藤と腕を組む。普段なら嫌がる新藤も、しょうがない奴だという顔で許してくれている。

「見て。朝日だ」

水平線の上に雲がかかっていて、その雲の中から太陽が昇ってくる。朝焼けの空に眩《まぶ》しい光が差し、新藤の顔もオレンジ色に照らされていた。

寄せては返す波の音に心が凪《な》いでいく。ふと、あることを思い出した葉鳥は、「ねえ」と新藤を見上げた。

「昨日のあれ、なんだったの。言いたいことはないかって、俺に尋ねただろ？」

「智秋のことだ。あいつが日本に帰ってきて気になっているんじゃないのか。墓参りのあと、無理して明るく振る舞ってるような気がした。言いたいことがあれば、なんでも言っていいんだ。俺は黙って聞くぞ」

新藤に見抜かれていた。やっぱり敵《かな》わないな、と胸の中で嘆息した。

「嫉妬はするけど、いいんだ。八つ当たりみたいなもので、ふたりのこと疑ってるわけじゃないし。だってふたりの互いを見つめ合う目は兄弟だもん」

「そうだ。肉親として智秋を大事に思っている」

「うん。でも嫉妬しちゃうんだよ。俺って馬鹿だから。でも気にしないで。新藤さんと同じだから」

新藤は「何が同じなんだ？」と怪訝な顔つきになった。

「さっき言っただろ。妬くのは俺の勝手だし、そういうのも刺激になって悪くないって」

新藤の言葉をそっくり返してやった。いい切り返しだと言うように新藤は眉を上げた。

「本気で愛し合う恋人同士にはさ、嫉妬って最高のスパイスなんじゃない？」

葉鳥がニヤッと笑うと、新藤はククと喉を震わせて笑った。その姿を見て、ああ、もうっ！目尻にしわを寄せて笑う新藤さん最高！と心の中で叫んだ。

「そろそろ帰ろう。河野がやきもきしながら待ってる」

「もっといたいけどしょうがないか。カワッチの胃に穴が開くといけないしね」

組んでいた腕を離し、踵《きびす》を返して車に戻ろうとしたら、新藤が「忍」と名前を呼んだ。振り返って「何?」と尋ねる。

「お前は若い。俺のために世界を狭めるな。危ないことはしてほしくないが、お前は自分が思っている以上に貪欲な人間だ。これから先、もっと多くのことを吸収できる。男でも女でも、いろんな人間とかかわっていけ。お前は好き嫌いが激しい。だからこそ、好きになれた人間は大事にしろ」

突然の助言に驚いた。そんなわけはないのに、まるで遺言のようで怖くなった。

「どうして急にそんなこと言うの?」

「お前が大事だからだ。愛しているから言っておきたい」

「新藤さん……」

「人は他人とかかわることで、望むと望まざるとにかかわらず変わっていく。もし誰かがお前を変えれば、俺はひどく嫉妬するだろう。でも気にするな。お前が誰かと親密な関係になっても許す。許してみせる。だがどうしても許せないことがひとつだけある」

新藤は朝日を背にしている。逆光で眩しくて葉鳥は目を細めた。

「それは何?」

「俺の手を離すことだ。それだけは絶対に許さない」

迷いのない言葉が返ってきた。目が熱くなり、新藤の姿が滲《にじ》んで見えた。新藤に駆け寄り、両腕を背中に回して抱きついた。

「約束するよ。俺は絶対に新藤さんの手を離したりしない」

何があっても離れない。この愛しい男のために生きていく。人生のすべてを捧《ささ》げる。

何度も誓ってきたが、誓うごとに想いは深まっていく。誓いは鎧《よろい》と同じだ。葉鳥の心を強くする。だから繰り返し繰り返し誓う。

呼吸が止まるそのときまで。心臓が最後の鼓動を打つそのときまで。

あんたを愛することを、俺は決してやめたりしない。

［不浄の回廊］番外編
どこにいても、君と
夜光花

扉イラスト
小山田あみ

どこまでも落ちていく感覚があった。

高い場所から突き落とされて、谷底に落ちるような。これは悪い夢だと頭の隅で考え、必死に眠りから覚めようとした。

(すっごい、嫌な夢見た)

天野歩《あまのあゆむ》は目を開けて、汗で濡《ぬ》れた額を拭った。目の前に惚《ほ》れ惚《ぼ》れするようないい男が座っている。鼻筋がすっと通っていて、切れ長の瞳で、シャープな顎のラインをしている。美人は三日で飽きるというが、イケメンは何年でも飽きないものらしい。この人は何てかっこいいんだろうと見惚《みと》れたのも束の間、大きな悲しみが押し寄せてきて歩はぐっと唇を噛《か》んだ。

歩は潤んだ眼を擦り、ペンライトをかざして地図を確認している西条希一《さいじょうきいち》を睨《にら》みつけた。

「西条君の浮気者」

涙目で歩が言うと、西条はちらりとだけこちらを見て、また地図に目を落とす。

「俺というものがありながら、ひどいよ。浮気するなんて……」

歩がなおも詰《なじ》ると、西条がため息をこぼしてペンライトを歩の顔に向ける。眩《まぶ》しくて目を細める。

「俺がいつ、どこで」

苛立《いらだ》ちを顔に滲《にじ》ませ、西条が尖《とが》った声で言う。

「夢の中で……」

歩が目尻の涙を拭って言うと、西条はひどく顔を歪《ゆが》ませた。

「はぁ？　てめぇ、寝ぼけてんのか」

西条は顔はいいが、口はとても悪い。

「予知夢だったかも……」

先ほどまで見た夢を思い出し、歩はうるうると目を潤ませた。夢の中で西条は綺麗《きれい》な女性とイチャイチャしていた。歩が文句を言っても馬鹿にしたような目で見て、お前とは別れるときっぱり振られたのだ。

「このボケ！　そのオカルト脳をどうにかしろ！　つうか、この状況でよく眠れんな、てめーの神経の図太さに呆《あき》れるわ」

予想はしていたが、西条に頭を叩《はた》かれ、しこたま怒られた。もちろん歩だって西条が夢の中でした浮気はノーカウントだと分かっている。それでも悲しくて苦しくて詰らずにはいられなかったのだ。

「だって、しょうがないじゃん。眠くなったんだもの。車の中、真っ暗だし」

歩は潤んだ目を擦り、シートにもたれた。今、歩は西条と車の中にいる。車の外は一面の闇で、ひと気はないし、ここがどこかも分からない。

歩と西条は男同士ながら恋人という関係にある。同性ということを差し引いても、イケメンで頭もよくスタイルもいい西条と、もっさりしてコンビニのバイトしかしていない歩は釣り合っていないのを自覚している。中学生の時の同級生である西条と大人になって再会し、西条に憑《つ》いていた危険な霊を取り除こうと奮闘する中、身体《からだ》の関係から始まり恋人になった。歩には人ならざるものを視《み》る力があって、中学生の時から西条に憑く禍々《まがまが》しいものが気になっていたのだ。西条は霊なんていないという超現実主義だが、歩のことだけはしぶしぶ認めてくれている。紆余《うよ》曲折を経て、今ではすっかりラブラブな仲だ——と歩は自負している。

塾講師をしている西条が珍しく休暇が取れた日、歩たちは車で出かけることにした。

「この前雑誌で見た夜景スポットに行こうよ」

歩がバイトしているコンビニで、暇なときにめくった雑誌に載っていた夜景スポットの話をすると、じゃあそこへ行くか、と西条がレンタカーを借りてきてくれたのだ。

それがそもそも間違いだった。出発してすぐ五差路のところで危険運転をする車に危うくぶつかりそうになったり、山道に入ってしばらくしてナビが突然動かなくなったり、スマホはフリーズ、延々走っても標識が見当たらない状況に陥った。夜景を見るために遅い時間に出たのも失敗の元だ。どんどん周囲が暗くなっていくのに、店はおろか自販機すらない。時おり明かりがぽつんとあるだけ。その状況に至って、ようやく歩も気づいた。

何かおかしい。

このまま車を走らせることに恐怖を抱いて、歩は路肩に車を停めるよう頼んだ。西条も薄気味悪さを感じたのか、素直に停めてくれた。

「おい、またあれか。変なのが憑いてきたとかか。いや、俺はぜんぜん信じちゃいねーけど」

電子機器が次々と不調になって、西条も不気味さを感じているようだ。しかもこんなに走っているのに民家一つ見当たらない。

「うーん、俺もよく分かんないけど、何か変だよね。ちょっと停まって考えたほうがいいんじゃないかな。ガソリンなくなったら大変だし」

歩はメーターを覗《のぞ》き込んで言った。というのも、ガソリンの量が異様に減っていたのだ。この車は西条がレンタカー屋で借りてきたものだ。借りた時点でガソリンは満タンになっていたはずだが、何故か急激に減っている。

「うぉ、マジかよ！　気づかなかった」

西条はガソリンの量に気づいていなかったようで、目を剝いている。

「や、ぜってーこんなに使ってねーだろ。まだ二時間程度しか走ってないのに、もうガス欠寸前とかありえねー。やっぱりお前の管轄か？　気味悪いことが起きてんのか？　どこだ、さっきのトンネルか？　それとも道の脇にあった墓地か？　地蔵がいたけど、あれじゃねーよな？」

西条は霊など信じないという立場を崩さない男だが、歩よりよっぽどチェックが厳しい。

「特に何も感じなかったけど……。でもこのまま走ってたら、ヤバそうだから、ナビが回復するまでここにいようよ」

歩はナビを操作しながら提案した。ナビの画面は暗くなったり点《つ》いたり、画像が乱れたりとひどい状態だ。今どこにいるのかさえ分からない。

「そうだな……。エンジン切るぞ」

西条はしばらく回復は無理と悟り、エンジンを切った。車内の電気も節約のため点けず、西条は持ってきたペンライトを使って地図を取り出して確認すると、これまで辿《たど》った道をぶつぶつと呟《つぶや》いている。助手席でそれを見ていた歩はうとうとしてきて目を閉じた。

そして、西条の浮気という嫌な夢を見て目覚めたのだ。

「俺、どれくらい寝てた？」

西条を詰るのは不毛と歩も納得し、腕時計に顔を寄せた。西条がペンライトで手元を明るくする。

「十五分くらいだろ。つうか寝てたのに気づいてなかった。やけに静かだとは思ってたけど……、お前、この山の中でよく寝れんな」

腕時計を見ると夜の十時だ。窓の外に目を凝らしてみたが、茂みや木くらいしか分からない。睡眠不足というわけでもなかったのに、猛烈な眠気に襲われて寝てしまったようだ。しかも西条が浮気する夢を見るなんて、不吉だ。

自分の頬をぺちぺちと叩いて、歩は顔を引き締めた。歩は霊媒体質だし、西条も憑かれやすい人間だ。そんな二人がこんな夜の山で立ち往生しているなんて、危険極まりない。

「おい、やめろ。キモイ」

西条に変な霊でも憑いていないかと歩は目を凝らして西条を視ていた。するとうさんくさそうに西条に眉を顰《しか》められる。舐《な》め回すように西条を見ていたのが気持ち悪かったらしい。体調がいといろんなものが視える歩だが、今日はぜんぜん駄目だった。何も見えない。本当に憑いていないのか、単に歩の調子が悪くて視えないだけなのか判別できない。

「だって、きっと西条君に憑いてる霊の仕業だよ」

歩がなおも西条の首の後ろや肩の辺りを視ていると、イラっとした顔で口の中にペンライトを押し込まれた。

「うぐぅ……っ」

まさかペンライトを口の中に突っ込まれるとは思ってなくて、反射的にペンライトを齧《かじ》ってしまった。ペンライトの固さに、がはっと口を開ける。歩は吐き気を催し、車を飛び出て外でげーげーと吐き出した。

「ひどいよ！　西条君！」

涙目で車内に戻ってくると、西条がウエットティッシュでペンライトを拭いている。

「こんな真っ暗な車の中で、奇行に走る奴がいたらしょうがねぇだろ。いいか、俺に後ろの奴などいない。変な場所を見るのはやめろ」

西条は悪びれた様子もなく言う。霊視している姿が奇行とはひどいと思ったが、これ以上視ても分からないのでやめておいた。よく考えたら出かける前も、車内でも、西条に変な点は見当たらなかった。悪霊が憑いていたら、何かしらのサインがあるはずだ。

「大体俺を疑っているようだが、お前だって怪しいんじゃないか？　最近、目に見えて食べる量が増えているぞ」

西条にうろんな眼差しを向けられ、歩は赤くなって視線を逸らした。

「そ、そんなことは……」

「腹も太ももムチムチしてるぞ」

痛いところを指摘され、歩は肩を落とした。食欲の秋というが、十月に入ってから何を食べても美味《おい》しくて少し太ってきた。同じ分だけ食べているのに、どうして西条が引き締まった身体をしているのか不思議でならない。

「犯人捜しはやめようよ。ところで西条君、地図見て分かったの？」

ずっと地図を見ている西条に話を振ると、重いため息が戻ってきた。

「今、どこにいるか分からない」

西条は困ったようにナビを操作し始める。地図を見ても分からないなんて、本格的に迷子になったらしい。頼りのナビが誤作動したせいだ。

「あーくそ」

西条は持っていた地図を後部席に放ると、しばらく無言になった。この状況をどうするつもりなのだろうと思っていると、西条が助手席に身を乗り出してきた。

「暇つぶしに、カーセックスでもするか」

真面目《まじめ》な顔で言われ、歩は「なーっ⁉」と腰を浮かした。

「さ、西条君、何考えてるのさ！　しないよ！　これ、レンタカーだよ⁉　汚しちゃまずいでしょ！」

ろくなことを言わない予感はしていたが、想像の斜め上をいった。歩は真っ赤になって窓に背中を張りつけた。西条は軽く舌打ちして、腕を組む。

「拭いときゃばれねーんじゃねーか？　まぁでもお前、何度もイくからなぁ……。ゴムも持ってねーし」

本気でやろうとしている雰囲気を感じとり、歩は焦りを覚えた。こんな場所で事に及んで、誰かに見られたら大変だ。西条とするセックスは気持ちよすぎて、声を抑えるのもつらいし、車を汚さない自信がない。西条は講師という立場にありながら、人目を気にしなさすぎる。野外で性行為なんて、歩にはハードルが高すぎるのだ。

「ささ、西条君、ナビを見て」

見るとナビにかかっていた乱れが消えている。このままここにいたら、変な空気になりそうで、歩はナビを指さした。

「おっ、いけるかも」

ナビを覗き込んだ西条が、目を輝かせる。先ほどまで何をしても反応を示さなかったナビが、突然正常な動きを見せ始めた。西条はこの機会を逃すまいと、すぐにエンジンをかけて車を出す。

「今夜はもう帰ろう。夜景とか見てる場合じゃない」

西条は夜景を見に行くのは諦め、自宅に戻る道を辿っている。賢明な判断だと思う。ガソリンも残り少ないし、得体の知れない不気味さが残ったままだからだ。こんな状況でカーセックスとか冗談でも言える西条に脱帽した。

「ぜんぜん違う場所にいたな。どっかにガソリンスタンドがあるといいんだが」

ナビで表示された地図を見て、西条は呆れている。歩も覗き込んで見たが、かなり山奥まで来ていたことが判明した。周囲は山に囲まれ、しばらく一本道しかない。ラジオをつけると、電波が悪いのか流行《はや》りの曲が切れ切れにしか聞こえない。すれ違う車もないし、明かりは車のヘッドライトだけ。何だか心もとなくなってきた。

「変なこと言っていい？　世界に俺たちだけになったみたいだね」

暗闇の中、車を走らせていると、変な妄想が湧いてきた。

「俺とお前だけになったら、子孫残せないから滅亡するな」

西条はハンドルに手をかけながら笑っている。

「それまずい気がする……」

妄想とはいえ罪悪感を覚え、歩は顔を引き攣《つ》らせた。

「やっと山を下りたかな」

三十分もすると蛇行する道を抜け、平らな道になった。国道を走っていたはずだが、やけに道が狭まり、雑木林に囲まれた。

「く、やべぇ」

西条はガソリンメーターとにらめっこして、苦しげな声を上げた。とたんに車が失速し、変な音を立てて停まった。

「最悪だ。ガス欠になっちまった」

西条は額に手を当てて、仰《の》け反《ぞ》っている。こんな場所でガス欠とは、今日は運が悪いにもほどがある。仕方なく歩たちは車を出て、スマホでレッカー車を呼ぶことにした。けれど、どういうわけかスマホが使えない。ネットは繋がらないし、電話もかけられない。

「しょうがねぇ。歩いて公衆電話を見つけるか」

西条は気を取り直して歩き出した。前方に街灯が見えた。西条はペンライトで足元を照らし、歩き出す。

「待って、西条君」

暗がりの中を歩くのが怖くて、歩は西条の着ていたジャケットの裾にしがみついた。

「ほらこっち」

歩の手をやんわり解いて、西条が引っ張る。誰に見られるか分からないから、外で手を繋《つな》ぐことなんてしないが、こんな真っ暗な道ではきっと大丈夫だろう。歩は妙に嬉《うれ》しくなって、西条の手をしっかりと握った。

しばらく歩くと、街灯のおかげで足元が判別できるようになる。ずいぶん寂しい道だ。雑木林に囲まれた一本道。ひったくり、痴漢注意の看板が立っている。

「この道でいいの？」

歩は西条にくっついて、きょろきょろして聞いた。

「さっきのナビの地図じゃ、一キロ歩けばガソリンスタンドがあるはずだけど……」

西条も心配そうに呟く。

「何かなぁ、この道、どっかで見た覚えが……」

西条はペンライトをあちこちに向けて、首をかしげる。

「知ってる道？　俺はぜんぜん分かんないなぁ」

西条が知っている道なら、少しは安心できる。土地勘のない場所を歩かされて、歩は不安になっている。

「あ、神社」

ぼんやりとした明かりの中、石の鳥居と階段が見えて、歩は呟いた。

「神社か……。登ってみるか？」

長く連なった石段を見上げ、西条が言う。

「こんな真夜中に神社とか、危険だよ！」

歩は慌てて首を振った。神社は明るい時に行くものだ。夜の神社にはもののけが集まると言われている。

「つっても、しばらく何もねーじゃん。誰かいねーかな。公衆電話があればいいんだが」

西条は物怖《ものお》じする様子もなく階段を上がっていく。現実主義の西条は、夜の神社に怖さを感じないらしい。嫌だったが、西条一人で行かせるのはもっと嫌だったので、仕方なく歩も西条についていった。

（あれ、ここ……）

石段を登りきると、歩は既視感を覚えて胸に手を当てた。暗くてはっきり見えないが、この神社に以前も来たことがある気がする。神社はどこも似た造りといえばそうなのだが、社の形といい狛犬《こまいぬ》といい、賽銭箱《さいせんばこ》の形も見覚えがある。

「ねぇ、西条君、俺もここ来たことあるかも……」

歩は胸が騒いできて、西条の腕にしがみついた。記憶にある神社と合致する点が多いが、そんなはずはない。場所がぜんぜん違うのだから。

「神社の名前、何ていうんだろう」

歩の問いに答えるように西条がペンライトを辺りに照らす。その時、ぽつんと頬に当たるものがあった。雨粒だ。最初はぽつぽつとした雨は、すぐに激しい雨に変わった。

「最悪」

西条は歩の手を引いて、賽銭箱が置かれた階段を上がり、本殿の軒下に入る。本殿の扉は閉まっていて、格子の隙間からご本尊の丸鏡が見えた。

「西条……君」

土砂降りの雨に気を取られている西条に、歩は声を震わせた。神社は小高い場所にあって、周囲の景色が暗いながらも見て取れた。神社は森に囲まれており、その先に学校があった。

「ここ……、中学生の時に肝試しした、神社……じゃない？」

歩は西条の背中に向かって呟いた。

「はぁ？　何、馬鹿言って……」

笑いかけた西条が、硬直して周囲を見回す。西条が厳しい顔つきで、手で口を覆う。

「まさか、そんな……、嘘《うそ》だろ」

西条は境内を見渡し、青ざめる。西条は本殿から見える学校を見下ろし、無言でその場に腰を下ろした。懐から煙草を取り出し、ライターを探すようにあちこちのポケットに手を突っ込む。禁煙はまた破られるのだろうか。

ここは歩と西条が中学生の頃に通っていた地域と、すごく似ている。神社も同じに見えるし、木々の隙間から見えるグラウンドや校舎はまさに思い出の風景だ。けれどそんなはずはない。夜景を見に行ったのはぜんぜん別の土地だったし、そもそも歩たちは実家から離れた場所に暮らしているのだ。いくらナビが誤作動しても、ここに辿り着くわけがない。

「西条君、やっぱり何か変な力が働いてるよ」

歩は黙って煙草を吸い続ける西条の隣に正座になった。夜中の神社も不気味だが、かつて通っていた学校の隣にあった神社となると不気味を通り越して恐怖だ。

「……神社とか学校って、どこも似たようなもんだよな」

短くなった煙草を携帯灰皿に捨て、西条が打って変わって明るい声を出した。

「え」

雨音が大きかったので聞き違いかと思って、歩は目を丸くした。

「ここ、中学の時に来たとことすげー似てる。ってことにしよう」

西条はこの状況を受け入れないことに決めたようで、きっぱりと言い切った。歩は呆れて口をへの字に曲げた。

「西条君、いくら何でもそれは……、それこそ現実逃避じゃないの⁉　さっき、見覚えあるとか言ってなかったっけ？」

似てるどころか本物だと思うが、西条は歩の意見を無視する。

「そんなこと言っていない。雨が上がったら、出て行くぞ」

西条は二本目の煙草を取り出して、頑なに言い張る。西条なりに不気味さは感じているようだ。

歩はこれ以上言い争うのをやめて、足を崩した。

雨は地面に叩きつけるような勢いで降っている。じっと見ていると、少し肌寒くなってきた。

中学生の時に来た神社というのもあって、中学生の時のことを思い出していた。今もどんくさいと言われるが、あの頃は輪をかけてとろいし鈍かった。いつもへらへらして他人に合わせて、無為に時を過ごしていた。

西条は三年生のクラス替えで出会った。西条は歩と正反対の性格で、常に一人で行動していたし、頭もよく、運動能力も高かった。おまけに顔がいいものだから、女子連中の間では注目の的だった。後から西条が他人と距離を置いていた理由を知ったが、もしその理由がなければ、歩とは一生縁のない人間だっただろう。

「中学の頃のお前さぁ……」

物思いに耽《ふけ》っていると、西条がぽつりと言った。

「俺とは別の意味で浮いてたよな」

しみじみとした口調で言われ、歩はがっくりとうなだれた。こっちは必死に周囲と同調していたつもりなのに、そんなことを言われようとは。

「ま、まぁ、途中で学校行かなくなったしね……」

あの頃にはいい思い出がないので、歩は遠くを見る目つきになった。

「その前から浮いてたろ。存在感があるようでないっつーか。たまに独り言、言ってなかったか？　後ろからぶつぶつ聞こえてきたことが……」

西条に中学生の時の記憶を紐解《ひもと》かれ、歩はうーんと頭を巡らせた。

「そうだったかな……？」

「お前って今でいう癒し系だったのかな。お前がいなくなった後、ちょっと教室内が殺伐とした感じはあったよ。何だっけ、河原《かわはら》、とかいうのが軽いイジメにあってたような？」

初めて聞く話に歩は驚いた。河原は仲の良かった男子生徒だ。

「ほ、本当？　それ」

「俺もクラスの奴とはぜんぜんつるんでなかったから分からないけど、よく一人でいたし、トイレで飯食ってるの見た。つっても、そんな深刻な奴じゃねーよ。三学期頃は他のクラスメイトと昼飯食ってたし」

「そうなんだ……」

中学生の時の話とはいえ、気分が沈んだ。河原は同窓会で会った時はふつうに見えたので、そんなことがあったとは知らなかった。

「今の学校の話とか聞くと、すごすぎてビビるぜ。俺たちの時代って、今ほどＳＮＳ流行ってなかったからな。楽な時代でよかった」

西条が煙草の火を消して笑う。

「何かさ、お前といるせいか、たまに中学生の時のこと思い出すんだよな。ろくな思い出ないのに」

雨の音にまぎれて、西条の低い声が耳に届く。西条の整った横顔を見つめ、歩は形のいい唇に何度もキスをしたことを頭に浮かべた。未だにこんなにかっこいい男が自分の恋人というのが信じられない。中卒で、もさっとした自分とでは釣り合わないことは自覚している。

「……お前ってさぁ」

西条が振り返り、身を乗り出してくる。

「あの頃から、俺のこと好きだったの？」

西条の目がいたずらっぽい輝きを秘めている。からかうような口調で聞かれ、歩はほんのり頬を赤くした。

「うん。そうだと思う」

歩が素直に頷《うなず》くと、ニヤニヤしていた西条が真顔になった。

「……ふーん」

西条がそっぽを向いて、頭をがりがりとする。

「考えてみたら、西条君以外、好きになった人いないんだよね。初恋がそのまま実るなんて、珍しいのかな。っていうか西条君も、最初にした時、好きとか分かんないって言ってたから、俺たちって」

軽口を叩いていると、ふいに西条に肩を抱き寄せられた。そのまま唇を吸われて、びっくりして固まる。

「さ、西条君、ここ、外……」

何度もキスをされて、歩は焦りつつ言った。西条はうっすら赤くなった顔で歩を睨みつける。

「誘ったのはお前だろ」

誘ったつもりはない、と言いかけた唇を西条にふさがれる。何故か西条は興奮していて、歩の唇を強く吸いながら、のしかかってくる。本堂の板敷の上とはいえ、隠す場所もない野外だ。西条の手が衣服の隙間から滑り込んでくるのを感じ、歩はじたばたした。

「西条君、こんなとこで何してんの！　誰か来たらどうすんのさ！」

夜で雨が降っているとはいえ、誰か来たら一発で何をしているかばれてしまうだろう。つき合いたてのカップルではないのだから家に帰ってすればいいのに、西条は変なスイッチが入ってしまったようだ。

「誰も来やしねーよ。こんな夜中に神社にいるもの好きは俺たちだけだ。つうかお前って常識人じゃないわりに常識人ぶった発言するよな」

西条の指先が、慣れたしぐさでシャツのボタンを外し、乳首を摘まみ上げる。

「お、俺っ、常識くらいあるよっ。フツーだもん！」

「どこが。変なの視えたりするし、キモイ発言は多いし、お前がふつうとか笑かす」

「ひゃあああっ」

慌てて逃げようとしたが、背中から覆い被さった西条に押さえ込まれた。

「さ、西条君……っ」

着ていたカーディガンがはだけ、西条にうなじを吸われた。唇の柔らかい感触に、歩は身をすくめた。

「神様に見られちゃうよっ」

歩が引っくり返った声を出すと、西条の動きが一瞬止まり、噴き出した。

「何だ、それ。ギャグのつもりか？」

歩は真面目に言ったつもりだが、西条には冗談にしか聞こえなかったらしい。そうこうするうちに西条の手が歩の乳首をぐねぐねと弄《いじ》る。はだけたシャツの隙間から手を入れられて胸元を弄られるというのがとてつもなくいやらしく感じて、歩はカーッと顔が熱くなった。

「お前、ここ好きだろ」

耳朶《みみたぶ》を齧られつつ、乳首を引っ張られ、歩はぞくぞくして吐息をこぼした。西条の指先が乳首を弄るたびに、下腹部に熱が灯っていく。抵抗しなければと思うのに、キスをされながらもう片方の乳首もシャツの上から爪で引っかかれると、気持ちよくて鳥肌が立つ。

「西条君……、あ……っ、あ……っ」

歩は床板に肘を突き、ぴくぴくと身体を震わせた。西条は歩が喘《あえ》ぎ始めたのを見て、建物の壁に背中を預けて座り込み、歩を膝の中に入れた。

「こんな格好……、もろに見られちゃうよぉ……」

西条の手がシャツの前を全開にし、背中から回した手で両方の乳首を愛撫《あいぶ》する。まるで見せつけるような格好で、歩は涙目になった。西条の手を止めなければと自分の手を重ねるが、乳首を弄られるのが気持ちよくて、ただ重ねているだけにすぎない。

「いいじゃん。見せてやろうぜ。乳首だけでお前が感じてるとこ」

西条は歩の耳朶に息を吹きかけ、両方の乳首をぎゅーっと引っ張る。ずきりと腰に疼《うず》きが走り、歩は息を喘がせた。まだ乳首しか弄られていないのに、ズボンの股間が盛り上がっている。

「あっ、あっ」

乳首を弾かれたり、引っ張られたりされて、甘い声がこぼれる。歩はとろんとした目で西条にもたれかかった。雨音で自分の喘ぎ声が消されていくのにホッとする。

「乳首コリコリだな……、ここすげぇ感度よくなった」

歩の乳首を摘まみ上げ、西条が艶っぽい笑みを浮かべる。歩はもじもじと腰を動かした。乳首への愛撫だけでも感じるが、もっと深い奥への刺激が欲しくなった。こんな場所で恥ずかしいと思うが、西条の愛情を受けた身体は、これだけでは我慢できなくなっている。

「西条君……っ、お……尻も、弄ってほしい……」

歩は真っ赤になって囁《ささや》いた。とっくに膨らんでいる下腹部は、もっと強い快感を望んでいる。

昔は性器への刺激が一番感じたのに、西条に何度も犯され、身体の奥への刺激が欲しくてたまらなくなっているのだ。

「こんなとこで?」

西条に意地悪く言われ、歩は手で顔を覆った。

「意地悪しないでよ……」

ここまで身体を熱くしておいて、西条は意地悪だ。歩のそんな呟きに、西条が笑いながら歩のズボンのベルトを外した。

弛《ゆる》んだズボンを下ろされると、下着が形を変えているのが嫌でも目に入った。西条はわざと下着をゆっくり下ろし、中から勃起した性器を取り出す。

「舐《な》めて」

先ほどまで乳首を弄っていた指が歩の口内に突っ込まれる。西条の長くて節くれだった指を歩はしゃぶった。西条は濡れた指を、歩の尻のすぼみに差し込む。

「ん……っ」

西条の指が内部に入ってきて、歩はぶるりと身体をくねらせた。西条は焦《じ》らすことなく、入れた指先で歩の性器の裏側を探った。指先で内壁を擦られ、びりっと電流みたいに快感が走った。

「あ……っ、あ、あ……っ」

西条の指で感じる場所を擦られ、歩は鼻にかかった声を上げた。指先でぐーっと押され、脳天まで気持ちよさが突き抜ける。

「ひゃっ、ああ……っ、あっ」

奥をぐいぐい押され、そのたびに背筋に震えが走る。腰から下に力が入らなくなり、性器から先走りの汁があふれ出す。全身が甘くなって、西条の指先の動きで陸に上がった魚みたいに跳ねてしまう。

「き、気持ちいい……、あっ、あっ、やぁ……っ」

西条の腕の中でひくひくと四肢を震わせ、歩は西条の唇を求めた。西条が顔をずらして歩の唇に舌を這わせる。歩は夢中で西条の唇を吸った。ここがどこだかもうどうでもよくなり、ひたすら快感を追う。かろうじて引っかかっていた下着やズボンが、どんどん足首に溜《た》まっていく。

「うう……」

西条の指が増えて、尻の穴が広げられる。西条の愛撫に親しんだ身体は、すぐに柔らかく解けていく。夜風が肌に当たって冷たいが、身体の奥から染み渡る熱がかき消す。

「エロい身体だな……」

西条は歩の唇を舐めながら潜めた声で笑う。尖った乳首を空いた手で摘まれ、ひくりと腰が蠢《うごめ》く。

「誰か来たら、お前のこんないやらしい身体がモロ見えだ」

西条に揶揄《やゆ》され、歩は羞恥心で息が荒くなった。西条の手が足首に溜まっていた下着とズボンを抜き取ると、全開したシャツを着ているだけの状態になった。

「本当は誰かに見せたいんじゃねーのか？　乳首とケツだけでこんな感じる身体をさ」

西条の舌が耳朶の穴に差し込まれる。歩は慌てて潤んだ目で首を振った。

「ち、違う、よ……、ひっ、やぁ……っ」

歩が否定すると、おしおきのように深い奥に入れた指をぐちゃぐちゃとかき混ぜられる。いつの間にか三本目の指が入ってきて、内部を蹂躙《じゅうりん》している。

「嘘つけ。もうイきそうじゃねーか……」

西条が甘い吐息を吹きかけ、奥に入れた指で喘ぎ声の出る場所を激しく擦る。急速に熱が上がり、歩は息を荒らげて仰け反った。西条の指の動きに合わせて、性器の先端から精液が噴き出す。止めなきゃと思うが、快楽に抗《あらが》えなくて、白濁した液体が胸や腹に飛び散る。

「あ……っ、はぁ……っ、はぁ……っ」

あっという間に達してしまったことに衝撃を感じ、歩は呼吸を繰り返した。だらんとした身体を西条に預ける。

「嘘……、やだ……」

まだ射精するタイミングではなかったはずなのに、歩のコントロールを失って身体が勝手に暴走している。性器には指一本触れていなかったのに。

「お前、ケツを弄るとすぐイくな……。すげー興奮する」

西条が腰をぐっと押しつけて囁く。西条の腰のモノが硬くなっているのを感じ、歩も興奮した。

指でも達してしまう身体になったが、やはり西条の熱くて硬くて長いモノが欲しい。

「西条君……」

歩ははぁはぁと息を喘がせ、西条の首にしがみついた。西条が中に入れた指を抜き取り、歩の頬を摘まむ。

「んん……っ、ん、はぁ……っ」

西条が貪るように歩の唇に食らいつく。舐められたり吸われたりして、互いの唾液で口元が濡れる。西条は熱い吐息をこぼしつつ、ズボンの前を弛めた。

「そこに四つん這いになれよ」

西条に体勢を変えられ、板敷に四肢をつけた。西条の性器はとっくに硬度を持っていて、それをゆっくりと歩の弛んだ尻の穴に押しつける。

「入れるぞ」

西条の低い声の後、質量のあるものが体内に入ってきた。狭い穴を広げられ、腰の辺りが甘美に震える。西条の性器は強い力で押し込まれた。先端の張った部分がずるりと内壁を擦っていく。その衝撃に歩は息も絶え絶えになった。

「あぁあ……っ、はぁ……っ、はぁ……っ」

どくどくという鼓動がどちらのものか分からなくなる。西条の性器は一気に深い奥まで入り込んできた。身体の奥を熱いモノで目いっぱい広げられる感覚。歩は肘を突いていられなくなって、板敷に頬を擦りつけた。

「やぁ……っ、やぁ……っ、あー……っ」

繋がった場所から快感が滲み出てくる。歩は甲高い声を上げて、内ももをひくつかせた。感じすぎて頭がくらくらした。さっき出したばかりなのに、また絶頂に達しそうだ。

「はぁ……っ、すっげ気持ちいい……」

西条は歩の中に入れた性器を軽く揺さぶり、吐息を吐き出した。

「中、熱い……。もうこんなひくつかせてんのかよ。動かさなくてもイイくらい」

西条が笑いながら歩の尻をぴしゃりと叩く。そんな刺激にすら感じて、歩は「ああっ」と甘い声を上げた。

「ゴムねーから、中に出していい……？」

小刻みに律動を始め、西条が上擦った声を出す。西条の精液を注がれた記憶がフラッシュバックし、歩は思わず銜《くわ》え込んだ性器をぎゅーっと締めつけた。

「……っ、やべぇ、イきそうになった……。なんか思い出しただろ、お前」

西条が熱い息を吐き出しながら、スライドを深くして言う。歩は甘ったるい声を上げて、腰をくねらせた。

「だって……、あ……っ、あ……っ、んぅ……っ」

西条が性器を押し込むたびに、声が引き攣れてしまう。内壁を熱いモノで擦られ、どんどん熱が上昇していく。

「すげぇ濡れてる……」

腰を突き上げながら、西条が囁く。快楽にぼうっとしていたが、板敷に歩の性器から垂れた汁が溜まっていた。恥ずかしくて申し訳なくて自分の性器を手で押さえる。このままでは精液で本殿を汚してしまう。出しちゃ駄目だと快感を逃がそうとするが、後ろから西条が突き上げるたびに嬌声《きょうせい》が続く。

「がんばっておもらししないようにしろよ」

西条にからかわれ、歩は前のめりになった。せめて自分の服で精液を受け止めようと、近くに放られていたズボンを取ろうとしたのだ。それを逃げると勘違いしたのか、西条が腰を抱え直して、激しく突き上げ始める。

「ひぁ……っ、ああ……っ、やぁ……っ」

壊れるのではと思うくらい深い奥に性器を突き立てられて、歩は仰け反って声を上げた。西条が律動するたびに、肉を打つ音が響き渡る。絶え間なく快楽の火を投げ込まれるようで、歩は内部を収縮させた。

「待って、もっとゆっくり……っ、やぁ……っ、あああ……っ」

歩の制止は耳に入らない様子で、西条が腰を穿《うが》つ。内部で西条の性器が大きくなっていく。快楽の波の間隔がどんどん狭まり、とうとう耐えきれなくなって、歩は大きな快楽の波に流された。

「ひあああ……っ‼」

押さえていた手に精液が漏れてくる。歩が射精しているのにお構いなしで、西条が深い奥に性器を突き立てる。

「出す、ぞ……っ」

西条が背中にのしかかってきて、低い声で吐き出す。言葉通り、歩の中に熱くてどろっとした液体が注ぎ込まれてきた。その感触にまた歩は感じてしまい、獣のように激しく息を吐いた。西条に犯されているという被虐的な気持ちが、より一層快楽を深くする。性器を押さえている指先から精液がこぼれていくのを感じ、歩はくらくらした。

「ひ……っ、は……っ、はぁ……っ、あ……っ」

腰をひくつかせ、歩は西条の性器を締めつけた。勝手に内部が蠢いて、中にいる西条の性器を締めつけてしまう。その感触に西条も気持ちよさそうな息を出す。

「はぁ……、あー気持ちよかった」

西条はしばらくして息が落ち着くと、ずるりと性器を抜き出した。それに伴い、ぬるりとした液体が尻のすぼみから腿へと垂れていく。

「野外って興奮するな」

西条はぐったりしている歩を板敷に寝かせると、両方の足を持ち上げた。歩はまだはぁはぁしていて、嬉々《きき》として足を持つ西条を見上げた。

「何……、ん……っ」

両方の足を胸に押しつけられ、尻の穴や性器が丸見えの格好にされた。歩が戸惑っていると、西条が濡れた尻の穴に指を入れる。

「俺が出したの、こぼれないようにしろよ」

西条は何を考えているのか、恍惚《こうこつ》とした表情で歩のあられもない姿を見ている。

「さ、西条、く……、んっ、やぁ……っ、」

西条の指が穴に差し込まれ、歩は足をばたつかせた。西条は指で内壁をかき混ぜる。西条が出した精液のせいで、指を動かすと濡れた卑猥《ひわい》な音を立てる。

「ひん……っ、ひ……っ、ひゃぁ……っ」

達したばかりの敏感な内部を指でぐちゃぐちゃにされ、歩は甲高い声を上げた。

「こんなところをどろどろにされてるお前見ると……ぞくぞくする」

西条は歩の尻に甘く齧りつき、指先で内壁を弄る。弛んだ穴に指を出し入れされて、歩は真っ赤になって唇を噛んだ。

「もっかいできそう。入れていい?」

歩の答えを待たずに、西条は性器を扱き上げ、再び歩の中に入れてきた。ぬるついた内部に西条の性器が潜り込んでくる。

「はは……、すげーぬるぬる」

西条は歩の両方の足を広げ、膝の裏に手を差し込んだ。そしてゆっくりとした動きで、腰を動かす。

「あ……っ、あ……っ、はぁ……っ」

ぐちゃぐちゃと内部を擦られ、歩は泣き声に似た声で呻《うめ》いた。徐々に西条の動きが速くなり、一番深い奥をとんとんと突いてくる。

「ひ……っ、やぁ……っ、あー……っ、あー……っ」

西条に身体を揺さぶられ、どろどろに身体が溶けていくようだった。ぼうっとして何も考えられず、喘ぐことしかできない。全身が敏感になっていて、西条がたわむれに乳首を弾くと、びくんと腰が跳ねてしまう。

「泡立ってきた」

西条が面白そうに繋がっている場所を指でなぞる。精液が内部でかき混ぜられて、あふれてきたのだ。

「ぐちゃぐちゃになってるお前を見ると、何度でもヤれそうだ」

西条は歩の腹に飛び散った精液を指で引き伸ばして唇の端を吊り上げた。西条がいやらしいことを言うと、尻の奥がひくひくする。

「んん……っ、あぅ、あっ、あっ、あっ」

西条が歩の乳首に精液を塗りたくる。ぬるぬるの乳首を指先で弾かれて、口から甘い声が漏れる。背中が板敷でつらいはずなのに、全身が西条から与えられる感覚に支配されている。

「すごいな、もってかれそうだ」

乳首を刺激されて、銜え込んだ奥を絞めつけていたらしい。西条が熱い息を吐き出して、歩の背中に手を差し込む。

繋がった状態で身体を起こされ、西条と座位で抱き合う形になった。そうすると深い奥まで西条の性器に犯される。少し動いただけで喘ぎ声が漏れ、自分の吐く息でうるさいほどだった。

「西条く、ん……っ、気持ちい……っ」

繋がった状態で腰を回すように動かされ、歩はひっきりなしに喘いだ。ここがどこだかも忘れ、ひたすら快楽に没頭した。雨は相変わらず激しいのに、寒さを感じない。自分の身体も西条の身体も熱くて、眩暈《めまい》がした。

「またイく……っ、イっちゃうよ……ぉ」

断続的に奥を突かれ、歩は生理的な涙を流してかすれた声を上げた。

激しく揺さぶられ、性器の裏側をゴリゴリ擦られる。身体中が過敏になって、どこを触られても感じた。

「ああ、すげぇ中がうねってる……っ」

奥を突き上げながら西条が言う。西条が感じているのを見て、歩も脳が痺れた。互いに荒い息遣いで、繋がった場所をかき混ぜる。座位のせいか内部に出された精液が銜え込んだ奥から滲み出てきた。

「あ……っ、ひあ……っ、あ、や、ぁああ……っ」

深い奥を絶え間なく突き上げられ、歩は獣じみた息を吐きながら身を仰け反らせた。大きな絶頂が訪れ、つま先から脳天まで快楽が突き抜ける。

「ひあああ……っ‼」

大きな嬌声を上げて、歩はまた射精した。三度目なので薄くて量も少なかったが、失神しそうなほどの快楽に包まれて全身から力が抜けた。

「ああ、すげぇ……、く……っ」

身体に力が入らないのに、銜え込んだ西条の性器だけをきつく締めつけている。身体が勝手に動いている。歩はびくびくと痙攣《けいれん》しながら、甲高い声を上げた。西条の性器が内部で膨れ上がり、再び中に精を吐き出される。

「う、っく……、はぁ……っ、はぁ……っ」

西条は腰を軽く揺さぶりつつ、精液を吐き出してきた。倒れそうになる歩の腰を支え、興奮した息遣いで抱きしめる。

「あー……超気持ちいー……」

西条のうっとりした声を聞きつつ、歩は肩を上下して呼吸を繰り返した。

夜中とはいえ野外で事に及んでしまい、歩はいたたまれない気持ちだったが、西条はすっきりして「またやろう」などとのたまっている。歩をふつうじゃないというが、西条こそ常識が欠けていると思う。塾の講師というモラルが大事な職についているわりに、人目を気にしなさすぎる。

「もう……ひどいよ、西条君」

汚れた衣服を身にまとい、歩はうつむいて文句を言った。ようやく小雨になり、止む気配を見せている。

「垂れてくる？」

西条はニヤニヤして歩の尻を撫でる。その刺激にすら反応してしまい、歩は真っ赤になった。西条が二度も中で出したから、時々下着に精液が垂れてくるのが分かるのだ。ハンカチで拭ったが、奥まで綺麗にできなかった。

「そういうお前を見てるとまた興奮するんだよな」

西条は歩の文句など耳に入らない様子で好き放題に言っている。下腹部に力を入れていると、わざとシャツの上からまだ尖っている乳首を弄ってくるし、西条といると自分がどんどんいやらしい身体になっていくのが困る。

「雨止んだから、行こうよ」

これ以上ここにいたらまた変な雰囲気になりそうで、歩は西条の背中を押した。地面はぬかるんでいるが、雨は止んだようだ。神社の神様に無礼をお詫《わ》びし、そそくさと神社を去った。結局公衆電話はなかったし、人もいなかった。

「学校……行ってみるか？」

神社を出た西条が、ぼそりと呟いた。

「えっ、でもさっき……」

歩はびっくりした。奇妙な状況になっているが、見ないふりをして先に進むものと思っていた。

「ちょっと気になるっつーか、後からもやもやするの嫌だし」

西条は得体の知れない状況を確認することに決めたようだ。西条が嫌じゃないなら歩も確かめたかった。まったく別の場所にいたのに、どうして自分たちが通っていた中学校が現れるのか。暗くて不気味だったが、ペンライトを頼りに森を突っ切った。あの時の肝試しと同じだ。あの夜は、歩は怖くて西条の背中に張りついていた。今日はへっぴり腰ながら西条と並んで歩いている。神社から蛇行している一本道があって、道に迷う心配はなかった。やっぱり知っている道に思える。

「マジか……」

森を抜けて学校が見えてくると、西条が呆気《あっけ》に取られて立ち止まった。

校舎の正門に学校名が書かれていたのだが、歩たちが通っていた学校名だったのだ。夜中なので校舎やグラウンドにはひと気がなく、寂しく不気味な雰囲気だ。歩も驚いていたが、西条の驚愕《きょうがく》ぶりははるかに上回っていた。動揺をまぎらわすためか、煙草を取り出したのだが、なかなかライターの火がつかない。ふと見ると、西条の指が震えていた。

「西条君……」

西条の動揺ぶりに歩は心配になり、火をつけようとする手を握った。西条がハッとした様子で歩を見る。

「お前、知らないのか？」

険しい形相で聞かれ、歩は目をぱちくりした。

「何が？　なんでこんなとこに出たか分からないけど……」

「違う。俺たちが通ってた中学、もうないんだぞ」

一瞬何を言われたか分からず、歩はきょとんとした。

「子どもが少なくなったとかで、取り壊されたんだ。あるはずないんだよ、俺たちの中学校が」

西条の真剣な顔つきに歩は息を呑《の》んだ。歩は知らなかったが、区画整理とかで中学校は取り壊されたらしい。二、三年前のできごとだと西条は語った。

では、ここにある学校は一体――。

「俺たち、ミステリーゾーンに入っちゃったみたいだね」

歩は正門に近づき、途方に暮れた。ナビがおかしくなった頃から変だとは思っていたが、本格的にやばくなったらしい。このままでは自分たちの世界に戻れるか心配だ。

「さすがの西条君も、この異常事態を受け入れるしかないよね」

歩が目を輝かせて言うと、西条が不気味そうに身を引いた。

「お前、何喜んでんの？　まさかお前がしたことじゃねーだろうな」

うろんな眼差しで見られ、歩は「ちっ、違うよ！」と必死で否定した。身に覚えのない罪を着せられそうだ。歩としては現実主義の西条が少しでもこういう不思議な世界を受け入れてくれたらいいなと思っただけなのに。

「……入ってみるか？」

校舎を睨みつけながら、西条が言う。

「ええっ⁉　本気で言ってるの⁉　怖くないの？」

歩は驚いて目を見開いた。現実にはない学校に入るなんて、そのまま戻ってこられなくなる可能性だってある。

「毒を喰らわば……って言うだろ」

西条は気負った様子もなくすたすたと正門を入っていった。西条のこういう度胸があるところは純粋にすごいと思う。現実主義者だから怖い想像などしないのかもしれない。

正門の左側に入り口があり、下駄箱が並んでいた。記憶におぼろげに残っているものと重なるが、思ったよりも下駄箱が低くて、変な感じがした。西条は靴のまま上がり込み、廊下を歩きだす。職員室や用務員室、掲示板やトイレを見ていたら、なつかしくて記憶が蘇《よみがえ》ってきた。歩は中学三年生の途中で霊能力が戻ってきて、ふつうの生活を送れなくなった。学校には無数の霊が蠢いていて、生きている人間と区別がつかなくなったのだ。卒業式も出られず、いい思い出はあまりない。

「俺たちのクラスだな……」

西条が廊下をまっすぐ進み、一つの教室の前で止まる。歩は懐かしさに目を細めた。いい思い出がほとんどない中学校だが、西条と知り合えたことだけは運命に感謝している。こんなに幸せな時間を送ることができるなんて、あの頃は夢にも思わなかった。

西条は教室のドアを開け、中に足を踏み入れた。

「こんな小さかったたっけか?」

西条は机や椅子を見下ろし、意外そうに呟く。

「俺たちが大きくなったんだよ」

歩も中に入り、きょろきょろと教室内を見回した。黒板や教壇、壁の時計、グラウンドに向けられた窓、市松模様の床、あの頃のままだ。歩は自分が座っていた席を見つけ、腰を下ろした。

「西条君も座って」

歩がにこにこして言うと、西条が面倒そうに前の席に座った。だらっとした座り方はあの頃と同じで、既視感を覚えた。胸がいっぱいになって、泣きそうになったくらいだ。あの頃は気軽に声などかけられなくて、しゃべるたびにドキドキして胸が苦しかった。

西条が振り返って歩を見つめる。

「……とりあえず、記念に教室でもヤっとくか？」

即物的な台詞《せりふ》に歩は机に突っ伏した。しんみりと昔の思い出に浸っていたのに。

「西条君！　台無しだよ！」

真っ赤になって西条の背中をポカポカ殴ると、うざったそうに西条が避《よ》ける。

「何、しんみりしてんだ。言っとくけど、俺は一ミリもそういう感情湧かねぇから。ろくな記憶ねーし」

西条は頬杖《ほおづえ》をついて呟く。

「それよりどうしてこんなとこに迷い込んだのか、検討しようぜ。家を出る時まではふつうだったよな？　ナビがおかしくなったのってどっからだ？　お前、何か変なことしなかったろうな？」

西条に聞かれ、歩は今日の記憶を辿ってみた。レンタカーを借りて出発した時はどこにも異変はなかったと歩も思う。

「俺は何もしてないよ。途中でコンビニに寄ったとこまではいつも通りだったよね。どこかおかしいなって思ったのは……五差路過ぎた辺りかなぁ」

思い返してみて、ほんの少し違和感を覚えたのは、五差路を過ぎた後の街並みだ。やけにぼやけて見えたのだ。霧でも出ているのだろうかと思ったくらい、視界が曇っていた。

「けっこう早い段階じゃねーか。そういうことは早く言え」

西条にぎろりと睨まれた。

「学校に入ったら、何か起こるかと思ったけど、何も起きねーな……」

西条は窓の外に目をやり、ため息をこぼす。西条の言う通り、特に変わったことは起きない。

「おい、お前。こんな時くらい役に立て。この異常事態の理由、分かんないか？」

西条に頭を小突かれて、歩は目を閉じてこの場に霊がいないか探ってみた。霊がいればここがどこかとか聞けるかもしれないと思ったのだ。けれど、どういうわけかさっぱり視えないし、感じない。学校といえば霊がいるものなのに、一体も見つからない。やはり今日は体調が悪いのかもしれない。

「駄目だぁ。分かんないよ……」

歩が諦めて頭をぐしゃぐしゃすると、西条が唸《うな》り声を上げた。

「マジか……、俺たちここにずっといることになるのか」

車はガス欠だし、あるはずのない学校は建ってるし、ここがどこだか分からない。ナビに記されたガソリンスタンドを目指していくしか今のところやることがない。

「俺たち、帰れるのかなぁ……」

ここにきて急に不安になり、歩は机に突っ伏した。家では飼い猫のタクが帰りを待っている。

エサはたくさん置いてきたのでしばらくは平気だろうが、何日も帰れなかったらまずい。

「まぁ……でも、お前と一緒でよかったよ」

西条が教室の隅をぼんやり眺めながら囁く。

「え？」

歩は顔を上げて西条の整った横顔を見つめた。

「変な世界にまぎれこんでもさ……、お前がいるなら別にいっか、って」

西条は何の気なしにその言葉を口にしたようだが、聞いていた歩は耳まで赤くなるくらい顔が熱くなった。どんな場所でも自分がいればいいなんて、究極の愛の言葉だ。嬉しくて、胸がいっぱいになって、全身の血が沸騰しそうだ。

「嬉しいよーっ‼」

とてもじっと座っていられず、歩は椅子を蹴って立ち上がり、西条に抱きついた。西条がぎょっとして、目を丸くする。

「俺も西条君と一緒なら、どこだって大丈夫だよ！　西条君、大好き！」

歩がはしゃいで叫ぶと、西条は引き攣った顔で固まっている。

「お、おう……」

ぎゅうぎゅうと抱きつくと、歩のテンションに引きまくっている西条の呟きが聞こえる。どこにいても西条となら楽しいが、それでもやはり自分の世界に戻りたい。歩はふと違和感を覚えた五差路のことを思いだした。

「そういえば、西条君。五差路で機嫌悪くなったよね。何か、危険なことが起きたような……？」

脳裏に西条の舌打ちする映像が浮かぶ。運転中の西条が「あぶねーな」と文句を言った記憶が蘇った……。

「あれ、お前」

ふと西条が眉を顰め、歩の前髪をかき上げる。

「こんなとこ、いつ怪我した？　血が出てるぞ」

西条の指が歩の額に触れる。ぴりっとした痛みが走り、歩はハッとした。暴走している車が横から飛び出してきた映像がフラッシュバックしたのだ。その刹那――周囲の景色が音を立てて崩れていった。

歩はびっくりして西条に抱きついたまま、砂のように崩れていく教室を見つめた。壁が崩れ、机が溶けていき、床が消えていく。浮遊感と、眩暈――。

「な、な……」

歩は西条と抱き合った状態で、深い底へ落ちていった。西条が必死になって歩を摑《つか》んでいる。どこまでも落ちていく感覚。下へ、下へと――。

叫ぶこともできなかった。

歩はこの手を放すまいと西条の手を握りしめた。


目が覚めた時、歩は西条と病院にいた。

当時の記憶がぽっかりと抜けているのだが、歩たちが乗っていた車は事故に遭った。五差路のところで信号無視した男性の車が、歩たちの車にぶつかってきたのだ。警察からは飲酒運転だったと聞かされた。

「西条君、俺たち、すごい体験をしたね」

病院の待合室で歩は隣にいる西条に興奮して言った。レンタカーのフロント部分が大破する事故に遭ったにも拘《かか》わらず、歩と西条は無傷だ。西条が指先を、歩が額を少し切ったくらいで、検査したが脳波にも異常はなかったし、健康そのものだった。

「神社に行って、学校に行ったよね」

長椅子の隣に座っている西条に言うと、むっつりした顔でそっぽを向く。

「夢でな」

西条は認めたくないようで、夢だと言い張っている。互いの無事を確認した後、変な夢を見たと言い出したのは西条のほうだ。ナビが動かなくなって、神社に行ってエッチなことをしたと。

通っていた中学校が出てきたと。

「それは夢じゃないよ！」

歩は身を乗り出して自分が体験した世界の話をした。変な世界から出られなくて困っていた時、五差路の事故の記憶が蘇ってこちらに戻ってきたのだ。これが重傷だったら臨死体験というところだが、互いに無傷なので事故の衝撃で、異世界に行ってしまったのだと歩は思っている。こんな不思議な体験を西条とできるなんて、びっくりだ。

「すごいよー、すごいよー。ミステリーゾーンだよー」

歩は興奮してまくしたてるが、西条は現実に戻ったとたん、頑なにそれを否定する。

「いいや夢だ。偶然同じ夢を見ただけだ。大体お前が柄にもなく夜景を見ようなんて言い出したのが悪い。お前の顔が悪い。頭が悪い」

西条はあの世界での体験はすべて夢だという。二人して同じ夢を見るほうが難しいと思うが、絶対に認めてくれない。今も「会計はまだか」と話を逸らそうとしている。

「西条君、そんなこと言って。実は夢じゃないとっておきの証拠があるんだよ」

歩は待合室にいる他の患者に聞かれないよう小声で西条に耳打ちした。うさんくさそうに見やる西条に、そっと打ち明けた。

「俺の下着、汚れてたんだもん……。やっぱりあれは夢じゃないよ」

頬を赤くして囁くと、西条が目を見開く。

トイレに行った時にびっくりした。下着に精液が垂れていたのだ。神社でした行為が本物だと証明するものだ。

「お前、誘ってんのか。病院のトイレでヤるか？」

西条が見当違いの台詞を吐いてくる。

「違うってば！」

肩を抱き寄せられて、歩は真っ赤になって言い返した。この調子ではあの世界で言ってくれた愛の言葉もなかったことにされそうだ。

「俺、しっかり覚えてるからね。俺がいるなら、どんな世界でもいいって言ってくれたよね？」

忘れられたら困るので、歩はことさら強調して言った。西条の頬がうっすら赤くなって、そっぽを向いてしまう。

「それ、ぜってー夢だろ」

頑なに認めようとしない西条に呆れつつ、歩は現実の世界で抱き合える喜びに浸っていた。

［美しい彼］番外編

KISS ME

凪良ゆう

扉イラスト
葛西リカコ

夜はそれぞれ好きなことをする。

清居《きよい》は台本読みだったり、筋トレだったり、勉強と趣味を兼ねてＤＶＤを観たりする。平良《ひら》は好きなことをしている清居をカメラで撮ったり、撮った写真をパソコンで整理したり、カメラの手入れをしていたりする。お互い口数が多くないので室内は静かだ。

集中して台本を読んでいると、頭がぼうっとしてくる。これ以上は効率が悪くなる。ぱたりと台本を閉じ、ソファの反対側でカメラ雑誌を読んでいる平良ににじり寄った。

「膝」

そう言うと、平良は雑誌をテーブルに置いて姿勢を作る。そこに仰向《あおむ》けに倒れ込んだ。見上げる平良は嬉《うれ》しいような、怯《おび》えたような、困ったような、戸惑ったような顔をしている。こいつはいつもそうだ。新しいマンションで正式に同棲《どうせい》をはじめたというのに、この状況にちっとも慣れない。距離は近づいたのに、精神的にはいつも物陰からのぞき見をしている。

——気分はいい。

——でも焦《じ》れったい。

「清居、俺、そろそろバイトだから」

「……ああ、火曜か」

気持ちよく膝枕を堪能していたのに——清居はむすっと身体《からだ》を起こした。

正式に同棲をして一週間、学生の平良は生活費を稼ぐために夜勤のバイトをはじめた。当然だ。恋人と暮らす生活費を親に出させるわけにはいかない。清居の場合はすでに芸能活動で稼いでいるので問題はない。

しかしコミュ障丸出しの平良がバイトなどできるのかと危ぶんでいたが、平良は清居も驚くほどの素早さで、工場の流れ作業という自分にドンピシャな仕事を決めてきた。普段はぼさーっとしているくせに、清居に関わることとなると迷いがない。

「じゃあ、行ってきます」

一応玄関まで見送った。行ってきますのキスなどという、同棲をはじめたばかりの恋人同士がやりがちなことを平良はしない。畏れ多いと思っているのだ。清居もそういう甘ったるいことは好きではない。なのに、向こうからはされたいと思うのが恋の不思議であり、それを断るまでがワンセットで理想である——という身勝手な不満を抱えている。

平良を送りだしたあと、戻ったリビングはがらんとして感じた。

週三日、十時から翌五時までの夜勤。大学との両立は大変だろうに、平良自身は特にしんどさは感じていないようで、それどころか楽しそうにバイトに行く。流れてくるモンブランに栗をのせるという仕事がかなり気に入っているようだ。よくわからないので理由を聞いたら、またアヒル隊長とか金色の川がどうとか言い出したので遮った。

「……きもいやつ」

どさりとソファに寝転び、天井を見上げた。週に三日のひとりの夜を寂しく感じている自分と違い、意味不明な楽しみを見いだしている平良を見ているとおもしろくない。

――ほんの少しだけどな。

静けさが鼓膜に沁《し》み、対抗するようにテレビをつけた。途端にあふれる賑《にぎ》やかな笑い声。子供のころ、よくこうしてひとりで夜を過ごしていたっけ。漫然とテレビを観ていると携帯が鳴った。実家からだ。面倒くさいなと思いながら通話をオンにした。

『奏《そう》？　お母さんだけど』

母親の声を聞くのは久しぶりだった。

『新しいマンションどう？』

「いいよ。仕事行くの便利だし広いし」

『友達とはうまくやってる？　困ってることはない？』

「うまくやってるし、別になにも困ってない」

かすかな溜息《ためいき》が聞こえた。

『奏は困ってても言わない性格よね』

「…………」

『奏がそうなったのって、お母さんたちのせいもあるのよね？』

苦手な流れになりそうだったので、あのさ、と遮った。

「用事なら早く言って。台本読みしてるから」

素っ気なく言うと、母親ははいはいと笑った。

『夏休みの家族旅行、奮発してハワイにしようかって話してるんだけど奏はどうする？』

「ハワイ？　すごいじゃん。部長パワー？」

この春、義理の父親が部長に昇進した。大学生の清居、中学生の弟、小学生の妹。まだまだ稼いでもらわないといけないのでめでたいことだ。

「いいじゃん。けど俺はやめとく。連ドラ決まりそうだし、夏休みは時間が自由になる分しっかり仕事入れるって事務所から言われてる。俺に気ぃ遣わないで楽しんできたら」

『気なんか遣わないわよ。家族なんだから』

わずかに強い口調だった。

「ああ、えっと、こっちも深い意味じゃないし」

訂正すると、母親も我に返ったように声を和らげた。

『あ、うん、でもそうね。じゃあお土産買ってくるから』

旅行の話はそれきりで、あとは野菜を毎日食えとか、夜遊びはほどほどにとか、定番の注意をいくつかして母親は電話を切った。清居はふたたびソファに寝転がった。

——最後の、ヤバかったかな。

母親と話していると、たまに流れにつまずくことがある。家族旅行に参加したのは高二の冬が最後だ。高三は受験とモデルの仕事でパスした。多分これからもパスするだろう。

どうしても行きたくないわけじゃないけれど――。

＊＊＊

高校二年生のときに、ボーイズコンテストに出た。そのときは入賞を逃したが、今の芸能事務所が声をかけてくれた。まだ高校生だからモデルなどを控えめにやっていたが、卒業を機にもう少し本格的にやってみないかと社長から言われた。

「男がモデルなんてなあ。大学はどうするんだ」

高三の夏休み、夕飯時に進路の話が出た。義父は渋い顔をしている。

「大学は行くよ。それとモデル限定じゃなくて役者とかもやるつもり」

「役者？　なにをそんな夢みたいなことを。将来食っていけるのか」

「それはやってみないとわかんないだろ。大学入ったらみんなバイトくらいするんだし、俺の場合はそれが芸能活動ってだけ」

「バイト感覚なら、なおさらやめなさい。芸能人なんて顔を世間にさらす上にチャラチャラした印象だし、就職活動のとき不利になるんじゃないか」

「まだ学生なんだし、なんでもチャレンジしてみればいいじゃない」

母親が取りなしに入ってくれた。

「社長さんとマネージャーさんにもお会いしたけど、感じのいい人たちだったわよ。事務所も綺麗《きれい》でスタッフもたくさんいて、なにより安奈《あんな》ちゃんがいる事務所だし」

「安奈ちゃん？」

「若いけど有名な女優さんよ。ベルリン国際映画祭で日本人初の女優賞を獲《と》ったの」

「ん……。事務所はしっかりしたところなんだな」

義父は芸能人に疎い。しかし母親が提示したわかりやすい価値観に、やや態度を軟化させた。

反対されても自分はやるつもりだったが——。

「そんなに心配しなくても、芸能界で生きてくってまだ決めたわけじゃないから。とりあえず東京《とうきょう》でひとり暮らしして、仕事と学生両立させながら大学四年の間に考える」

「口で言うほど簡単じゃないぞ」

「それもやってみないとわからない」

「悪い誘惑も多い仕事だろうし」

「そこは気をつける」

しかしなあとまだ反対しそうな義父に、清居はしかたなく切り札を出した。

「俺、今までわがまま言って親に迷惑かけたことあった？」

義父がわずかに表情を変えた。

「……いや、それはない。なかったよ」

義父はうなずき、まあ、じゃあしかたないかともごもごとつぶやいた。母親は隣で目を伏せている。やりたいことを通すために親の罪悪感を突いてしまった。

「ねえお兄ちゃん、紗英《さえ》も今度スタジオ行きたい。連れてって」

「駄目、邪魔」

そっけない拒絶に、妹はケチんぼーと唇を尖《とが》らせた。

「じゃあご飯食べてるとこ撮ろっと。友達のお姉ちゃんがお兄ちゃんのファンなんだって」

「やめろ。写真勝手に流したら怒るぞ」

「一枚くらいいいじゃない」

「紗英、家の中ではやめなさい」

母親が妹の手からスマホを取り上げた。

「だってお兄ちゃんって、うちの小学校でもすごい人気なんだよ。紗英の自慢なのに」

「だからこそでしょう。家の中でくらいゆっくりさせてあげなさいよ」

「そうだけどー」

妹はふくれっ面をした。去年ボーイズコンテストに出たあと、スマホ片手にファンの女の子が大量に家の周りをうろついていた時期があった。匿名のネット掲示板には中傷を書き込みされ、家族には少なからず迷惑をかけた。義父が渋い顔をするのもわかるのだ。

「ただいまー」

玄関から声が聞こえた。サッカー部のジャージを着た弟が入ってくる。夏休みでも弟は毎日部活へ行く。おかえりと母親が立ち上がり、妹が汗くさーいと顔をしかめる。

「先に風呂入ってくる。飯なに？」

「サワラの焼いたのと」

「えー魚かよー。めっちゃ腹減ってんのに」

「肉豆腐もあるけど」

それは豆腐じゃんと弟はぼやきながら風呂へ行く。あいつまた背が伸びたんじゃないかと義父がジャージの背中に目を細め、母親が育ち盛りだからねえと冷蔵庫から玉子と豚肉を取り出す。弟のためにガッツリ系のおかずを追加するようだ。

「お母さん、紗英、ケーキ食べたい」

「なに言ってるの。夕飯ちゃんと食べなさい」

「お兄ちゃんにはお肉出すくせに」

「ケーキとお肉は違うでしょう」

「好物なのは同じじゃん。お兄ちゃんばっかり贔屓《ひいき》だ贔屓だー」

駄々をこねる妹を、義父が笑って見ている。

よくある平凡な家族の風景。

その中で、清居だけが微妙に浮いている。

三兄妹の中で、清居だけが両親に似ていないのだ。

清居は離婚した前の父親似で、顔立ちから体型、すべてが今の家族とは違う。

義父と母親、妹と弟。仲が悪いわけでも断絶しているわけでもない。

けれど、昔からなんとなく疎外感が拭えなかった。

小さなことを言えば、清居は夕飯のおかずに文句を言ったことがない。

母親と二人暮らしだったころ、母親が仕事で家におらず、夕飯はひとりでレンジで温めて食べていた。夜勤で疲れて帰ってくる母親の遅い夕飯に、起き出してご飯をよそってやるのが習慣だった。いい子だからではなく、単純に母親とおしゃべりがしたかったのだ。

母親が再婚したのは清居が小学生のときで、それまでの鍵っ子生活から一転、毎日母親が家にいる暮らしは夢のようだった。けれどすぐに弟と妹ができて、母親の愛情はそちらにいってしまった。義父はいい人だが、自分の血を引いた子供がよりかわいいのは当然だ。

親の注目を浴びるよう努力したこともあった。がんばってテストでいい点を取ったり、お手伝いを積極的にしたり。けれど生まれたばかりの赤ん坊には敵《かな》わなかった。いつもビイビイ泣いて母親を困らせてばかりのくせにと腹を立て、そのあと、すっぱりとあきらめた。

人を変えることがどれだけ困難か、あのとき嫌というほど知った。

拗《す》ねて膝を抱えていても、誰も助けてはくれないことも。

だから、無駄な不平不満は言わなくなった。不満があれば自力で改善していく。できる努力はするし、それでも駄目なら潔くあきらめる。ゼロか一かの価値観。他力本願なやつ、自分がないやつ、踏みつけられても黙って耐えているやつ、そういう連中は馬鹿に見えた。

いつしか、性格がきついと言われるようになった。

「清居せんぱーい！」

放課後、だらだらと廊下を歩いていると、向かいの校舎から黄色い声が飛んできた。中庭をはさんで、開け放された校舎の窓に女子が鈴なりになって手を振っている。

「おおー、すげえ。あれ清居ファンクラブの一年だろ」

「あ、体操部の浪川《なみかわ》ちゃんがいる。まじかよ。かわいいなあと思ってたのに」

「清居、手くらい振ってやれよ」

「めんどくさい」

一言で切り捨てると、周りにいる三年女子たちがふふんと笑った。

「あの子たち、無駄な努力なの知らなくてかわいそー」

「清居は難攻不落なのにね」

「てゆうか今年の一年生意気。三年校舎に声張ってんじゃないっつの」

騒ぐ男子も、ひそひそ話の女子も、どっちもくだらないと清居は思っている。

二年のとき、よく遊んでいたグループの連中と揉《も》めた。くだらない妬みが原因で、ネットに清居を貶《おとし》める書き込みをしたのはそいつらだろう。スクールカーストの頂点から引きずり下ろされ、それまで清居を崇《あが》めていた連中は手のひらを返し、恰好《かっこう》いいと騒いでいた女子たちも波が引くように去っていくのを、なるほどなと清居は冷めた目で見ていた。

人気とは、そういうものだ。

目には見えないけれど、確かにそこにある、人を引きつける磁場のようなもの。

強くて、けれど脆《もろ》くて、なにかのきっかけで蠟燭《ろうそく》の火のように消える。

自分が持っていた磁場はあのとき一旦消えたが、三年に上がって衣替えみたいに友人も変え、新しいクラスではまたごく自然と上のグループに属した。そして夏休みに雑誌モデルとして露出したのをきっかけに完全に復権した。今は再ブレイクの真っ最中だ。

——どうせ、またなんかあったら手のひら返すんだろうけど。

騒いで、去って、また騒ぎ出した連中を横目で見ながら、人気商売とはそういうものなのだと納得できた。自分がこれから飛び込もうとしている芸能界は、これを何百倍の規模にしたような情け容赦ない世界で、そう考えると今回のことはいい経験になった。

続く一年女子のコールに視線ひとつ揺らさない中、向かいから見知った男が歩いてくるのに気づいた。同じ制服を着ているのに、なぜか鬱蒼《うっそう》として見える。清居とは逆の負のオーラ。うつむきがちで猫背の姿勢。良くも悪くも、自分の目は一瞬で平良の姿を他と区別した。

ざわつく放課後の廊下で、平良はぽつんとひとりで歩いている。

少しずつ距離が近づいてくる。自分は目を合わせない。

けれどわかる。平良はじっと自分を見つめている。

長めの前髪の隙間から、自分の一挙手一投足を見逃すものかと見つめている。

その日の熱は、騒いで、去って、また騒ぎ出した連中とはまったく違う。

どんなときも、平良だけが態度を変えなかった。それどころか、理不尽ないじめに踏みつけにされたままだった平良が、清居を庇《かば》って城田《しろた》たちに殴りかかった。獣のように拳をふるって城田を鼻血まみれにしたあの一瞬、平良は臆病な羊が群れるクラスの王だった。

平良はただのきもうざではなかった。

恐ろしいほど自分を愛する、犯罪者レベルのきもうざだった。

平良は頭がおかしくて、そのおかしさが、平良を他と区別させる。

放課後の音楽室で、平良がカメラをやると初めて知った。カメラを構えると、平良の口や動きは若干なめらかになる。夕日が差し込む音楽室で、一眼レフのシャッター音に紛れながら、はじめて平良が自分を呼び捨てにした。自分がそう呼べと言ったのだ。

――清居。

――すごく綺麗だ。

最後に二人で会ったのは五月で、そのあと何度か機会はあったけれど、いつも周りに友人がいて合図を送れなかった。『今カラ、フタリデ、会オウ』。合図といってもわずかな視線の揺らぎや、小さく首を振ったりというささやかすぎて普通なら見落としてしまうようなサイン。

けれど平良は見落とさない。

長めの前髪の隙間から、食い入るように自分を見つめているから。

距離がギリギリまで近づき、合図を送ろうとしたそのとき、

「清居せんぱーい！」

ひときわ大きくコールが響き、間を外されてしまった。

すうっとすれ違う。平良が通り過ぎていく。思わず舌打ちが出た。

別にどうしても話したかったわけじゃない。あんなきもうざ。

ただ、あいつは自分からはけっして近づいてこないから――。

だから、いつも、しかたなく自分から合図を――。

モヤモヤしながら、すれ違いざまの平良を思い出した。

平良はうつむきがちに手を口元に当てていた。

なんてことのない仕草に、心臓の縁をちりっと焦がされたように感じている。

ほんの数回の平良との時間の中で、手へのくちづけを許した。恋をしたこともなく、誰ともつ

きあったこともなく、清居の身体に性的に触れたものは誰もいない。手へのくちづけをそれにカウントするなら、平良は自分に触れた初めてで唯一の男だ。

うっとりと熱っぽい目で自分を見上げ、床にひざまずき、手の甲にくちづけて、尼になりたいとか意味不明なことをつぶやいていた。本当に気持ち悪いやつだ。ドン引きだ。

——やっぱり、俺にとって清居は特別みたいだ。

——清居は特別だよ。他の誰とも違う。

きもい。うざい。何度そう言っても、平良は嬉しそうだった。どんな精神構造をしているのか知らないが、平良が自分を神のように崇めていることだけは強烈に伝わってきた。

廊下を曲がり際、さりげなく振り向いたときにはもう平良の姿はなく、なんとなく口をぬぐう振りで手の甲に唇を押し当てた。ここに平良の唇が触れていた。

だからなんだ？　自分はなにをしているんだ。

よくわからなくなって、すぐに手を離した。

高校を卒業した三月、昼から雑誌の撮影が一本入っていた。

「清居くん、今日撮ってくれるカメラマンすごい人だから失礼ないようにね」

「野口大海《のぐちひろみ》さんでしたっけ？」

「そう。うちの安奈のファースト写真集も野口さんが撮ってくれたんだよ。被写体の個性を引き出すのが上手い人だから、清居くんもお任せで撮ってもらってね」

スタジオに入ってから、マネージャーと一緒に野口のところへ挨拶に行った。

「ああ、清居くんね。山形《やまがた》さんとこの期待の新人だって？」

今日はよろしくねと言われ。こちらこそよろしくお願いしますと模範的挨拶を返した。

撮影はスムーズに進み、新人らしからぬ度胸があると褒められた。どうもと頭を下げておいたが、カメラマンは例外なく口が上手いので実際はどうだろう。

「あ、そうだ。清居くんて彼女いるの？」

着替えているとマネージャーに問われた。

「まあいるよね。今どきの子なんだから。別れろとは言わないからさ、ただツイッターやインスタにツーショットは出さないよう彼女に言っといて。あ、匂わせも禁止ね」

「彼女はいないけど、できたら気をつけます」

「え、なんでいないの。モテてモテて困るくらいだろうに」

「女、好きじゃないんで」

「清居くん、そっち？」

マネージャーはピンときたようだ。

「ですね」

「ああ、そう。はい了解。どっちにしろツーショは気をつけてね」

あまりにも世慣れた対応に拍子抜けしたくらいだったが、

「最近ゴシップ系週刊誌のせいで、トップタレントですら転落の憂き目に遭ってるだろ。どこの事務所も今はタレント管理に必死なんだよね。で、彼氏はいるの？」

「いないです」

「好きな子も？」

危険なきもうざの顔がふと胸をよぎったが、いないです、と答えた。

「この業界、誘惑多いから気をつけてね」

「はい」

帰りの電車で、流れる風景を眺めながら卒業式の日のことを思い出した。

――卒業しても会いたい。

当然そうくるだろうと思っていたのに、あの馬鹿は固まって立ち尽くすばかりだった。このままだと縁が切れるという事態になっても距離を詰めてこない男が焦れったく、腹が立ち、正体不明の苛立《いらだ》ちごと、気づけば唇を重ねていた。

思い出すと、耳が熱くなっていく。

最低を最悪で塗り固めたような気持ちだ。

あんなのが自分のファーストキスだなんて信じられない。どうしてあんなことをしてしまったんだろう。自分で自分がわからない。もしやあいつを好きだなんて誤解されていたらどうしよう。一気に熱が高まってストーカー化されたらヤバいぞ。

平良独特の熱っぽい視線を思い出し、それとなく車内を見回した。どこかから見られている気がしたが、きもうざな男の姿はどこにもない。ポケットからスマホを出した。着信履歴、メール、ライン、平良からの連絡はない。卒業式からもう十日経《た》つ。

さっさと連絡してこいよ、愚図めと顔をしかめた。

「じゃあ奏、お母さん帰るけど、本当にもうなにも用事ない？」

ワンルームマンションの狭い玄関で母親が繰り返し尋ねてくる。

大学生になり、東京でのひとり暮らしが今日からはじまる。引っ越しといっても荷物は少なくて半日ほどで片付いた。母親は台所の狭さを心配していた。清居は料理などできないのでそれでいい。それよりも風呂がユニットなのが不満だった。東京は家賃が高い。

「近いんだから、なにかあったら帰ってきなさいね。ご飯ちゃんと食べるのよ」

「わかってるって。朝から何回言うんだよ」

あきれる清居に、母親はそうだけどと苦笑いをした。

「あのね、奏」

「なに」

「ごめんね」

「なにが？」

「奏が家を出たの、本当に大学やお仕事のためだけ？」

「は？」

「お母さん、今でも覚えてることがある。奏がテストで百点取ったときのこと」

わずかに目を見開いた。

「あのとき、ごめんね」

呆然《ぼうぜん》として、すぐ我に返った。

「何年前の話だよ」

あきれた顔を作って見せた。

「でも、お母さん、ずっと気になってて」

母親がおずおずと手を伸ばしてくる。さりげなく身体を引くと、母親はあきらめたような笑みを浮かべ、手を引っ込めた。じゃあね、ご飯ちゃんと食べなさいと帰っていった。

部屋に戻ったが、ひどく落ち着かない気分だった。駅まで送ってやればよかったと思い、それもわざとらしい気がして、もう無理矢理忘れることにした。

——奏が家を出たの、本当に大学やお仕事のためだけ？

もちろんそうだ。別に実家が嫌とかではないし、子供のころに寂しい思いをしたのは確かだけれど、それを恨んでいるかのように思われるのは嫌だった。ああ、でも前に進路の話になったとき、当てつけみたいなことを義父に言ったせいだろうか。

——俺、今までわがまま言って親に迷惑かけたことあった？

やりたいことを通すために、親の罪悪感を切り札のように使ってしまった。悪いことをしたと思うが、不満は自力でどうにかするしかないと子供時代に学んだ結果だ。

それにしても、母親があんな昔のことを覚えていたとは驚いた。

あれは弟が生まれてしばらくしたころだった。家に帰っても誰もいなかった鍵っ子時代と比べたら、母親は毎日ちゃんと家にいて、チンではない温かいご飯を一緒に食べられるようになった。以前は疲れたが口癖だった母親が、ずっと優しい顔で笑っている。幸せだね、楽しいねと母親が嚙《か》みしめるように言う。義父もうなずく。だから清居もそうなのだと思った。

これが『楽しい』のだ。

これが『幸せ』なのだ。

なのに「どうして俺は寂しいの？」とは聞けなかった。

今日は学校でこんなことがあった。先生がああ言った。こう言った。どれだけ楽しい話をしていても、一旦弟の泣き声が響けば、母親はなにもかも放り出してそちらに駆け寄った。

あの日、清居はテストで百点を取った。それも苦手な国語で。ランドセルを下ろす余裕もなく、鼻高々に母親にテスト用紙を見せたとき、またもや弟が泣きはじめ、母親はそちらに行ってしまった。いつもなら我慢して待つところ、生まれて初めての百点に興奮していた清居は母親を横取りされた怒りのまま大股で近づき、弟の頭を強く叩《たた》いた。

——奏！

あのときの母親の声と顔は忘れない。びくりと後ずさった清居に構わず、母親はがくんと首を反らしている弟をしっかりと抱きかかえて首を据わらせた。

——大丈夫、大丈夫よ。いい子ね。いい子ね。

母親はこちらに背を向け、泣いている弟に優しい声をかける。

——奏はお兄ちゃんでしょう。どうしてこんなひどいことするの。

やはり背中を向けたまま、母親は清居を叱りつけた。

お母さん、こっち向いて。

お母さん、俺を見て。

見てよ。ねえ、見てったら！

それらは言葉にならず、清居は百点のテストを手に、黙って自分の部屋に上がった。あんなに誇らしかった答案用紙をくしゃくしゃと丸めてゴミ箱に捨てた。床に三角座りでうつむいているとノックの音がして、母親がおそるおそるというふうに顔を出した。

——奏、さっきお母さん怒りすぎたね。ごめんね。

母親はいつもの優しい顔をしていた。

——テスト百点だったね。すごいね。お母さんに見せて。

——もういいよ。

——そんなこと言わないで。

部屋に入ってきた母親は、ゴミ箱に丸められている答案用紙を見つけた。どうしてこんなことするのと丁寧に広げ、すごいね、百点だね、お父さんにも見せて、これどこかに飾ろうねと言った。その瞬間、ぼろぼろと涙がこぼれて、清居は立ち上がって母親の手から答案用紙を奪った。ビリビリに破き、床にばらまいて走って部屋を飛び出した。

そのあとのことはよく覚えていない。特に騒ぎになった記憶はないので、なにごともなく夕飯までには家に帰ったんだろう。兄弟がいる家なら、似たようなことのひとつやふたつはあるはずだ。きっとよくある出来事。けれど、多分、あれ以降、自分は変わった。

母親に甘えなくなり、一方でアイドルになってたくさんの人の注目を浴びたいと願うようになった。代償行為だったのだろう。今、その夢の入り口に自分はいる。これはもしや、自分はまだ子供時代から抜け出せていないのだろうか。

——アホらし。

どうしてこんなことを思うのだろう。母親があんな昔の話を持ち出したからか。それとも上京してのひとり暮らしで、ガラにもなく不安になっているのだろうか。大学がはじまれば寂しがる暇もなくなる。仕事もスケジュールが入っている。新しい友人、新しい環境。

気分転換に遊びに行くか。スマホを手に、ごろんと床に寝そべった。アドレスをスクロールして、東京に出てきている友人を探す。途中、ふっと平良のところで画面を止めた。

平良とは卒業式に話したきり、やはり連絡はない。

キスまでしてやったのに、なにをぐずぐずしているんだろう。

いいかげんかけてこいよ。

あんまり遅いと、もう会ってやらないぞ。

ぶすっと画面を見つめる。

こっちからかけてやろうか。

画面に指先を伸ばし、寸前で我に返った。今夜は気持ちが安定しない。上下左右にぶれる感じ。

こういうときの判断は八割正しくない。一晩寝て起きたら後悔するに決まっている。

「……ふん」

スマホを床に投げ出して、冷たいフローリングに顔を伏せた。


撮影が終わったあと、スケジュールの確認に事務所に顔を出した。

「お疲れさま。清居くん、こないだのグラビア評判いいよ」

社長は機嫌がいい。新人モデルらしからぬ度胸と華があると概ね評価がよく、潤滑剤代わりの世辞ではない証拠にドラマのチョイ役なども入ってきているらしいが……。

「舞台？」

知り合いの劇団の公演に出演したいと相談すると、社長とマネージャーは顔をしかめた。

「舞台はギャラがねえ。時間取られる割に顔も売れないし」

「あ、今回はそのギャラもなしで」

「は？」

友情出演という形で清居奏の名前はクレジットに出さない、当日サプライズで完全な趣味だというと社長たちはますます渋い顔をした。そりゃそうだ。金をとれる自社のタレントをただ働きさせられるのだから。しかし清居にとって舞台は特別だった。

「なんていうか、視線がぐさぐさ刺さる感じがいいなって」

そのとき、すごい、と誰かがつぶやいた。安奈だった。事務所にいるなんて珍しい。

「なにがです？」

「舞台って怖くない？　絶対やり直しできないし」

「その一発勝負なとこが気持ちいいんですけど」

安奈はわーおという顔をした。

「やっぱり評判通り度胸ある。わたしは怖いから舞台は苦手。ねえ、今度ご飯食べよ」

あっさりとした誘い方が気持ちよかった。元から安奈の演技が好きだったこともあり、連絡先を交換した。社長たちは清居がゲイだと知っているのでなにも言わなかった。

舞台がやりたいと言うと、珍しいねと言われることが多い。確かに失敗できない一発勝負の世界は緊張感がすごい。怖い。本番前は手に汗握る。けれど観客の視線が一斉に自分に集中するときの、恐怖と紙一重の見つめられる快感にゾクゾクする。

初めて舞台に立ったとき、あることを思い出した。

長めの前髪からちらちら覗《のぞ》く、熱を含んでまとわりつくようなあの目。

大勢の中から、清居だけを突き刺してくる視線。

他の誰とも違う、特別に思えたあの気持ち悪い男の……。

——思い出すな。

反射的に舌打ちをしてしまい、社長やマネージャーがこちらを見た。

「……すみません。なんでもないです」

平静を装ったが、内心は忌々しさではち切れそうだった。

もう六月にもなろうかというのに、平良からの連絡はない。別にもう待ってない。あんなきもうざなどどうでもいい。電話がきたら叩き切ってやるくらいに思っている。

大学に入学して一ヶ月が経ったころだった。まったく音沙汰なしの男に痺《しび》れを切らし、百万歩譲ってこちらから連絡した。しかしメールは宛先不明で返ってきた。電話は現在使われておりませんのアナウンス。あのときのことは思い出したくもない。

怒りのあまり、スマホを壁に向かって投げつけた。画面は蜘蛛《くも》の巣状にバキバキに割れ、それでも足りずにノートや本を投げつけていると、どんどんと隣の住人から壁を叩かれた。

怒りでキレるなんて子供のとき以来だった。吐き出すこともできず、布団に潜り込んでぎりぎりと歯がみした。頭が煮えそうな屈辱だった。自分が連絡を待っている間、向こうはあっさりスマホを解約していた。キスまでした相手から切られたのだ。

あんなきもうざのことなど、もうどうでもいい。どうしても会いたかったわけじゃないし、自分も大学と仕事で忙しい。なにも気にしてない。気にしてない。気にしてない。

ひとり暮らしの部屋は静けさがたまに耳に痛くて、布団から手を伸ばしてテレビのリモコンを取った。電源を入れると部屋中に笑い声があふれる。子供のころ、こうして寂しさを紛らわした。

そう考えて、自分は寂しいのかと余計に悔しくなった。

——やっぱり、俺にとって清居は特別みたいだ。

——清居は特別だよ。他の誰とも違う。

あんな目で自分を見つめたくせに。

あいつは他のやつらとは違うと思っていたのに。

あいつは特別だと思ったのに。

あいつだけは一生許さない。

あの夜のことを思い出すと、今も腸《はらわた》が煮えくり返る。そういう自分に対して腹が立つ。本当にどうでもいいなら腹は立たない。なのに無関心でいられない。それがどうしてなのか考えたくない。もしも許容できない答えが出たら、もう目も当てられない。

＊＊＊

目が覚めたとき、自分がどこにいるのかわからなかった。

ぐるっと目だけを動かした。白い天井。壁に貼られたソール・ライターのポストカード。

ここは平良と暮らす部屋だ。昨夜、母親と電話をしたあと、うっかりソファで眠ってしまったらしい。カーテンを透かして感じる空は夜明けの色をしている。背中が痛い。ベッドに行こうと身体を起こし、人の気配にびくりとした。

「……おはよう」

暗い室内、ソファテーブルの横で平良が膝を抱えてこちらを見ていた。

さっきまで見ていた夢の延長か、軽い怒りが込み上げた。

「……この野郎」

立ち上がり、平良の目の前にべたりと座り込んだ。

「清居？」

平良の襟首をつかみ、驚いている男にキスをした。

「え、な、なに？　なんで？」

平良はぱちぱちと瞬きを繰り返している。

「遅いんだよ」

「え、あ？」

「散々待たせやがって」

平良に抱きつき、肩に額を乗せた。

「……清居？」

おそるおそるというふうに、背中に平良の手が触れてくる。なだめるように背中をさすられると波立っていた気持ちが落ち着いていく。馬鹿か。今さら。あんな夢を見て。

「定時に終わったんだけど、遅くなってごめん」

平良が誤解して謝る。ＤＶＤプレイヤーのデジタル表示を見た。夜勤が終わるのは五時で、今は六時。工場から出るバスと始発で三十分もあれば帰れる。

「どっか寄ってたのか？」

「寄ってないよ。清居に会いたくてまっすぐ帰ってきた」

「でも三十分空いてる」

不機嫌そうな言い方になってしまった。

「帰ってきて、ずっと清居を見てた」

「三十分も？」

「うん」

当然のような頷《うなず》き。気分がよくなった。見つめられることは快感で、けれどもったいなくも感じる。平良がバイトをはじめてから一緒に過ごせる時間は減っている。

「起こせよ」

「無理だ」

「声かければいいだけだろうが」

「嫌だ。邪魔だ」

「俺が？」

「ち、違うよ」

平良は焦ったように、薄暗い室内のある一点に視線を合わせた。

「あ、あれ。清居はあの中に入りたいと思う？」

平良は壁に貼られたソール・ライターのポストカードを指差した。

いきなりなんの話だと、清居は改めてポストカードを見た。真冬のニューヨーク。降り積もる雪の白とアスファルトの黒。灰色の人の足跡。赤い傘を差して歩く人物がひとり。それを俯瞰《ふかん》で撮っている。配置と配色が完璧な世界。あの中に入る？

「思わない」

「だろう？」

平良は大きく頷いた。なるほど。眠る清居という完成している世界に自分という邪魔者を入れたくないということか。言いたいことはわかるけれど理解はしたくない。きもい。

「見るだけで満足なのか？」

「え？」

首をかしげられ、なんでわからないのかとイラッとした。

「だから、もっと近くで寝顔を見るとか、たまに髪を梳《す》いてみるとか、キ……キスしてみるとか、そういう普通の彼氏っぽいことはしたくないのか」

しかめっ面で、ずりずりと平良を跨《また》ぐように膝の上に乗った。首に腕を巻きつけて、鈍感な男を見下ろす。気づけよ。こっちはそういうことをしてほしいって言ってるんだ。暗い部屋で地縛霊みたいに膝を抱えて見てるんじゃなくて、彼氏みたいに触ってこい。

しかし平良は微妙に表情を曇らせた。

「それとこれとは別だよ」

予想外の言葉に、怒りで目がつり上がった。

「…………なんじゃないかな？」

別と言い切りたかったところを、清居の怒りを察し、柔らかめの印象に変えたのが丸わかりだった。遠回しではあったが、こちらからおねだりをしたのに拒絶された。ひどい。むっと黙り込んでいると、平良がうろたえはじめた。

「なにか怒ってる？」

当たり前だと怒鳴りたかった。対面で膝を跨いだおねだり体勢で拒絶されたのだ。これで不機嫌にならないやつがどこにいる。恥ずかしいからそう言えないのが余計に腹が立つ。

一方で、わかってもいるのだ。

平良は普通ではなく、『見つめる』ことに異常に固執する。

高校時代から、平良の視線だけが特別だった。妙な圧迫感があり、振り返るといつもそこに平良がいた。長めの前髪からちらちら覗く黒い瞳は輝きがなく、ブラックホールみたいに清居を取り込もうとする。なのに、どれだけ清居を映しても平良の目は満足しない。

——もっと見たい。もっともっと見たい。

——裏返して見せて。かき分けて見せて。隅々まで見せて。

払っても払っても自分だけにまとわりついてくる熱。どれだけ見せても満足せず、もっともっとと求めてくる。ある意味、誰より貪欲な目が死ぬほど気持ちよかった。

子供のころからずっと、自分はこういうふうに見られたかった。

おまえだけが特別だと、がんじがらめに愛されたかった。

奇跡的な合致。

なのに、平良は最後の最後で的を大きく外す。

「……清居、ごめん。怒ってる理由を教えてくれたら直すよ」

「言いたくない」

平良は絶望的な顔をし、けれどすぐ頷いた。

「そうだね。うん、清居は普通じゃないし、俺みたいな凡人が聞いても理解できないと思う。ダイヤモンドや薔薇《ばら》の気持ちを、道端の石ころが聞くようなものだし」

——死ねよ。

苛立ちが頂点に達した。俺みたいな凡人とは誰のことだ。

おまえはキング・オブ・ネガティブオレ様だろう。

よく、「俺って変わってるって言われるんだ」とか「あたし不思議ちゃんだし」と自己申告する恥ずかしいやつがいるが、真の変人には二パターンある。まったく自分を変だと思っていないか、もしくは周りと違う自分に劣等感を抱き、平均に合わせようと必死に努力するが、それでも合わせきれない自己嫌悪ゆえ自己申告など到底できないか。平良は前者だ。

さらに平良には強固なマイルールがあり、それに則った行動や思考に矛盾はなく、けれど世の中の常識からも清居の気持ちからも大きくズレている。自分は普通に愛してほしいだけなのに理不尽だ。悔しいから、強引にでもこっちを向かせたくなる。

「したい」

「え？」

「今すぐ、したい」

「い、い、い、いいの？」

――つきあっているのに、なんでそんな驚くんだ。

触れることを冒瀆《ぼうとく》だと思うほど、平良は自分にイカれている。それは平良の中で最高級の特別扱いである。わかっている。わかってはいるけれど。理解と納得は別物だ。

「いいから、早くしろ」

戸惑う平良に顔を近づけ、肩に強く嚙みついた。

瞬間、平良の体温がぐんと上がったのがシャツ越しに伝わってきた。

「う、うん……っ」

平良の手が、そろそろとシャツの裾から入ってくる。素肌に触れられただけでびくりと反応してしまった。大きな手のひらが、腰のラインを確かめるように這《は》い上がってくる。

「……ふ、っ」

胸の先に触れられて声が洩《も》れた。平良とセックスするようになるまで、そんなところ少しも感じなかった。ゲイの自覚はあったけれど、自慰で胸を触ったことはない。

シャツをめくり上げられて、尖った先にくちづけられた。舌で転がされるたび、ダイレクトに腰骨に響いてくる。それはどんどん広がって身体中に反響していく。

「……服……脱がせろ」

まとわりつく布地が邪魔だった。脈も呼吸も速くなって、肌が汗ばんでくる。シャツが首のところで引っかかり、やや力任せにすぽんと抜かれた。布と顎がこすれる。

「……ぃて」

一瞬だけ視界を隠したシャツがなくなると世界が変わっていた。目の前には、普段は絶対に見られない平良がいた。興奮を抑えつけるため、不機嫌そうに目を眇《すが》めている。

「……清居」

息を乱しながら自分を呼ぶ。ああ、ヤバい。意味不明なムカつく男は消えて、自分に夢中なただの恋人が現れる。不器用にキスをしながら平良が服を脱いでいく。待ちきれないと言いたげな荒々しい動きを見ていると、頭が溶けるんじゃないかというほど興奮する。

「なあ、早く」

しがみつくと、平良は清居を抱きしめたまま身体を反らし、後ろの引き出しから潤滑剤を出した。平良とは家中あちこちでするし、途中で離れるのが嫌で、そこらじゅうに潤滑剤がしまってある。迂闊《うかつ》に人を呼べないが支障はない。ここは平良と自分の家なのだから。

指が入ってくる。少し慣らしたらまた増えて、どんどん広がっていく感覚に煽《あお》られる。ゆるい快感に蕩《とろ》かされ、前からあふれるもので密着した下半身が滑る。平良の肩に頭を置いて、甘ったるい声を洩らしていればいいだけの時間は最高だ。

「……な、もう挿《い》れろ……」

「もう少し」

中で指を広げられ、びくりと震えた。男同士は準備が大事だ。怠ると怪我につながるので丁寧なのはありがたい。けれどそれとは別に、平良はしつこい質《たち》だ。セックスに限らず全体的に粘着質で、良くも悪くもこれと決めたものに延々と執着する性格なんだろう。

愛撫《あいぶ》が続くうち、快感がどろっとした水飴《みずあめ》みたいに糸を引きはじめる。筋道立ったことはなにも考えられなくなったころ、ようやく平良が入ってきた。

「……あ、あ、……これ、やばい」

背筋がゾクゾクする。向かい合って平良を跨ぐ体勢なので、自重でどんどん入っていく。ゆるく腰を前後に揺さぶられ、それだけで背骨ごと溶けた。

「……清居、ちょっとゆるめて。……もたない」

「無理、あ、あ、ああっ」

あっという間にいかされて、勢いよく出るもので腹の間がぬるぬるする。ぐんにゃりした腰を抱きかかえられ、胸の先を吸われる。頭が馬鹿になりそうなほど気持ちいい。

「あ、あ、あ、駄目、まだ……や、あ、ああっ」

ふたたび軽く揺さぶられた。腰を引き寄せられ、わずかな隙間もなくなった。しっかり密着した状態でかき回されると、もうわけがわからなくなる。

体勢的に外に出すのが難しく、中に出された。今日は大学があるのでまずい。

「……っは、はあ、ごめ……すぐ洗おう」

平良が息を乱しながら言う。

「……立てない」

くったりもたれかかると、連れていくよと耳にキスをされた。さすがの平良も事後は普通の恋人になる。そういう対応に飢えているので、もっと甘えたくなる。首筋にすりすりと頬をこすりつけると、つながったままの場所で平良の性器が力を取り戻していくがわかった。

重だるい身体を抱き上げられ、風呂に連れていかれた。湯がたまる間、シャワーで中を洗い流される。タイルに手をつく体勢で、後ろから指が入ってくる。

「……おい、そこ、違……」

掻《か》き出す目的なのに、浅い場所ばかりをいじられる。振り向くと、平良の顔は興奮で真っ赤に染まっていた。欲情でびしょ濡《ぬ》れの目で、ふたたび後ろを押し開かれる。

「……あ、馬鹿、なんで……っ」

「ごめん」

うなじにくちづけられ、かすれた声の息遣いと相まってぞくぞくした。自由がきく体勢のせいで一度目よりも激しい。崩れそうな腰をしっかりと持ち上げられ、何度もうわごとみたいに名前を呼ばれ、もみくちゃにされる。最高すぎて死にたくなった。

結局二度目も中に出され、大学は休むことになってしまった。仕事と両立させたいので出られるときはちゃんと出ておきたいが、こういうときはもうしかたない。

風呂から上がって、ろくに身体も拭かずにベッドに倒れ込んだ。性行為と湯で熱くなった身体がエアコンの冷気で冷えていく。平良の胸に顔を埋めた。

「なあ、撫《な》でて」

事後は自分も素直になれる。大きな手が後頭部を撫で、濡れた髪が地肌について、ひやりとする。体温が下がっていき、肌寒さを感じたので足下でくちゃくちゃになっているシーツを爪先に引っかけた。そろそろと器用に持ち上げ、手でつかんで肩まで引き上げる。

「……ねみー」

鼻先がくっつくほどの距離で向かい合った。

「……うん、眠い」

シーツの中の空気が、二人分の体温であたたまってくる。

触れ合うだけのキスを交わし、同じタイミングで眠った。

うつらうつらと浅い眠りの中で、また夢を見た。

──大丈夫、大丈夫よ。いい子ね。いい子ね。

自分に背を向け、母親は弟に優しい声をかけている。

──お母さん、こっち向いて。

──お母さん、俺を見て。

──見てよ。ねえ、見てったら！


目が覚めると、至近距離に平良の顔があった。

「……おはよ」

ぼそっとつぶやくと、平良もおはようと目を細めた。

「起きてたのか？」

「少し前に」

どうやら、また自分を見つめていたようだ。さっき起こせと言っただろう、という文句は呑《の》み込んだ。別に構わない。違う。構わないどころか嬉しかった。夢のせいだ。

「俺を見てるとき、おまえはどんな気持ちなの？」

問うと、平良は少し考えるような顔をしたあと、

「なんにも」

と答えた。なにも考えない。空っぽ。無我。

本当に気持ち悪い。

なのに、平良だけが自分が望むものを完璧な形で差し出してくる。

自分自身ですら忘れていたものまで全てそろえて――。

「……チュー」

唇を尖らせてキスをねだった。ああ、自分はこんな人間ではないはずなのに。

おそるおそるという感じで、平良が顔を寄せてくる。

唇が触れた瞬間、どうしようもないほどの幸せに息が詰まった。

触れ合うだけのキスじゃ足りなくなる。舌を差し出すと、しっかりと絡め取られて迎え入れられる。腰のあたりでざわりとなにかがうごめく。さっきしたばかりだ。でもまたしたい。キスを繰り返し、お互いを味わうようにだらだらと身体を重ねた。

行為のあと、今度はなんの夢も見ずに眠った。

起きたとき、また平良が自分を見つめていた。

気持ち悪く、気持ちいい。

言葉の形にはできそうにない、それは奇妙に歪《ゆが》んだ幸福だった。


八月の終わり、実家に顔を出した。

居間のテーブルには、ハワイ土産が山盛り出ている。

「お兄ちゃん、これ紗英が選んだんだよ」

日焼けした妹がドーナツのようなデコラティブな石鹸《せっけん》を指差す。かわいいが、大学生の男がこれをもらってどうしろと？　一応礼を言うと、妹はえへへーと嬉しそうに笑った。

「これ俺な」

弟が『ＡＬＯＨＡ』と描かれたＴシャツを渡してくる。

「パジャマにするわ」

「ださいって言ってる？」

鼻で笑うと足を蹴られたので蹴り返した。母親がやめなさいと言いながら、これはお母さんからと無添加のピーナツバターやオイルやハワイ塩やらを指差した。身体にいいものを食べなさいといつも言われているので納得のセレクトだった。土産にも個性が出る。

「このチョコレートはお父さんからね」

なんの変哲もない、ありふれたマカダミアンナッツチョコだった。これを買っておけば間違いないだろうという冒険しない感じが義父らしい。

「ねえお兄ちゃん、これ、向こうで撮ったやつ」

妹がぴったりくっついてタブレットを見せてくる。暑いから離れろと言ったが、やだーと余計にくっついてくる。一緒に行けなかったんだから少しは構ってあげなさいと母親が苦笑いをし、弟が「おまえほんと奏兄にべったりだな」とあきれる。

「お兄ちゃん、あのね、これ向こうのアイスクリーム。すっごいおいしかった」

アイスクリームだのハイビスカスだの、おもしろくもない写真ばかりだが、へーと言っておいた。レストランや海辺で家族全員で撮った写真もある。

「お兄ちゃんが野菜食べずにお肉ばっか食べてね、紗英とお母さんは――」

甘ったるい声で、延々と家族旅行の話が続く。以前ならうんざりして、適当なところで切り上げたと思う。今もまあまあうんざりしているけれど、へえとかふうんとか言いながらなんとか話を聞いている。向かいに座っている母親が小さく微笑《ほほえ》んだ。

「奏、なんだか雰囲気が丸くなったわね」

「丸く？」

「なにかあった？」

「なにも」

「好きな子でもできた？」

ええっと妹が清居を見る。

「嘘《うそ》だ。お兄ちゃん、彼女いるの？」

妹が泣きそうな顔で聞いてくる。

――彼氏ならいるけど。

とは言えず、いないと答えると、妹は安心したように笑顔になった。

「だよね。お兄ちゃんに釣り合う女なんてそうそういるわけないもん」

「とか言って、実は一緒に住んでるの女だったりして」

弟が混ぜっ返し、思わずどきりとした。母親が疑いのまなざしを向けてくる。しょうもないこと言うなと弟の足を蹴り、これ以上いたらなにを言われるかわからないので退散することにした。

土産の袋を手に玄関に向かうと、ちょうど義父が帰ってきた。

「ああ、奏、帰ってたのか」

「土産もらいにきた」

「夕飯は食べていかないのか」

「うん。チョコ、サンキュね」

礼を言うと、あれはおまえのじゃないぞと義父が言った。

「あれは、おまえの同居人の子に買ってきたんだ。平良くんだったかな」

「平良に？　なんで？」

「息子が世話になってるんだ。当たり前だろう」

なにを今さらという目で見られ、うざいような気恥ずかしいような妙な気分になった。

「いつもお世話になってます、って親が言ってたってちゃんと伝えるんだぞ」

重ねて言われ、はいはいとぶっきらぼうに答えて玄関を開ける。

じゃあねと振り返ると、家族全員が見送っていた。

駅への道を歩きながら、本当の家族みたいだなと恥ずかしくなった。いや。本当の家族なのだ。

ただ、あんな感じだったかなと首をかしげた。思い返してみるが、前と特に変わりはないように思う。母も義父も妹も弟も、ずっとあんな感じだ。

なのにどことなく変わったように感じるのはなぜだろう。

それとも、変わったのは自分のほうか。

――奏、なんだか雰囲気が丸くなったわね。

――好きな子でもできた？

耳たぶが嫌な感じに熱を持っていく。こういうのは苦手だ。圧倒的に苦手だ。じりじりと熱が上がっていく。それが忌々しく、気恥ずかしく、ごまかすみたいに舌打ちをした。


その夜、平良に義父からのメッセージと一緒にチョコレートを渡した。

「き、清居のお父さんが俺に？」

平良は硬直したあと、なぜか手にしたチョコレートを捧《ささ》げ持った。ありがとうございますと口の中でぶつぶつ何度も礼を繰り返している。激しく気持ち悪い。

「……これは一生大事にしまっておこう」

「食え。腐る」

やはりこういう反応か。うざい。きもい。愛が重い。こんな男のせいで、自分のなにかが変わったのかと思うと腹が立ってくる。なのに、たかがチョコレート一箱にとんでもない喜びを見いだしている男は悪くない。そう思う自分もまとめて気持ち悪い。

腹立ち紛れに、平良からチョコレートを取り上げた。あっと目を見開く平良の前でセロファンを破った。絶望的な目で見られるが、知ったこっちゃない。ゴツゴツしたチョコレートを一粒つまんで口に放り込む。食べると見せかけて砕かないよう歯で挟む。

平良に向かって顎をしゃくり、食え、とゆっくりと顔を寄せていく。

「え、でも……」

もったいなさと、清居からの口移しという相反する事態に平良は動揺しまくっている。早くしろと、ぐっと顔を寄せると、平良は観念したように赤い顔を寄せてきた。

「……うまい？」

口移しでチョコレートを食べさせたあと、意地悪く覗き込んだ。

「……か、神々の食物の味がする」

平良は泣きそうな顔で答える。よしと頷き、自分も一粒食べた。なんの変哲もないマカダミアンナッツチョコレートは、頭が痛くなるほど甘かった。

［FLESH & BLOOD］番外編

騎士の願い

松岡なつき

扉イラスト　彩

1

パストラーナの塔に棲《す》まう、かつての王の思い人にして隻眼《せきがん》の美女は、儂《わし》に向かって高らかに叫んだ。

「歌ってごらん、しぶといレパントの生き残り！」

拙作を捧《ささ》げたおりの身上書きを覚えてくださったのは光栄の至り。

だが、麗《うるわ》しの大公夫人よ、失礼ながら過ちを訂正させて頂きたい。

正確には儂は生き残りではなく、死に損ないなのだ。


世界中にスペインの栄光を知らしめた一戦、かの『レパントの海戦』に参加した儂ミゲル・デ・セルバンテスは、王弟のドン・ファン殿下のもとで剣を振るい、のちに仕官のための推薦状を頂くほどには活躍した。

しかして、人生には浮き沈みというものがある。

儂の場合、けちのつき始めは戦闘中に左腕を負傷して、思うように動かせなくなったことだ。そして仕方なく祖国へ帰還する途中、バルバリア海賊に襲撃されて、捕虜の辱《はずかし》めを受けることになってしまった。すると王弟殿下から頂いたありがたい推薦状が仇《あだ》となり、身の丈に合わぬ莫《ばく》大《だい》な身代金を課されることとあいなった。

五年もの歳月をアルジェの薄汚い牢獄で無為に過ごすはめになった儂は、慈悲深い三位一体会の修道僧によって念願の自由を得た。しかしながら、すでにドン・ファン殿下はこの世の人ではなく、せっかくの推薦状もただの紙切れと化してしまった。

立身出世など、夢のまた夢。

祖国へ捧げた左腕も、顧みられることはなかった。

まあ、文句は言うまい。

アルジェの虜囚時代、他の捕虜を扇動して脱獄を図り、あともう少しのところで連れ戻されたとき、『いずれ金になる命だから』と処刑を免れたのも、かの書状のおかげだったのだから。

ああ、スペインの英雄にして至高の騎士、いと尊きドン・ファン殿下よ……！

こんなことを聞けば異端の疑いをかけられても仕方がないが、天におわす神は本当にこの世を、そして我ら人間を愛しておられるのだろうか。

市井に蠢《うごめ》く虫けらのような儂などがまんまと命永らえて、英雄であるあの方がお亡くなりになるなど、あってはならないことなのに。

「王弟殿下はご病死と承っておりまするが、本当のことなのでしょうか？」

華々しく船出はしたものの、すぐに嵐にあってサンタンデールに逃げ込む羽目になった我らが『幸運なる艦隊』――補修の手配などで多忙を極める友人メンドーサ殿の代わりに話し相手になってくれと、儂を伴って宿屋を訪れた当代一の騎士であるアロンソ・デ・レイバ殿に、そう聞いてみたことがある。

「チフスだったそうだね」

レイバ殿は溜《た》め息《いき》をついた。

「私もネーデルラントで戦ったことがあるけれど、あそこは本当に湿気が多くて体調を崩しやすいんだ。冬になると寒さも厳しいしね」

「しかし、殿下はあなた様と同様、頑健でいらした。幼い頃からこれという病にかかったことがないと耳にしております。当然、陣には医師も控えていただろうし……本当にチフス程度であっさりお亡くなりになってしまうものでしょうか」

従者が甲斐甲斐《かいがい》しく用意した絹のクッションに背中を預けて、レイバ殿は気怠《けだる》げに眉《まゆ》を顰《しか》めた。

どうやら嵐のせいで悪化した船酔いが、まだ治っていないらしい。

「王弟殿下に心酔していた者は、とかく陰謀の存在を疑うものだが、君もかね。陛下の寵臣《ちょうしん》と思われている私に聞いたところで、『そんなものはない』と言われるのがオチだとは思わないのか？」

「陛下のお側にいる方に直接問いをぶつけることなど、滅多にできるものではございませぬ。与えられた機会を生かさぬは、愚の骨頂というもので」

レイバ殿は片方の眉を引き上げた。

「図太いな。相変わらず」

「取り柄といえばそれだけでござる」

「やれやれ……」

宿が用意した歓迎の一杯に満足できず、副官のマルティン・デ・ゴメス殿に用意させたご領地リオハの葡萄酒《ぶどうしゅ》で舌を湿らせた美丈夫は、ようやく人心地ついた風で微笑を浮かべた。

「確かに面と向かってその問いをぶつけたのは、君が初めてだ。その勇気に報いよう」

「感激の至り……！」

「感謝は答えを聞いてからにしたまえ」

手にしたヴェネツィアの酒杯を弄《もてあそ》びながら、レイバ殿は言った。

「あの当時、王弟殿下には重大な疑惑がかけられていたことを知っているか？」

「疑惑、と申せばあのこと……あり得ないこととは存じますが、殿下には国王陛下に弓を引く心づもりがおありだ、といった噂《うわさ》は耳にしました」

「それは真実だった」

ハッと息を飲んだ儂に、レイバ殿は苦笑を浮かべる。

「よ、容易には信じられませぬ。なにか陰謀の証拠のようなものがあったので？」

「そうだ。戦地での思わぬ不幸ゆえ、陛下は死因調査のために人をお遣わしになった。すると持ち物の中から、王弟殿下の野望を記した書状が発見されてな」

「書状？」

「ちなみに筆跡は間違いなく殿下のものだった。調査官がでっちあげたものではないかと疑うやもしれぬから、予《あらかじ》め言っておく」

「は、はっ」

機先を制されて、儂は唇を噛《か》みしめた。

「殿下はネーデルラントの『総督』ではなく、王とならんとしていた。さらに今は亡きスコットランドのメアリー女王とご婚姻の後、イングランド王位も手中に、とお考えになられていたようだ」

「王に……」

「これは反逆罪にあたる。後者はともかく、ネーデルラントは我が国の領土、支配権をお持ちなのは陛下だ。あり得ないとは思うが、陛下から譲られるならまだしも、勝手に王位を望むことは許されない。譬《たと》え王族であってもだ。早世なされたドン・カルロス王子の例を引くまでもなくな」

儂の背中を冷たいものが走る。そう、皇太子であるカルロス王子もまたネーデルラントの貴族と密《ひそ》かに結びつき、独立を企てたことがある。そうして、どのような末路を辿《たど》ったかは、国民も知るところだ。

「我が子を幽閉し、そのまま死に至らしめた御方であれば、異母弟を暗殺するぐらいは平気でなさる、と思う者もいるかもしれませぬな」

儂の言葉に、レイバ殿は鼻を鳴らした。

「むしろ、その方が多いであろう。外国の大使なども真偽のほどを確かめることなく、そのような話を本国に書き送ったらしい。奴らは陛下の評判を落とすことなら、なんだってする」

「なぜでございましょう？」

「広い領土を持つということは、隣国も多くなるということ。国境に隔てられた両国が不仲であることはめずらしくもあるまい。大使らは『冷酷で悪辣《あくらつ》な王』という印象を造りあげ、敵対もやむなしという空気を造りあげる。無論、主人の意を受けてな」

レイバ殿の端正な顔に皮肉な笑みが浮かぶ。

「人は見たいように見る。主観の入らぬ報告などない。それで主君が判断を誤ることは枚挙にいとま無し、だ。王弟殿下の場合もご自筆の証拠がなければ、誰かに陥れられたという疑いが消えることはなかっただろう」

「報告を受けられた陛下は何と？　レイバ殿はその場におられたので？」

レイバ殿は首を振る。

「秘書官に教えてもらった。陛下は僅《わず》かな沈黙の後、溜め息をついて仰《おっしゃ》ったそうだ。『まこと、人の欲には底がない』とね」

幼き頃のドン・ファン殿下は本当の身分もご存じなく、卑俗極まりない市井でお育ちになられた。老いた父君カルロス王がご自分の非嫡出子とお認めになり、後見を頼まれたフェリペ王によって宮殿に迎えられたときも、お付きの者に『これは夢ではないのか』と確かめられていたらしい。それを思えば、国王陛下のお嘆きも理解できる。とはいえ、

「王子に生まれるは神の恩寵――望んで得られる地位ではございませぬ。とはいえ、大国を治めている兄上を間近でご覧になっていれば、ささやかな領地を与えられるだけの身をもどかしく思うこともございましょう」

レイバ殿はきっぱりと言った。

「それが庶子の運命だ。庭で遊ぶ幼い皇太子殿下に、ドン・ファン殿下が剣を突きつけたことがあるのを知っているか？」

儂はぎょっとした。

「まさか……！」

「英雄には欠点などないと、人は思いがちだ。しかし、人間の心は筋肉のようには鍛えられない。弱い部分、狡《ずる》い部分がある。皇太子殿下がいなければ、王弟殿下は王位を継げると思っていたのかもしれない。しかし、実際には困難を極める。我が国の王座には正嫡しか就けぬからだ。

サリカ法典に縛られぬスペインでは、女も王位継承者になれる。そして、陛下はお二人の王女殿下をお持ちだ。それも母君から正統なるフランス王家の血を引く、な」

儂は思わず眼を閉じた。レイバ殿は正論を仰っている。そして、王弟殿下は誰よりもそれを理解していた。それでもなお、ご自分の運命に逆らおうとなさったのではないだろうか。已れの力ではどうにもできない庶子という生まれに。

「市井の者どもは今に至っても、陛下がドン・ファン殿下の武勲を妬《ねた》んでいたと思っておりまする。しかし、本当に思い煩《わずら》っておられたのは、ドン・ファン殿下だったのかもしれませぬな。才があっても、決して至高の座は得られないのですから」

「そうだ」

酒杯を傾けながら、レイバ殿は冷ややかに告げた。

「王として生きるには才能よりも素質が必要でね。王弟殿下にはそれが欠けていた」

「その素質とは、具体的にはどのようなもので?」

「執務室の机にどっさりと積み上がる書類を処理する熱心さと忍耐。国庫の事情など全く顧みない莫大な戦費の要求に耐える精神の強靱《きょうじん》さ。表向きの服従しかしない大貴族どもとつき合う度量の広さと冷静さ、といったところかな。戦争は勝負がつけば終わるものだが、王の執務に際限はない。一年中、毎日、朝から晩まで、国家に奉仕することを要求される。個人的な生活など、ほぼ皆無に等しい」

そのような暮らしをしているドン・ファン殿下を想像して、儂は首を振った。

「まるでシジフォスの責め苦のような……陛下の御苦労がいかばかりか、儂などには想像もつきませぬ」

「私もだよ」

レイバ殿は頷《うなず》いた。

「判るのは常人には耐え難いということだけだ。古代ギリシアの小国ならいざ知らず、我が国では『王にして英雄』となるのは難しい」

「しかし、不可能ではござりませぬ」

ふと思いついて、儂は言った。

「偉大なる先王、カルロス陛下はまさに英雄の名にふさわしい君主であられた」

「確かに」

レイバ殿は肩を竦《すく》める。

「とはいえ、カルロス陛下が戦場を駆け巡っておいでになる間、我が国を実際に動かしていたのは細君とご子息だった。さらに付け加えるなら、カルロス陛下は途中で王冠をお脱ぎになり、修道院へ引きこもってしまわれた。これでは王としての務めを全うしたとは申せまい。まあ、ご自分でも後ろめたく思われたのか、父君はあれこれ手紙を寄越して、陛下に治世の手ほどきをなさったそうだがね」

ぐうの音も出なくなった儂に、ドン・アロンソは慰め顔で言った。

「騎士の端くれとして、私も先王陛下には憧憬《しょうけい》の思いを抱いている。しかし、心から尊敬申し上げているのは、誰よりも熱心に国事に取り組み、問題を解決せんと努力しておられるフェリペ陛下だ。まあ、君と同じで、私も自分を贔屓《ひいき》してくれる御方が好きなんだろうね」

諦《あきら》めの悪い儂は、最後の反論を試みた。

「立場が人を作る、という話もございまする。ドン・ファン殿下も必要に迫られれば、兄上と同じく熱心に執務に取り組んだやもしれませぬ」

「うん、可能性はある。私ならその目には賭《か》けないがね」

レイバ殿は苦笑いを浮かべた。

「見上げた忠義だな、セルバンテス。だが、想像してみたまえ。果たして、年老いたアレクサンダー大王は名君たり得ただろうか？」

レイバ殿は優雅に手を振って、給仕役の配下に酒のお代わりを要求しながら言った。一応、儂に問う形を取ってはいるものの、当人の中ではすでに答えが出ているのだろう。

「勝利の美酒はあまりにも美味《うま》くて、飲んでも飲んでも飲み飽きるということはない。武勲という酩酊《めいてい》はそれを挙げた当人だけではなく、周囲の者の眼も眩《くら》ませる。単なる酔っぱらいなら素面《しらふ》に戻ることも恐れはしないが、酒に淫《いん》した者は別だ」

「淫する……」

その言葉が持つ禍々《まがまが》しさに、儂は怯《ひる》んだ。

「日常にはさしたる刺激がない。血が沸き立つような熱狂を知ったあとで、平凡すぎる日々を生きるのは退屈すぎる。ゆえにマケドニアの大王は東へ、東へと馬を走らせた。国家の運営や民の暮らしなど、彼の頭にあっただろうか。老いて戦えなくなった後も、民は彼を名君と崇《あが》め奉っただろうか。王弟殿下のことを思うとき、同じ疑問が胸を過《よ》ぎるのさ」

レイバ殿は剣の腕だけでなく、弁舌も巧みだった。だからこそ、宮廷でも一目置かれる存在になれたのだろうが。

「判りませぬ……この眼は眩んでおりまするのか……そのために殿下の真のお姿が見えなかったのか……」

儂の呟《つぶや》きに、ドン・アロンソは首を振った。

「今のは個人的な意見だ。私の考えを肯定しろと、君に強制するつもりはない。君が知る殿下がおいでになり、私の知る殿下がおいでになる。そして、殿下の全てを知る者は誰もいない、というだけの話だよ」

「誰も……?」

「そうさ。顔や身なり、振る舞いは眼にすることができても、心の中までは覗《のぞ》けない。何から何まで判っていたら、恋人たちの懊悩《おうのう》もこの世から綺麗《きれい》さっぱり消え去る。そうなったら、君の商売はあがったりじゃないか?」

儂は苦笑を閃《ひらめ》かせた。

「確かに。まずマドリガルは書けなくなりましょうな」

「元々、得意ではないのだろう？」

「失敬な、と申し上げることのできぬ身が恨めしゅうござる」

「君の魅力はご婦人方には判りにくいからね」

二人の間で張り詰めていた糸が、ふっと緩む。

レイバ殿は度量の広い方だ。儂のような者に言い聞かせるときも、決して声を荒らげたり、頭ごなしに押しつけたりはなさらない。ときおり力の抜ける冗談を挟んだりして、その場の雰囲気が深刻になりすぎないように気をつけておられる。楽しい会話も実のある対話もできる御方なのだ。滅多に好悪を面に出すことのない陛下が、この方に対するご寵愛ぶりを隠さない理由もよく判る。

「色々と考えさせられたな」

レイバ殿は儂の酒杯を満たすように合図をして、再び口を開いた。

「古今東西、英雄と呼ばれる人々は、若くして命を落としがちだ。そう思っていた。しかし、逆なのかもしれない。老害を世にまき散らす前に亡くなった者は、輝かしい勇姿のみが記憶に留められる。そうして、美しい幻影を生み出すことに成功した人々が、英雄と呼ばれるようになるのではないか」

儂は杯を高く掲げて言った。

「一理ございます。が、もう難しく考えるのは止めまする。王弟殿下は儂の英雄。それは覆しようのない真実なのですから」

「そうだな」

レイバ殿も軽く杯を上げて、同意を示してくれた。

「乾杯しよう。レパントの勇者たちに」

「輝かしき勝利に」

ぐぐっと葡萄酒を飲み干し、熱い溜め息をついた儂は、ふとレイバ殿の端正な顔を覆う影に気づいた。

「どうなさいました？」

「いや……本当に我が国の海軍は負けを知らぬ、と思ってな」

「はい。『幸運なる艦隊』の名にふさわしく」

「今度も勝てるだろうか？」

無論、と答えようとして、儂は口を噤《つぐ》んだ。レイバ殿の視線は鋭く、安易な同意などを求めていないことは明白だった。

「ハイメ、そろそろ酒を補充してこい。後ほどメンドーサ様がお見えになるかもしれないから多めにな」

「はっ」

少し離れたところに控えていたゴメス殿が、給仕を務めていた従者を下がらせた。

さすがの気配りだ。

レイバ殿の発言は、どんな些細《ささい》なことでも影響力を持つ。対イングランド戦に関わることであれば尚更だった。レイバ殿が弱音を吐いていたなどという噂が立てば、将兵の戦意はあっという間に萎《しぼ》んでしまう。ゴメス殿はそうした危険を排除したのだ。

「何か気がかりなことでも？」

レイバ殿は呆《あき》れたように儂を見た。

「むしろ、君にはないのかと聞きたい」

「ぱっと思いつくことといえば……やはり、船酔いですかな。いつになったら治まるのだろう、とか」

「君こそが真の英雄だ。それ、強がりじゃないんだろう？」

「そうしたところで、閣下には見透かされますゆえ」

儂は杯を置き、レイバ殿を見つめた。

「質問を変えましょう。最も閣下のお心を煩わせているものは何なのですか？」

「嵐だ」

「また襲われるのではないか、というご心配で？」

「違う」

天使もかくやと思わせる淡褐色の瞳が、蠟燭《ろうそく》の炎に反射して黄金のような輝きを放つ。

「我らをここに上陸させるに至った嵐だ。これこそが神の恩寵ではないのか?」

何を言われているのか判らず、儂は問い返した。

「か、神の恩寵ですと?」

儂の他には万全の信頼を置く腹心しかいないのに、レイバ殿は声を潜めた。

「まだ全てを話すことはできないが、この戦いが困難を極めるであろうことを、ビセンテも私も確信している」

背筋に寒いものが走って、儂はごくりと唾《つば》を飲み込んだ。

「これは聖戦だ。異端の国を滅ぼすのは神意に叶《かな》うことだ。そう思っていた。しかし、状況はそれと反対のことを示しているように思えてならない」

「反対、と申しますと?」

「君も知るように我々は出撃前から幾度となく足止めを喰らっている。司令官の遅刻。物資の腐敗。そして、とどめの嵐だ。イングランドに辿り着くどころか、まだ領海を出ることすらできていない。これは今のうちに引き返せという神の思《おぼ》し召《め》しなのではないか?」

儂は戸惑った。あまりにも意外だったからだ。

「閣下は主戦派と思っておりました」

「そうだ」

間髪容れずに答えたレイバ殿は、深い溜め息をついた。

「どんな困難が待ち受けていようと、最後まで戦い抜く覚悟だ。私はそれで良い。戦えというのは陛下の命令だし、それに従うのが軍人だからな。しかし、この艦隊には農村から徴発された者も多い。船の数が増えたからと、強引に連れてこられた人々だ。神はそうした人々を哀れまれたのではないだろうか。嵐という自然の脅威を使って」

儂は静かに聞いた。

「そのお考えを……メンドーサ殿にも?」

「言っていない。だが、似たようなことは考えていると思う。一昨日、船渠《せんきょ》に行く前に『艦船の破損状況のわりには人的被害がない。奇跡的だ』と呟いていた」

それは危険な戦場に部下を派遣する将官ならば、必ず陥る苦悩と言えた。百戦錬磨のレイバ殿も例外ではなかったらしい。

「君はどう思う?」

こういうとき、何と言えばいいのだろうか。

「人的被害が少ないのであれば、計画通りにイングランドへ向かえという思し召しかもしれませぬぞ。敵と我が方の戦力差は明白。いざ行ってしまえば、ちっぽけな島国に我らを押しとどめる力はないものと思われまする」

儂の顔をじっと見て、レイバ殿は告げた。

「君は戦場を求めている。だから、そんな風に説得しようとするのでは？」

そう、レイバ殿はご存じだ。いかに儂が剣を持って戦いたいと思っているかを。筆によって祖国の栄光を讃《たた》えよという言葉が、どれほど不本意かを。それでも儂は承知した。今回の遠征に同行させてもらうためなら、そうするしかなかったからだ。

「いまさらではございますが、閣下は類《たぐ》い希《まれ》なる御方でございまするな。ご自分の軍功のみを追い求め、配下の命など顧みぬ将官の方が多いというか、ほとんどですのに」

「王弟殿下は違っただろう？」

儂は首を振った。

「慈悲深きドン・ファン殿下も、前線に兵を送るのを躊躇《ためら》ったことはなかったと存じまする。たとえ、そこがどれほど危険な地であろうとも」

レイバ殿は身を乗り出した。

「それでも兵の心を捉《とら》えた理由は？」

「可能な限り、ご自分も一緒に戦ってくださったからです。一人だけ安全な場所に逃げ込み、高みの見物を決め込むなどということはなさらなかった。同じ艦隊を率いておいでの、どこぞの公爵閣下とはわけが違いまする」

儂は薄笑いを浮かべた。

「認めましょう。あなた様の仰るように、ドン・ファン殿下の御気性は騎士にこそ向いておられた。剣を筆に持ち替えるには、血が熱すぎましたな」

「君と同じくね」

「恐れ多いことながら」

儂は微笑《ほほえ》んだ。

「ドン・ファン殿下のご活躍は、我がことのように嬉《うれ》しゅうございました。それは殿下のお姿に、己れを重ね合わせていたからだと思いまする。自分一人ではしたくてもできないことを、殿下が成し遂げてくださる。実に痛快でござった」

親しく名を呼んでくださったときの声を、儂は今でも覚えている。明るい笑顔を思い出せば、儂の唇までそっと緩む。ずっと一緒にいたかった。共に戦えて幸せだった。その記憶の前にはどんな喜びも霞《かす》んで消える。胸を騒がせたいずれの女よりも、ただただ殿下が恋しい。

「異国の少年……カイトが以前に話していたことがございます。アーサー王と円卓の騎士について論じているときに、『王とランスロットの関係は非常に面白い』と」

「ほう」

「ランスロットは王妃と恋に落ち、アーサー王から奪い去った。だが、王が亡くなったとき、ランスロットは邪魔者は消え去ったと胸を撫《な》で下ろすどころか、嘆きのあまりに修道院に駆け込み、あっさり王妃と決別した。さて、ランスロットが真に愛していたのは誰であろう、と」

「興味深いな」

「ジパングにも似たような話があるそうでございます。もっとも登場するのは騎士ではなく、しがない平民だとか」

「身分は関係あるまい」

「さよう」

儂は頷いた。おそらく儂の言わんとしていることを、レイバ殿は理解してくれている。

「人生にも花の盛りというものがあって、ランスロットにとってそれは円卓の騎士だった頃、儂のそれはレパントの海戦のおりでございました。祖国に尽くす喜びがあり、功名という希望がありました。毎日が輝き、充実していたのでございます。ご婦人方にとって最も大事なものは愛ですが、それだけに満足しないのが男という生き物なのでございましょう」

「戦うことが牡の性だと？」

「アロンソ様も仰っていたではありませんか。血が沸き立つような熱狂を知ったあとで、平凡すぎる日々を生きるのは退屈すぎる、と。あれはアレクサンダー大王やドン・ファン殿下だけではなく、閣下のお話でもあったのでは？」

「その通りだよ」

レイバ殿はじっと酒杯を見つめた。

「私も戒めている。戦いに淫することがないように」

最も華々しく活躍できる場を望まぬ男がいるだろうか。もちろん、レイバ殿の才覚があれば、宮廷という穏やかながら危険な海も巧みに渡っていけるはずだ。しかし、そこが『自分の場所』と思えるかどうか……。

「兵卒は命令に従うことしかできませぬ。敵と戦っている最中は、あれこれ考えている余裕もない。意味を持つのは後のこと。それを持たせてくれるのは、兵を率いる人々でございましょう。上官の善し悪しは、兵の運命を左右します。預かった命を粗末にせず、栄光と共に祖国に凱旋《がいせん》させてくれる御方に仕えることができたなら、何の不満がありましょうや」

「皆がそのように考えてくれたら、私も心安らかにいられるのだが……」

「後戻りはできないのです。閣下は最善をお尽くしください。それが兵のためにもなりまする」

ややしてレイバ殿は頷いた。

「君の言う通りだな。戦うとなれば誰よりも勇敢に。そして、多くの命を預かっていることを努々《ゆめゆめ》忘れるまい」

いつの間にか空になっていた杯を、ゴメス殿が満たしてくれた。我々の話に共感してくれてのことだろう。

「それにしてもカイトは賢い子だったな。騎士物語をそのように読み解く者は、大人でもそう多くはあるまい」

レイバ殿の意見に、儂も賛同した。

「見た目よりも成熟した解釈に、儂も驚いたものでございます。まあ、騎士物語を書け、それもアーサー王を凌《しの》ぐような話を、と儂にせがんだのを思えば、まだまだ大人とは言い切れませぬが……」

するとレイバ殿は真剣な表情になった。

「ただ『書け』と言ったのか？　それとも『書ける』と？」

儂は記憶を辿った。

「正確には、『あなたなら書ける』だったか、と」

「ならば、要望には応えた方がいい」

「それは時間の無駄というものではありませぬか？　書き上げたとしても、もう読み聞かせる相手はいないのに」

レイバ殿は微笑んだ。

「ここにいるさ」

「読書など、なさるのですか？」

「普段はさっぱりだな。でも、君の作品なら読みたい」

「それは光栄の至りで……」

話半分で聞いた方がよさそうだと判断した儂に、レイバ殿は重ねて言った。

「書いてみたまえ。カイトには不思議な才能があってね」

「才能？」

「秘密は守れるかい？」

「お望みなれば、あの世まで携《たずさ》えて参りまする」

指でひょいひょい、と呼び寄せられた儂の耳に、レイバ殿は囁《ささや》いた。

「あの子には見る目があった。今はもちろん、未来をね」

どういう意味だろうか。儂はレイバ殿の顔を見返して考える。そのうちに彼の言葉を思い出した。

「まだ全てを話すことはできないが、この戦いが困難を極めるであろうことを、ビセンテも私も確信している」

そう思うに至った理由は、カイトにあるのかもしれない。だが、深く追及するのは止めておいた。話せるときがくれば、レイバ殿が教えてくれるだろう。

「不思議なお話ですが……まあ、試してみますかな」

「君は本物のスペイン騎士を知っているから、きっと誰の胸をも躍らせる作品を書けるよ」

「とは申せ、アーサー王を超える作品をものするのは難しゅうございまする。かの物語は民間の伝説を選《え》りすぐり、練りに練られたもの。登場する数多《あまた》の騎士たちの為人《ひととなり》も際だっておりますし……」

するど珍しくゴメス殿が口を挟んできた。

「そもそも騎士に関することでイングランドに遅れを取るなど、あってはならぬこと。あなたの言う通り、アーサー王が伝説の存在に過ぎないとすれば、それはまがい物。我が国にはエル・シッドという実在した英雄がおります。つまり、真の騎士が存在するのはこちら」

子供じみた対抗心に、儂は思わず吹きだした。

「さようでございますが、エル・シッドについては書き尽くされて、いまさら儂の出る幕などございませぬ」

「ならば、先程の話にもご登場のカルロス王やドン・ファン殿下は？　あなたの前におられる方も陸軍の英雄と呼ばれる方ですよ」

レイバ殿は顔を顰めた。

「おまえの贔屓は度が過ぎる。一緒に挙げられる方々が偉大すぎて、肩身が狭いじゃないか。私はまだ父上にも劣るというのに」

「百歩譲って今はそうだとしても、この度の遠征から凱旋なすったら、父君もお認めになるでしょう。閣下は永遠に語り継がれる英雄になった、と」

「認めないよ。父上は負けず嫌いだからね」

「よく似ていらっしゃる」

「今頃生まれているはずの我が子も似ているかな」

「当然です」

「男だといいな。一緒に木登りもできるし」

「お子様相手にムキになられそうで、今から心配です」

「落ちないように、今から練習しておくよ」

「帆柱でするのはお止めくださいね」

ゴメス殿の口調に淀《よど》みはなかった。だが、うっかりそのことを失念していた儂は、一瞬言葉を失った。この先の戦いが本当に困難を極めるなら、レイバ殿は子供の顔を見ることもできないのだ。

「軍人の定めとはいえ、残念なことだ。可愛い我が子の誕生にも立ち会えぬとは」

拭《ぬぐ》えなかった寂しさが、レイバ殿の目元に漂う。

儂は声を張った。

「物語は後になればなるほど盛り上がるもの。喜びもまた然《しか》りでございますれば」

「そうだな」

レイバ殿も憂いを振り払って微笑んだ。

「帰る楽しみが増えたと思うよ」

ゴメス殿がそっと目礼する。本当に副官の鑑《かがみ》のような人物だ。幼馴染《おさななじ》みで家族も同然の存在だとレイバ殿は言っているが、当のゴメス殿はきちんと一線を引いて、己れの立場を弁《わきま》えていた。

甘えることを自分に許さないのは、本気で主人を守り、助けたいからだろう。

「アロンソ様、メンドーサ様がおいでになりましたよ」

そのとき、葡萄酒を補充しに行っていた従者が、明るい声で飛び込んできた。

「今夜こそは帰れた……いや、帰されたのか？」

ぱっと立ち上がったレイバ殿の声も弾んでいる。

儂は思わずゴメス殿と顔を見合わせた。さよう。レイバ殿を元気づけるには、その名を告げるのが一番のようだ。

「軽くお口にできるものを用意して参ります」

ゴメス殿の申し出に、レイバ殿は頷いた。

「どうせ飲まず喰わずだっただろうからな。ビセンテはともかく、レオは育ち盛りなんだぞ。軽くと言わず、どっさり持ってくるように」

「はっ」

宿の調理場へ向かったゴメス殿と入れ替わりに、二つの影が部屋に入ってきた。もちろん、レイバ殿が待ちわびていた友人のビセンテ・デ・メンドーサ殿と、その従者を務める少年騎士のレオだ。

「酒をくれ。三時間ほど眠ってくる」

二人はレイバ殿から豪奢《ごうしゃ》な衣服を贈られているのに、よほどの行事でもない限り、黒い装束ばかりを身につける。そのため、疲労のあまりに俯《うつむ》いている姿は、蠟燭の淡い光の中で影のように見えるのだ。

「まずは座りたまえ」

レイバ殿の言葉を無視して部屋を横切ったメンドーサ殿は、窓に歩み寄ると鎧戸《よろいど》を開けた。そして、空を見上げ、ぼそりと呟く。

「先程より雲が増えた。星もあまり見えない」

どこにいても、まずは自分のいる位置を確かめる——船乗りの習慣だ。

「気になるなら、そのまま開けておきたまえ。狭い部屋だ。人が増えると、蒸し暑くなる」

レイバ殿の言葉に頷いて、メンドーサ殿が振り返った。世にも稀な緑の瞳が、儂を見て光を取り戻す。歓迎されていると判るのは嬉しいものだ。

「久しぶりだな、セルバンテス殿」

本当に美しい男には、疲労の色ですら胸を騒がせる翳《かげ》りとなり得る。

そんなことを思いながら、儂は立ち上がり、メンドーサ殿に一礼した。

2

ゴメス殿の指示で、従者たちが次から次へと料理を運んでくる。

「さあ、遠慮せず食べなさい」

レイバ殿は半ば強引に隣に座らせたレオに、豚肉の燻製《くんせい》と腸詰めの盛り合わせを差し出した。

「このあたりの豚は森のどんぐりをたっぷり食べているそうだ。香りが良くなるのはもちろん、脂の乗りが他とは比べものにならないとか」

「お気遣い、ありがとうございます」

ゴメス殿が副官の鑑だとすれば、レオは従者の手本のような少年だ。

「私はビセンテ様がお召し上がりのあとで頂きます」

そのまま給仕につこうとするレオの腕を引いて、レイバ殿は言った。

「君から勧めてくれたまえ、ビセンテ。どうせ、私では説得できないからね」

メンドーサ殿は頷いて、レオに視線を向ける。

「先に食べていろ。私の世話をする必要もない。酒で喉《のど》を湿らせたら、すぐに寝る」

「では、私も……」

「自分の体調を整えるのも務めの一つだぞ。私が知らないと思っているのか？　船渠で目眩《めまい》を起こして、蹲《うずくま》っていたくせに」

「あれは……」

決まり悪そうにレオは俯いた。

「もう何でもありません」

メンドーサ殿は溜め息をつくと、声の響きを和らげた。

「従者は騎士の面倒を見るもの。その逆もまたしかりだ。修理ばかりにかまけて、おまえに心を配るのが疎《おろそ》かになっていた。すまないな」

レオはぱっと顔を上げた。

「そんな風に心配なさるから、知られたくなかったんです！」

「判った。もう言わない。先程も言った通り、私に構われるのが鬱陶《うっとう》しいなら自重しなさい」

「……承知致しました」

渋々と皿を受け取ったレオは、少し離れたところにある椅子に腰掛け、黙々と燻製肉を食べ始めた。

「葡萄酒も飲みなさい。喉が詰まったら大変だ」

そう言ってワインを運ばせてから、レイバ殿は儂と顔を見合わせた。

どうやら主従の仲は、未だこじれたままらしい。

カイトが仲間であるイングランドの海賊に奪還されてからというもの、レオの顔から明るい笑顔は消えた。心を許した友達が自分とメンドーサ殿を密かに裏切り、スペインから逃げ出すことを目論《もくろ》んでいたという事実に、深く傷つけられたのだ。

メンドーサ殿がご自分の苦汁を呑《の》み込んで、カイトを送り出したこともまた許せないのかもしれない。主人思いのレオはあんなにもカイトを気遣い、愛情を与えていたメンドーサ殿の心も踏みにじられたと思い、激しい怒りに身を灼《や》いた。だが、当のメンドーサ殿は少しもカイトを責めるようなことは口にしない。

「カイトは不治の病だったのだ。仲間の元へ帰りたいというのは、おそらく彼の最後の望みで、ビセンテは叶えずにはいられなかった。それがスペイン男の愛だと」

イングランドへ出航する前、主従の関係がぎくしゃくしているのを不思議に思っていた儂に、レイバ殿が事情を説明してくれた。

「あれはあの男の愛だよ。スペイン人はおしなべて嫉妬《しっと》深い。自分を捨て去る者に、あのような深い情けをかけるものは少ない」

儂も同感だった。

「誰もが得られるような愛ではない。それを簡単に手放すカイトは無情にして愚か。もしかしたら、そのような慮外者を想い続ける主人のことも、レオは惨《みじ》めに思えたのでしょうか？」

レイバ殿は首を振った。

「もどかしいだけだろうよ。あの子はビセンテと心を一つにしようとしてきた。だが、完全に一つになれないことが判った。それが寂しいのさ。私も同じだから、その気持ちはよく判るよ」

「閣下もですと？」

「そうさ」

レイバ殿は微笑んだ。

「誰でもそうだが、心には余人の立ち入れない場所がある。どれほど親しくても、そこに踏み入ってはならない。それは判っているのに、見えない壁の前で立ち尽くさずにはいられない。どうせ入れないのだから、『そんなものは存在しない』と見えない振りをすることもできない。ついには相手にもうろちょろしているのを気づかれて、鬱陶しがられてしまう。まあ、我ながら不器用極まりないと思うがね」

意外な告白だった。レイバ殿は宮廷の華——社交にかけては右に出る者のない寵臣だったからだ。しかし、儂はすぐに思い直す。

そう、これは愛することについての話だった。

単なる人付き合いではない。

「愛とは心で生まれ、宿るもの。いかに愛が大きいかは、その器の深さや広さに拠《よ》りまする。メンドーサ殿は海のごときお心の持ち主かと」

「ならば、私は？」

「あまねく世を照らす光のような、実に温かいお心で」

「嬉しいことを言ってくれるね。だったら、レオは？」

「覗き込む者を映し出すほどに澄みきった泉、では？」

レイバ殿が頷いてくれたことにホッとする。物書きのくせに人を見る目がないと思われるのは、やはり恥ずかしい。

「思い合う心は些《いささ》かも変わらない。早く仲直りして欲しいよ」

ぎこちない主従を見つめて、レイバ殿は言った。

「仰る通りでございまする」

身分は違えど、メンドーサ殿は儂の友人――まことの友なれば、幸せに暮らして欲しいもの。ゆえに儂も二人の蟠《わだかま》りが、少しでも早く溶けることを祈らずにはいられなかった。

「修理の進捗《しんちょく》は？」

向かいの椅子にどっかと腰を据《す》え、大儀そうに酒杯を傾けていたメンドーサ殿に、レイバ殿が聞いた。

「そろそろ言い飽きたが、芳しくない。順調なら、今頃は寝台で心地よく手足を伸ばして眠っているだろうさ」

レイバ殿はふいに燃え上がった苛立《いらだ》ちの火を抑えるように、軽く両手を挙げてみせた。

「言わずもがなのことを聞いてすまない。だが、君も言うように、あまりにも宿舎へ戻ってこないから心配なんだ。船渠で何が起こっている？」

「人手はあるし、腕は確かな連中が揃《そろ》っているんだが、肝心の作業が進まない。いや、違うな。進みようがなくて困っている。補修しなければならない艦が多すぎて、木材が不足しているんだ。近隣の町からも買い付けているが、全く間に合わない」

「陛下にお願いして、ポルトガルから取り寄せることはできないか？」

「それは私も考えた」

「何か問題が？」

メンドーサ殿はふーっと深い溜め息をついた。

「新造船のほとんどはポルトガルで建造した。が、そのときもやはり木材が足りなくなって、このあたりから送ったそうだ」

「問い合わせるだけ無駄か……」

メンドーサ殿が皮肉っぽい笑みを閃かせた。

「船大工から恨み言を言われたよ。お国のためとはいえ、あんた方は森という森を禿《は》げ上がらせてくれた、木が育つまでにどれぐらいかかると思っているんだ、とね。帆柱になるような木となれば、間違いなく数十年は必要だ。それまでは輸入に頼らねばならなくなるだろう」

レイバ殿は儂を見た。

「君もたらふく腸詰めを食べておきたまえ。森がなくなったのであれば、豚の味も落ちてしまうからね」

「はあ」

本当に難題は次から次へと、夏の雲のように湧《わ》き上がってくる。儂は思わず告げた。

「詳しいことは存じ上げませぬが、こたびの遠征に比べれば、レパントの海戦はよほど準備が楽だったように思われまする」

レイバ殿が頷いた。

「地中海での戦いだったからね。慣れた海だし、高い波が立つこともない。ガレー船も活躍できる。だが、北方の海はまったく事情が違う。遠征先に合わせた艦を一から作らなければならないのが、そもそもの大仕事だ」

レイバ殿は言いながら、メンドーサ殿に視線を戻す。そして、ふいに腰を浮かして、さっと腕を伸ばした。

「間に合った……」

「剣の一閃《いっせん》を思わせる素早さ。お見事でございまする」

レイバ殿の手の中には、まだ葡萄酒が入った酒杯が収まっていた。

我々の会話を聞いているうちに眠気がさしたのだろう。うとうとしているメンドーサ殿の手から滑り落ちようとしていたものを、レイバ殿が取り上げたのだ。

「木材がないのであれば、三時間といわず、ゆっくりお休みになっても良かろうかと」

儂の言葉に、レイバ殿は首肯した。

「船渠に詰めているのは、今度こそ手抜きをされまいと目を光らせているからだ。とはいえ、こうも続くと、身が持たない。レオのことを言っていられなくなるぞ」

従者を呼び寄せようとするレイバ殿を、儂は止めた。

「長くはいけませぬが、うたた寝というものは存外に快いもの。いましばらく、このままで」

「そうだな」

レイバ殿は自分の配下に囲まれて、食事を続けているレオを窺《うかが》ってから言った。

「今、起こせば、あの子も食べるのを止めて、就寝の支度を、なんてことになりそうだ。君の言う通り、もうちょっと放っておいた方がいいね」

メンドーサ殿の杯を傷だらけの卓に戻して、レイバ殿は座り直す。

豪奢な暮らしに慣れている人なのに、粗末な宿屋のしつらえにも文句一つ言わない。そこがただの宮廷貴族との違いだった。軍人は風雨の中での野宿など、劣悪な環境にも耐えなければならない。まあ、さすがに将官ともなれば、一兵卒よりも頑丈な幕屋が用意されるだろうが。

「痩《や》せたな」

レイバ殿は僅かに首を傾《かし》げた。

「初めて王宮で出会ったときに比べると格段に」

先程からずっと、レイバ殿の眼差しはメンドーサ殿から離れない。レオを見つめるときもそうだが、その瞳にはとても柔らかな光が宿っている。

「御苦労が多いですからな」

「軍務だけなら、ここまで憔悴《しょうすい》しない。失恋というのは本当に辛《つら》く、恐ろしいものだね」

「さようでございますな」

「私は味わったことがないが」

ぬけぬけと、と呆れ顔をした儂に、レイバ殿は悪戯《いたずら》っぽい表情で応える。

「聞かせてくれないか、セルバンテス。君の王弟殿下に対する想いとは、一体何だったのか」

「改めて聞かれると弱りますな」

儂は髭《ひげ》を撫でて、考えをまとめようとした。

「最も近いものがあるとすれば、やはり恋でしょうか。殿下のお姿を見れば胸がときめいたし、なさること全てが好ましく、戦火の真っ直中《ただなか》であったにもかかわらず、このままずっと一緒にいたいと思ったものです」

「それは憧れというものでは？」

レイバ殿の指摘に、儂は苦笑いを浮かべた。

「その言葉で片付けてしまうには、あまりにも強い想いでして……何と申しましょうか、生死を共にすることに、何の悔いもないと思える方でした」

「全てを投げ捨てても?」

「はい。惜しむものは何もござらぬ身の上ゆえ」

「熱烈だな」

レイバ殿は淡い眠りを漂っている人を見やった。

「ご婦人方に対するものとは違うが、やはりそれは恋に似ている」

「悪いことでしょうか?」

レイバ殿は片目を瞑《つむ》った。

「似ているだけだ。男色の罪には問われまい。君も寝たいわけじゃなかったんだろう?」

「さように恐れ多いことは、微塵《みじん》も考えたことはございませぬ」

「ふむ」

レイバ殿は唇に人差し指を当てた。

「単なる友情では満足できぬ。しかして、情欲の鎖に繋《つな》ぐつもりもない。何とも中途半端で、収まりの悪い関係だ」

「むしろ、今のままで絶妙に均衡を保っているのかもしれませぬよ。特に居心地が悪いわけではないのでしょう?」

「君は誰を念頭に置いているのかな?」

「想像するまでもございませぬ」

儂は微笑んだ。

「聞きしに勝る大胆な御方ですな。当人を目の前にして」

「ばれていたか」

「隠す気もなかったくせに」

儂の指摘に、レイバ殿は肩を竦めた。

「何とはなしに息苦しさを感じることがあってね。たぶん、例の『見えない壁』の前をうろついているときだと思う。衝動的に打ち破りたくなる自分を、誰かに止めて欲しいのかもしれない。馬鹿な真似《まね》をするな、とね」

好きな人には自分のことも好きになってもらいたい。関係が深まれば、その欲求も強くなっていく。だが、多くを求めすぎてはいけない。強引に壁を打ち壊そうとすれば、さらに高く、頑丈な壁が現れる。レイバ殿もそれをご存じだからこそ、誰かに秘めた心を明かすことで衝動を紛らわせているのだ。

「さんざんゴネたが、連れて来て正解だったな。私は良き理解者を得たらしい」

「お役に立てれば、これに優る喜びはございませぬ」

話題の的になっていたことも知らず、こくり、こくりと頭を微《かす》かに揺らしているメンドーサ殿を見つめて、儂はそっと溜め息をつく。思う人には思われないで、思わぬ人から思われる。まこと人の心とは扱い難いものだ。だからこそ興味深く、面白くもあるのだが。

「そろそろ部屋に戻らせた方がいいな」

レイバ殿が呟き、再び向かいに座るメンドーサ殿に手を伸ばした。膝《ひざ》についた手を軽く揺さぶると、ハッとしたように緑の瞳が見開かれる。

「三時間経ったのか？」

「まだ十分も経っていないよ。こんなところでうたた寝をしていないで、寝台へ行きたまえ。レオも限界だろう」

「そうだな」

軽く伸びをしたメンドーサ殿は、その様子をじっと見ていた儂に微笑みかける。

「先程は挨拶《あいさつ》もそこそこに失礼した。おまけに居眠りなどもしてしまって」

「なんの。儂などにお気遣いなく。眠りたいときは眠るに限りまする。僅かの間でもお休みになったせいか、お顔にも生気が戻りましたぞ」

「確かに頭もすっきりしたようだ」

レイバ殿が卓上の杯を取り上げ、メンドーサ殿に差し出す。

「まだまだだよ。木材が届くまで仕事は進まない。だったら、今日ぐらいは朝まで寝てもいいだろう？　まったく、目の下の隈《くま》が消えなくなったらどうするんだ？」

メンドーサ殿は面倒くさげに応じた。

「女じゃあるまいし、いちいちそんなこと気遣っていられるか」

「何を言う。熱心に絵画を収集なさっていることからも判るように、陛下はとても美に敏感な御方だ。その御前に不健康でくすんだ顔を出すつもりか？」

「やれやれ……」

メンドーサ殿はまともに取り合うのを諦めて、椅子から立った。

すると、待ちかねていたようにレオが駆け寄ってくる。

「食事は済んだか？」

「とっくに」

「アロンソが口うるさいから、今日は朝まで寝ることにした。おまえも時間を気にせずに休め」

「シー・セニョール」

ビセンテの手から酒杯を受け取ったレオは、就寝の用意のためにこの部屋を飛び出していく。

ふと垣間《かいま》見た横顔が少し嬉しげだった。おそらくは自分が眠れるからではなく、主人を休ませてやることができるからだ。仲違いをしていても、互いを思いやることは忘れない主従だったから。

「君は何も口にしないでいいのか？」

レイバ殿が合図をすると、全て心得たゴメス殿が腸詰めの載せられた皿を持ってくる。

少しでも眠ったことで胃も働く気になったらしく、メンドーサ殿は香草入りの腸詰めをつまんだ。だが、好みの味ではなかったらしく、端正な顔を顰める。

「君は奇をてらったものは嫌いだろう。これにしたまえ」

レイバ殿が指し示した燻製肉を食べると、メンドーサ殿は満足げに頷く。

「レオも言っていたが、君は食事となると急に子供っぽくなるな。好き嫌いも多いし」

脂で汚れた指を拭わせようとして、レイバ殿は甲斐甲斐しく自分の手巾を差し出す。

「匂いの強いものが苦手なだけだ。魚とか」

「船乗りなのに？」

「航海も終盤に差しかかると物資も乏しくなって、魚ばかりが出されるようになる。うんざりするほどな。だから、陸《おか》の上でまで食べたくない」

「だったら、好物は何なんだ？」

「肉かな」

「野菜の中では？　新鮮なチシャはどうだ？　野菜のわりには臭くないぞ」

「甲板を彷徨《さまよ》う山羊《やぎ》になった気分になるから、できる限り食べたくない」

儂は思った。確かに子供だ。それが顔にも出ていたのだろう。メンドーサ殿は決まり悪そうに、手巾を指先で弄んだ。

「お節介が過ぎると思わないか？」

「体調を気遣っておられるのですよ」

「過保護なのはレオだけで沢山だ」

「怒られますよ、そんな言葉を聞かれたら……」

だが、儂の注意は遅すぎた。要領のいいレオは、さっさと寝床を整えて、主人を迎えに来ていたのだ。

「お呼びになりましたか、ビセンテ様？」

メンドーサ殿は僅かに天を仰いでから、レオを振り返る。

「べつに」

「では、お支度が調ったので、寝室の方へ」

「判った」

憎まれ口を追及されないだけマシだと思ったのだろう。メンドーサ殿は大人しく指示に従った。

まったく、どちらが主人なのか。

「おやすみ、ビセンテ。いい夢をね、レオ」

ひらひらとレイバ殿が手を振る。

「そうだ」

メンドーサ殿はそれを見て、握りしめたままの手巾を思い出した。

「これ……」

レイバ殿に差しだそうとするのを、横からサッとレオの手が奪い去る。

「私が洗ってからお返し致します」

レイバ殿は苦笑した。

「気にしないでいいのに」

「そうは参りません」

「むしろ、手元に置いてくれると嬉しいけどね」

レオはふうっと溜め息をついた。

「アロンソ様とは違います。ビセンテ様がこうした小物を身につけておくような方だと思いますか？　物入れにしまわれ、すっかり忘れ去られて、虫食いだらけになるのがオチというものです。上等の品がもったいない」

ぐうの音も出なくなったメンドーサ殿は儂に軽く会釈をすると、さっさと自分の部屋へ引き上げてしまった。逃げ足の速いことだ。

「では、君が貰《もら》ってくれたまえ」

レイバ殿は金髪の少年に微笑みかけた。

「使い様を心得ているからね」

「しかし……」

「こんなことを言うと君におこられそうだが、一度使ったものは二度と使わないんだ。宮廷人はあら探しが好きでね。私が洗いざらしの手巾を持っているとなれば、やれ貧乏くさいだの、野暮ったいだのと悪口を言われてしまう。だから、マルティンがどこかにやってしまうのさ」

冗談かと思ったが、レイバ殿の目は笑っていなかった。血煙が上がるところばかりが戦場ではない。宮廷もまた闘争の場だった。寵臣として嫉妬の対象となりがちなレイバ殿は、そこで気の休まらぬ日々を送ってきたのだろう。

「そういうことならば、ありがたく頂戴致します」

レオも感じるところがあったのだろう。素直に礼を述べて、手巾を下穿《したば》きに設けられた隠しにしまった。

「ビセンテ様は食べ物を持ったまま、平気で海図に触れたりしますから」

「なるほど」

涼やかな美貌《びぼう》の持ち主で、いつも颯爽《さっそう》としているメンドーサ殿にも欠点はある。いつだって完璧な人間など、そうはいないということだ。

「私はマルティンがいないと夜も日も明けないが、ビセンテも君なしでは生きていけないね」

レイバ殿の言葉に、レオはすっと冷えた笑みを口元に貼り付けた。

「すぐに代わりを見つけますよ。あいつ以外なら」

あいつとは誰のことを指しているのかは、その場にいる誰もが判っていた。

カイト・トーゴー。

ビセンテが愛したジパングの少年。

「ご自分の腕の中で死なせていたら、今のように立ち直ることはできなかったでしょう。それが判っていたから、あいつを逃がしたんだ。実際に息絶えるところを見ていなければ、どこかで生きていると自分をごまかすこともできるから」

レオはきっとレイバ殿を見据えた。

「どこまでお人好しなんでしょう。自分を平然と裏切った奴のために、あとどのぐらい苦しめばいいんですか？」

「判らない」

レイバ殿は首を振った。

「でもね、レオ。私は二人が一緒にいるところが好きだったよ」

「本当に？　カイトといるときのビセンテ様は、他の人間のことなんて……」

「違う。私が好きだったのは、レオ、君がカイトといるときだ」

レオが息を飲む。

「私も裏切られるのは大嫌いだ。だから、君の気持ちを否定するつもりはない。だが、とても残念でね。本当に君達は仲が良かったから。一緒に宮廷舞踊の練習をしたときのことを覚えているかい？　あの子は君のために女役を買って出て……」

レオはレイバ殿を遮《さえぎ》った。

「いまさら、そんなことを言ってどうなります？」

「もう、この世から旅立ってしまったかもしれない。となれば、カイトが生前犯した罪を裁けるのは、天におわす神だけ。君を苦しめている思いも、神様に預けてしまったらどうだ？」

レオは唇を噛みしめた。

「ずるい奴だ……何で僕らだけが、こんな思いを……」

「カイトだって苦しんださ。君への友情は嘘じゃなかった。剣技学校の生徒の中から選ばれて、陛下の前で踊りを披露することになったときも、レオが一番上手いと、君の成功を喜んでいた。それは君も知っているな？」

儂にとっては初めて聞く話だった。そんなことがあったなら、レオが荒れるのも無理はない。カイトは彼にとって年の近い、ただ一人の友達だった。だからこそ、その喪失が耐え難かったに違いない。

「イングランドで……プリマスの丘で初めて会ったとき、カイトを一緒に連れてきていれば、きっと違った運命を辿ったと思う。だが、ビセンテには任務があって、仕方なくカイトの手を離した。代わりにその手を取ったのが例の海賊だ。奴はカイトを仲間に引き入れて、居場所を作ってやった。心の絆《きずな》は日々強くなり、ビセンテが再びカイトに会ったときには、すでに断ち切れなくなっていたんだ。それはカイトのせいじゃない」

儂は先程の話を思い出していた。友情では収まらぬ強い想い――そう、友情だけでは、カイトを引き止めることはできない。メンドーサ殿が彼を愛するようになったのは、そのことを感じ取っていたからかもしれない。だが、手遅れだった。

赤毛の少年は誰よりも海賊を愛していた。

その心に別の人間が入り込む隙間《すきま》は、もうなかったのだ。

「時は未来へと流れ、決して遡《さかのぼ》ることはできない。どれほどやり直したくても、初めてカイトと出会った日には戻れない。全ては自分の選択が招いたことだ。だから、ビセンテはカイトを帰すことにした。あの子に残された短い日々をいるべき場所、彼がいたいと思う場所で過ごさせてやるために。楽ではなかったが、ビセンテは自分の想いにけじめをつけたんだ。そのことを受け入れてやることはできないか？」

レイバ殿の声は穏やかに儂の胸に染み入った。それはレオも同じだったのだろう。再び口を開いたとき、彼の声からはとげとげしさが消えていた。

「判っています。僕は八つ当たりをしていました。とても辛くて、一人では耐えられなくて、ビセンテ様に甘えていました。あいつを連れてこなければ、こんなに苦しまなかったのに、って。だけど、あいつが……カイトがいたからこそできたことも、色々ありました。ポルトガルからスペインまでの旅。綺麗な川で水浴びをしたり、カイトが作ってくれたパタタのオレンジ煮を食べたり、もちろん一緒に踊ったことも……」

レオの頬《ほお》を涙が伝った。

「今だよ」

「え？」

「手巾を使うときだ。貰っておいてよかったな」

レイバ殿の優しいからかいに、レオも唇を綻《ほころ》ばせる。

「おしつけられたようなものですが……感謝します」

カイトがいなくなってからというもの、彼が怒り以外の感情を露《あら》わにすることはなかったと思われる。ゆえにレオの涙を見て、儂は胸を撫で下ろした。全ての蟠りが消えたわけではないだろうが、それでも暗い淀みの中から一歩踏み出せたのだから。

「ビセンテが心配しているよ。君ももう休みなさい。引き止めて悪かったね」

レイバ殿は言いながらレオの頭を撫でていた。子供扱いを何よりも嫌うレオも、今日ばかりはそれを受け入れてやることにしたらしい。

「どうせビセンテ様は先にぐーすか、寝てますよ」

「それもなんだかな……」

「いいんです。心配すべきことは、他に山ほどあるんですから」

レオはしっかりした少年だ。背も伸びたし、とても大人びている。けれど、まだ成熟にはほど遠い。儂を含めて周囲の者は、そのことを忘れてはならなかった。

「それでは失礼致します。皆様もおやすみなさい」

すたすたと去っていく後ろ姿を見送って、レイバ殿が言った。

「一人前になったら……なんて言うと、もうなっています、と即座に反論が飛んできそうだが、レオは強い騎士になるだろうな」

儂にも異論はなかった。

「あのような少年が多ければ、我が国の未来も明るいというもので」

「宝物だ。故郷で待っている母親のもとに、無事に帰してやらねば」

子を持つ親の気持ちを、レイバ殿は理解している。我が子にまみえるのは、まだ先のことになるけれど。

「レオ自身はどんな騎士になりたいのかな」

レイバ殿の問いかけに、儂は首を捻《ひね》った。

「順当なところだと、やはりメンドーサ殿のような、ということになりませぬか？」

「む……昨今だと『騎士の中の騎士』というのは、憚《はばか》りながらこの私ということになっているらしいが」

「はあ。とはいえ、流行に流される子ではなさそうで」

「私に媚《こ》びないことでは、君もレオといい勝負だな」

ぶつぶつ言いながらも、レイバ殿は少し嬉しそうだった。そう、寵臣の前では阿《おもね》らぬ人の方が少ない。だから、レイバ殿は本音で自分にぶつかってくる人間を好む。儂の場合は意図してそうしているわけではなく、単に不器用で阿る方が難しいだけだが。

「そういえば儂に騎士物語を書けとねだっていたときのことですが、カイトは円卓の騎士の中ではガウェインが一番好きだと言っておりました」

レイバ殿は眉を寄せる。

「なぜだろう？　私の記憶に間違いがなければ、すぐにカッとする男だったと思うが」

「最後まで王に忠実な騎士だから、だそうで。そして、続けてこうも言っていました。無骨なところがメンドーサ殿にも通じる、と」

「そのことをビセンテに教えてやったか？」

「いいえ、まだ機会がなく……」

レイバ殿は儂が言い終わるのを待たなかった。

「話してくれ。明日の朝、目覚めたらすぐにでも」

「は、はい」

「カイトは用意周到な子だった。直接、本人には言えなかったことも、何らかの形で残そうとしたのだ。お気に入りの騎士の姿にビセンテを重ねる……それは紛れもない、あの子の好意だろうよ。カイトの真意を知れば、きっと喜ぶ」

儂は頷いた。レイバ殿は百戦の勇士。敵がその名を聞けば震え上がるような御仁だ。けれど、味方にはどこまでも優しい。

「さようでございますな。では、朝一番にお訪ねしましょう」

「ああ、もう一つ、頼んでもいいかな？」

「なんでございましょう？」

「君が書く物語についてだ」

レイバ殿は微笑んだ。

「実を言えば、私はあまり騎士の出てくる話が好きではなくてね」

「なんと……」

思いもかけぬ告白に、儂は目を見開いた。

「一体、何がお気に召さぬので？」

「悲劇だ」

レイバ殿は即答する。

「その方が文学的で胸を打つのかもしれないが、私は楽しい方がいい。私も騎士だから、同輩が苦しむのは辛いのさ。『ラ・シッド』も『アーサー王物語』も殺伐としすぎているよ。戦いばかりが騎士の人生ではないだろう。ときに笑い合ったり、しんみりしたり、うっとりしたりと、色々な想いに彩られているはずさ」

ふと目の前がぱあっと開けた気がして、儂は瞬きをした。新しい。確かに明るい基調の騎士物語は少なかった。これは試してみる価値があるのではないだろうか。

「ようございます。やってみましょう」

力のこもった儂の声に、レイバ殿も大きく頷いた。

「期待しているよ」

なぜ、騎士の物語は悲劇で終わるのだろう。

レイバ殿のもとを辞して自分の部屋に戻る途中、改めてそのことを考えてみた。

まずもって登場人物は戦士であり、血で血を洗う戦いに駆り出されるのが仕事だからだ。

そして、その仕事を何よりも気に入っている。

そう、気に入っているのだ。進んで口には出さずとも。

平和な世を作るためといいながら、戦う理由を探し続ける。

英雄と呼ばれる存在になりたいから。あるいは、英雄で居続けたいから。

穏やかな日常に、彼らの居場所はない。

最も得意なことを禁じられ、無為に過ごす日々は、生きながら埋葬されたのにも等しいものだ。

平和は彼らの息を詰まらせる。

席次で争わぬようにと用意された円卓についた騎士たちも、結局は殺し合った。全き横並びなど、実現できるはずもない。ほんの少しの差が羨望《せんぼう》を呼び、そこから反目が生じる。元来、『俺こそが一番の強者』と思っている男達なのだ。機会を与えられればすぐに剣を抜き、己れの技量を誇示するようになる。競って勝つのは快感だ。もっと、もっとそれを味わいたくなる。

「そうして淫する、か……」

冷静になった今ならば、よく理解できる。

ドン・ファン殿下こそは騎士であり、それ以外の何者にもなれないということが。よしんば王位につけたとしても、その臣民は苦労を強いられたに違いない。軍隊に男を取られた農家は、畑が荒れてしまうだろうし、戦費を補充するために税金も高騰するのは間違いない。

「なんだ、我が国のことか……」

儂は呟いて、己れを恥じた。よくもまあ、レイバ殿の前で『カルロス陛下こそは国王にして英雄だ』などとぶち上げられたものだ。スペインの国家財政が破綻《はたん》しているのも、もとはといえばカルロス陛下が戦い続けたからなのに。

「してみると、より父君に似ているのは、ドン・ファン殿下なんだな」

隠棲《いんせい》先の修道院に連れてこられた殿下は、ついに巡り会えた父上に尊敬と愛慕の思いを寄せただろう。そして、思ったに違いない。いつかは自分も父上のような騎士になる、と。

他愛ない子供の願いだった。

だが、それが悲劇を呼んだ。英雄にして王になることを求めたドン・ファン殿下は、レイバ殿がどう取り繕おうとも兄王から疎まれ、政治の中枢より遠ざけられた。そして失意の中、病床で命を落とした。

「死に損ないましたな、殿下」

儂だけではなかったのだ。ドン・ファン殿下もレパントで戦死をしていれば、屈辱的な最期を迎えずに済んだだろうに。

「英雄は若くして死ぬのではない。若くして死ぬから英雄となるのだ」

レイバ殿はまことに正しかった。惜しまれるうちに去らねば、いずれ持て余し者となって、排除されてしまう。

「嫌だ、嫌だ……」

レイバ殿が騎士物語を好まぬとしても詮無きこと——ご自分のことのようで、身につまされるのだろう。

「お約束は守りますぞ、閣下」

心優しき騎士のために、儂は明るく、軽やかな話を書こう。市井の者も登場させ、もちろん主人公に恋もさせる。ロクに剣は振るえずとも力強く、しなやかに生きてゆく騎士を生み出してみせよう。

(それは儂の話にもなるはずだ)

ドン・ファン殿下への恋にも似た想いは、これからも抱き続けていくだろう。しかしながら、殿下のようになりたいとは、もう思わない。

(死に損なったのであれば、生きていかねば)

そこまで考えて、儂は苦笑いした。戦場に向かう途中で気づくなど、遅すぎる。

「仕方ない。間が悪いのが儂の身上だ」

友情を示してくれた騎士たちがいなければ、この先も目覚めることはなかったかもしれない。

レイバ殿。

メンドーサ殿。

そしてレオ。

方々のようにもなりたいとは思わないが、許されるなら共に生きてみたいとは思う。

まずはこの危険な旅を生き抜いて。

「ええ、何とかなりますとも」

希望を捨てなければ浮かぶ瀬もあるということは、この身が体現している。

なにしろ、レパントの生き残り、なのだから。

＊本書は書き下ろしです。
＊全ての作品は、フィクションです。実在の人物・団体・
事件などにはいっさい関係ありません。

キャラ文庫
アンソロジーII

翡翠

著　者
英田サキ　犬飼のの　杉原理生
凪良ゆう　松岡なつき　夜光花

2018年1月31日　初刷

発行者
小宮英行

発行所
株式会社徳間書店
〒105-8055　東京都港区芝大門2-2-1
電話 048-451-5960（販売）　03-5403-4348（編集部）
振替　00140-0-44392

製本・印刷
株式会社廣済堂

装　丁
カナイ綾子（ムシカゴグラフィクス）

本書のコピー、スキャン、デジタル化等の無断複製は
著作権法上での例外を除き禁じられています。
本書を代行業者の第三者に依頼してスキャンやデジタル化することは、
たとえ個人や家庭内の利用であっても一切認められておりません。
乱丁・落丁の場合はお取り替えいたします。

© Saki Aida・Nono Inukai・Rio Sugihara・Yuu Nagira
Natsuki Matsuoka・Hana Yakou 2018
ISBN978-4-19-864545-8